滝沢馬琴　上

杉本苑子

朝日文庫

本書は一九八九年十一月、講談社文庫より刊行されたものです。

（他に一九八三年六月に文春文庫、一九九八年一月に『杉本苑子全集』第八巻〈中央公論社刊〉）

目次

滝沢馬琴　上

滝沢家略系図

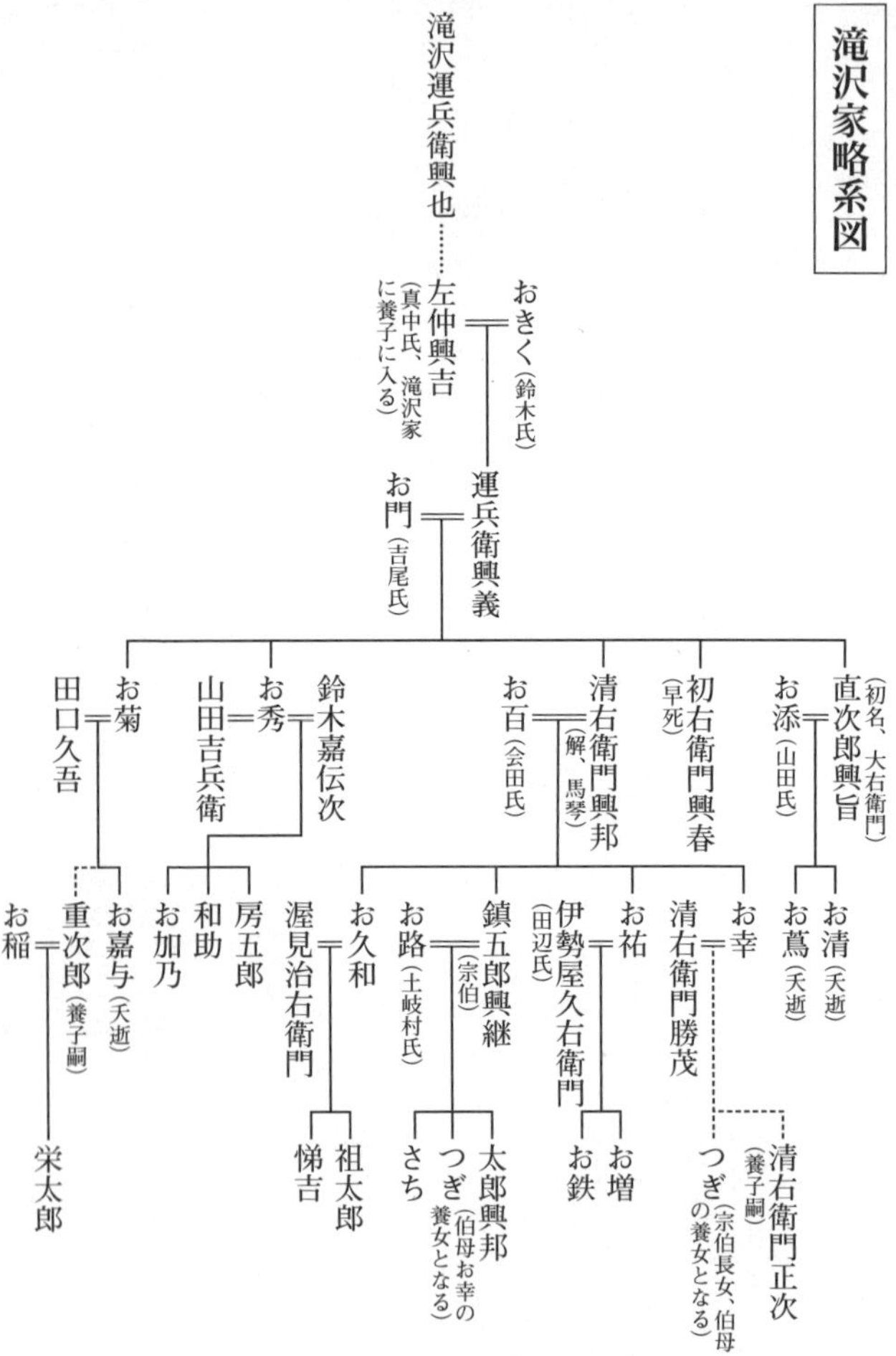

＊『杉本苑子全集　第八巻』（中央公論社）をもとに作成〈図／谷口正孝〉

一

その朝、いつもの通り神田明神《かんだみょうじん》の本殿で打ち鳴らす正六ツの、勤行《ごんぎょう》の太鼓で目をさました馬琴は、これも、ものごころついて以来の習慣にしたがって自分の手できちッと床をあげ、雨戸を一枚一枚、手ばやく繰《く》った。

物音を合図に家族全員が起き出すのも、滝沢家での朝の慣例である。

庭は霧が濃かった。

濡れてすべりそうな敷石を、用心しいしい踏んで裏の井戸へまわり、備えつけのうがい茶碗に水を満たすと、まず、音をたてて口をすすぐ……。つづいてもろ肌ぬぎになって、顔や首すじを洗いにかかる。

歯はとうに、一本のこらず抜けてしまっているから、楊子《ようじ》を使う必要はない。そのかわり洗顔は入念をきわめる。両足を踏んばり、かたく絞った手拭で赤味がさすまで、上半身をこすりあげ、こすりおろすとき、老いて脂肪が落ちただけに、骨組みのたくましさが目だつ馬琴の長身は、机に倚《よ》っているうしろ姿より、なおひと嵩《かさ》もふた嵩も大きく見えた。

手の墨は、ことに丹念に洗う。四十年を越す著作稼業で、干《ほ》した貝柱さながら変質してしまっている右中指の筆《ふで》ダコ――。ここばかりは無数の亀裂《きれつ》のあいだに頑固《がんこ》に墨を沁《し》みこませて、そのどすぐろさを変えようとしない。落ちないのは承知しながら、劣らぬ頑固さで馬琴も目の仇《かたき》にここをこする。

耳の裏、耳の穴……。こごんで、痩《や》せ脛《ずね》までを力いっぱい拭きおろしたあと、たっぷりめの水で克明《こくめい》に手拭のよごれをすすぎ出して、さて、はじめてさっぱり醒《さ》めた目を周囲の木々へ向けるのである。

入浴嫌い、わけて銭湯は大嫌いの彼が、六十七歳の皺《しわ》やたるみはやむをえないにしても、つねに垢《あか》づかない、揉《も》み紙に似て白く乾いた皮膚をしているのは、この、朝ごとに繰りかえす井戸端での日課のせいなのであった。

あと二、三日で十月――。冬にはいろうとしている庭は、敷地五十坪のうち建物にそのなかば近くをとられているから、勝手口の空地を加えてかつかつ三十坪ほどしかない。だが、それにしては樹木が豊富だった。引越してきた当座は小さいながら池を掘ったし、築山《つきやま》、花圃《かほ》までこしらえた。医者を開業していた息子の鎮五郎宗伯《しずごろうそうはく》は丁子《ちょうじ》、サフラン、桔梗《ききょう》といった薬草類を花圃に植えたが、やがて病気のため医業を廃してからは、百姓育ちの婿《むこ》清右衛門の手でもっぱら野菜がつくられている。

小梨子《こなし》、豊後《ぶんご》梅、枇杷《びわ》、朝鮮柘榴《ざくろ》、蜂屋柿など、井戸まわりの裏庭には実のなる木もすくなくない。三畳の西窓にはブドウ棚があって今年は五百房ほど実をつけた。自家用に少量つかうほか果実は毎年、湯島二丁目の水菓子屋に卸して家計のたしにする。秘蔵の林檎《りんご》にはよく虫がつき、小管《こくだ》で塩水を吹き入れたり花火でいぶしたり、いろいろこころみてみるのだが今年もなりは良くなかった。

「日あたりの具合かな」

寄って枝をふり仰ぎながら馬琴はしきりに顔の前を払った。糸屑か煤《すす》のようなものが、さっきからうるさく目の先に浮遊している……。まつげに何かついているのかと思い、瞼《まぶた》をこすったが取れない。

霧をまとった隣家の屋根、淡々《あわあわ》と、さらに白い明神社の森に視線を放つと、煤の存在はいっそうきわだつ……。眼球の動きにつれて煤も移動するのを見て、異状は目の中にあるのだとやっと気づいた。

馬琴は眸《ひとみ》を凝らした。力をこめて二、三瞬、宙を睨んだ。と、煤がいきなり散大し稲妻状に岐《わか》れて視野をふさいだ。ガァンと耳の奥が鳴ったようにも思えた。あわてて書斎へひき返しかけた刹那《せつな》、黒い稲妻はみるみる拡がり、右の目が急にまっ暗になった。よろめいて馬琴は井桁《いげた》につかまった。とっさには何のことかわからなかった。が、すぐ覚《さと》った。否応なく覚らされたといっていい。

（失明だ。とうとうやられた！）

ひとの二十倍、三十倍も目を酷使している日常である。危惧はしていたのだ。かたく目をとじ、また、恐る恐るあけてみた。痛みはない……。

（左は見える）

馬琴は肩で喘《あえ》いだ。

（たすかった。左は見える。左だけは取りとめた。……よかった。たすかった！）

気を鎮め、とり落とした手拭をひろいあげて足さぐりに縁へ廻った。眼界がにわかに狭く、歪《いびつ》になった感じで、歩きづらいことおびただしい。

「宗伯」

息子を呼んだが、返事よりさきに耳に飛びこんできたのは、癇《かん》ばしった、そのくせ舌たるい老妻お百の大声であった。

「だからさア、おみおつけの実でも買いに出かけたんだろうって、言っているんだよ」

「そんなはずはないよ母さん。私が起きたとき、お路《みち》の寝床はもう、たたんであったんだ」

負けずおとらずの大声で宗伯も応じている。慄《ふる》えをおびた、やはり癇声《かんごえ》だが、母よりも言い回しは早く、語気がするどい。

「朝っぱらから何をさわいでいる」

沓《くつ》ぬぎに立った父へ、

「お路とさちがいないのです」

急《せ》きこんで答えたのも宗伯である。

お路は宗伯の妻、さちは生後一カ月になる彼らの次女だ。

「きのうの今日ですからね。さちをつれて家出でもしたのではないかと……」

「気にするくらいなら喧嘩なんぞしなければいいのさ。ばかばかしい」

吐いて捨てるようにお百はきめつける。

宗伯夫婦は、昨夜いつもの諍《いさか》いをした。原因などとるにたらない。狂気じみた血相で一方的に叫び立てたのも、例によって宗伯のほうだ。

自身、どうにもならない癇癖の発作《ほっさ》に、彼は時おり襲われる……。顔面を青澄ませ、出ばりぎみの両眼に血のすじを走らせて、母を嘲《あざけ》り妻を面罵し、このときばかりは馬琴の制止にさえ耳をかさない。そのうちに息が切れてくる。胸をかきむしり、絶息寸前の興奮状態におちいったあげく、

「私みたいな男のところへきて、お前は悔いているんだろう？　そうだろう？　――出

て行っていいんだッ。出てゆけッ」

　妻に投げつけるきれぎれの言葉もきまっていた。

　それをまた、すこしでもやさしく、なだめるなり介抱すればよいのだが、日ごろの無口がますますむっつりと押し黙って、頑《かたくな》な反抗を満面に滾《たぎ》らせ、夫の狂態へ白眼《はくがん》を向けるお路の性格だし、ところへお百の、支離滅裂な愚痴と泣きしゃべり、幼い孫どものわめきまで加わっては、版元に居催促《いざいそく》されている多忙のさなかですら馬琴は筆を投げ出さざるをえない。

　ひそかにこのさわぎを、彼は〝内乱〟と呼び、

『家の中がおさまらないのは、家長たる自分の不徳の致すところだ』

などと自戒めいた文字を日記に書き並べるけれども、本心の底の底は、めいめいあく、がつよく、我意を撓《た》めようとしない家族への、一杯な憤懣《ふんまん》で占められていた。

ただ、自分まで〝内乱〟に巻きこまれては世間体《せけんてい》があまりに見ぐるしい。醒めた人間が一人でもいるのだということを、たとえ人に見せない日記の中でだけでもはっきりさせておかなくては自尊心がゆるさない。恥に対して異様なほど馬琴の嗅覚は敏感だった。

「婚礼したての花嫁ではあるまいし、お前の荒れには馴れているはずのお路だ」

と、この朝もつとめて平静な語調で、彼は宗伯をたしなめた。

「家出などするはずはない。お百の言うように惣菜《そうざい》でも買いに出たのだろう」

「しかし、さちを生んで一カ月にしかならない身体ですからね。このところ気が昂《たかぶ》っていたようです」

「心配なら、心あたりを見に行かせればいい。――太郎……太郎はいないか」

いま一人の孫の名を、馬琴は呼んだ。かん高い返事が厠《かわや》の方角から聞こえ、六歳になる宗伯の長男が腹巻をたくしあげながら走ってきた。

「おふくろをさがしてこい。豆腐屋にでもいるはずだ」

「ちがわア、昨日の朝もお豆腐だったもん、おみおつけの実なら今朝は若布《わかめ》だよ。乾物屋をさがしてくらア」

小しゃくな頭の回転をみせて太郎は玄関を飛び出してゆく……。

そのまま書斎へあがろうとして、馬琴は思わず顔をしかめた。いつもなら洗顔をしているまに、蕪雑《ぶざつ》なやり方ではあるが女たちの手でひと通り掃除がすんでいる。手焙《てあぶ》りの上では鉄びんもたぎりはじめる時刻であった。

今朝はだが、どこもここも夜の乱雑のままではないか。綿ぼこりがクルクル舞っている縁側……。昨夜おそくにでも洗ったのだろう、茶の間にはなま乾きの赤児のおしめが干し散らしてあるし、お百の寝間などは襖《ふすま》のすきまから、いぎたなく、まだ敷きっぱなしの布団まではみ出して見える。普段きちょうめんな宗伯すら寝間着《ねまき》を常着《つねぎ》に着替えてもいない。

(いよいよこんどこそは、お路も辛抱を切らしたのではないか?)

口とは逆な危ぶみにじつは突きあげられているだけ、選りに選って右眼失明という災厄の朝、人さわがせをしてのけた嫁に、馬琴も無性《むしょう》に腹が立ってきた。

「床ぐらい、さっさとあげないか」

八ツ当りぎみに叱りつけられて、お百は唇をねじ曲げた。

「持病の頭痛がひどいんですよ今朝は……。もうすこし寝ていたかったのに……」

それでもふしょうぶしょう布団を押し入れに押し込んでいるあいだに、宗伯は着替えをすませ、洗面用具を手に縁先へ出てきた。

右手を右の目にあてて、あいかわらず沓ぬぎに突っ立ったきりの老父の姿に、やっとこのとき彼は不審を感じたのだろう、

「どうなさいました? おあがりにならないのですか?」

怯《おび》えたように問いかけてきた。

「いま、あがる」

口では応じながら、やはり同じ場所を動かずに、

「ついさっき、右眼が見えなくなったのだよ」

馬琴は言った。

「なんですって!?」

「診《み》てくれないか。どうなっているか……」

動顛《どうてん》したらしい。お路の安否などたちまち念頭からけしとんだ顔つきで熱心に父の目へ、目を近づけていたが、

「普通です。左とすこしも変りませんよ」

宗伯はふしぎそうに言った。

「そうかなあ、まっくらなのだが……」

さらによく、覗きこんで、

「そういえばほんの少々、眸《ひとみ》が上のほうに流れています。三黄湯を作りましょう。大いそぎで洗眼してください」

そそくさ調剤所へ去りかけるのを、

「いまさらあわててもはじまらない」

馬琴はとめた。

「油断だったのだ。読書筆硯《ひっけん》の疲れはもちろんだが、冬ごとに火鉢を机の右わきに置いて手を焙《あぶ》っていたろう。火気で目が乾いて失明したのだと思うよ。老い木の片枝が枯れたのと同じだ。左は何でもないのだから仕事にすぐ、支障をきたすこともない。あきらめよう」

「いや、一応、専門医に診せなければ……」

「眼科に知り合いはいまい」

「土岐村《ときむら》がいいです。父親のほうは内科のほかに目もやるそうですから……。母さんッ、母さんッ」

台所のお百を呼びたてているところへ、

「いないよ。豆腐屋にも乾物屋にも、それから八百屋にも……」

太郎が息せき切って駆けもどってきた。母親の不意の不在が尋常のものでないことを、子供ごころにも感じはじめたのか、緊張し、目を光らせている……。

濡れ手を前垂れで拭き拭き座敷へはいってきたお百が、

「どこにもいないって？　じゃあ、やっぱり出ていっちまったんだねお路は……」

呆れ顔で言うのを聞くなり、太郎は息をつめ、次の瞬間、わッとありったけの声をあげて泣き出した。

「それどころじゃないんだよ母さん」

宗伯が焦《じ》れったげにさえぎった。

「父さんの目が、見えなくなってしまったんだよッ」

「目!?　……目がどうしたって？」

お百の声が尖《とが》った。ひどい斜視のせいか、彼女の神経は目という言葉だけですぐ、不穏な反応を起こすのだ。馬琴は手を振った。

「さわぎ立てるほどのことではない。右だけだ。仕事はできるのだよ」

お百はしかし、頭痛膏《ずつうこう》を貼ったこめかみを両手でおさえて、

「ああ、ああ」

大仰な呻《うめ》き声をふりしぼった。

「なんてこったろまあ、こんな取りこみの日に家出するなんてお路も勝手な女じゃないか」

「あいつのことなんかより医者だ。土岐村のおやじさんに来てもらわなくては……」

息子のうろたえに、

「その土岐村を呼びに行くにしたって、さっそくお路がいなきゃ困るだろう。下女は暇をとってるし、お前はそうやって家の中でさえ杖をついて歩く半病人……、私だって今朝は、頭が割れそうなのをこらえこらえご飯の仕度をしているんだよ。これっきりお路に出て行かれでもしてごらん、どうなるかわかっているだろうに、お前も無考えな人だ」

お百は言いつのり、またいつもの母子《おやこ》喧嘩がはじまりかけた。

「みっともない、だまんなさい。近所となりが聞き耳を立てるじゃないか」

馬琴は舌打ちした。

「駕籠仙《かごせん》の若い者に言いつけて、清右衛門を呼びにやらせればいいのだ。——太郎、すまないがもうひと走り駕籠屋まで行ってきておくれ」

「うん」

しゃくりあげながら、それでも出てゆきかけた出合いがしらに、当の清右衛門が、幅びろい胸板で庭木戸を押しあけるようにはいってきた。手にさげているのは魚籠《さかなかご》である。

馬琴のむすめ婿で年は四十七——。舅姑《しゆうとしゆうとめ》にはもちろん、義弟にあたる宗伯にさえ慇懃《いんぎん》なものごしを崩したことのない実直者だ。飯田町の薬店を妻のお幸《さき》にまかせて、雑用を弁じに、ほとんど三日にあげず彼は舅の家へ出かけて来ている。

「あ、清さん、ちょうどよかった。迎えをやろうとしていたところなんだよ。今朝はばかに早いじゃないか」

宗伯の急《せ》きこみとは対照的に、

「なま物の、到来物がありましたのでね」

清右衛門の口ぶりは重い。動作も緩慢だが、やることは無類に手がたく的確だし、なによりは骨惜しみの気配がまったくなかった。滝沢家にとっては重宝この上ない縁者といってよい。

「鱸《すずき》ですよ。うちの向かいの箔屋《はくや》さん……。夜釣りに出かけましてね、こんなのを四匹あげたというので、まだ暗いうちから近所中をたたき起こしての自慢なんです」

「おすそわけだね、ありがとう」

ほとんど上《うわ》の空で、

「さっそくだけど土岐村まで使いに行ってくれないか。元立老《げんりゅうろう》に来てもらってほしいんだ」

　宗伯は言いつけた。

　語尾に、かすかなうしろめたさがゆらぐのは、土岐村がお路の実家だからである。妻の家出さわぎに彼がことさら触れないのも、父親の元立さえ来れば、しぜん、その所在がわかろうとの判断からであった。

「元立さまを？　どなたか加減がお悪いのですか？」

「なに、目だよ。じつは先刻、井戸端でな」

　かいつまんで馬琴は語り、

「元立なんぞに診せても診せないでも同じことだと思うのだが、ほかにこれといって眼科の心あたりがないのでな」

　言いわけがましく言った。

「お目が⁉」

　めったに喜怒をあらわさない清右衛門の表情が、さすがにこわばった。

「それはいけません。さっそく行ってまいります。……おっ姑《か》さま、これを……」

　鱸の籠を渡すなり、前のめりに出て行こうとする背へ、

「ついでに御成道《おなりみち》の美濃甚《みのじん》へも寄ってきてくれないか清さん」

あわただしく、お百は口入屋《くちいれや》の名を言った。

「頼んでおいた下女の口はどうなったかって……。病人と子供ばかりだし、早くなんとかしてくれなくては困るって……」

「かしこまりました。おっつけもどります」


——とうに朝食の刻限はすぎていた。

口吐言《くちこごと》をつづけながらお百は釜の下を燃し出したが、馬琴は食欲をまったく失っていた。右眼だけの損失ですんだのを不幸中のさいわいと気強くよろこびながらも、やはり衝撃はなみなみでなかったのである。

宗伯は熱を出した。彼の参りかたは当の父以上だった。はっきり形をとって現れたお路の反抗にも宗伯は内心、恐怖していた。

清右衛門が出ていって四半時《しはんとき》ほどすると宗伯は慄え出し、悪寒《おかん》、胸痛を訴えはじめた。持病である。そのくせ寝ろといっても言うことをきかない。

「私のは体質です」

唸《うな》りながら、居間の地ぶくろの前に正坐しつづけるのもいつものことだ。

病人じみるのを何よりも恐れ、よほど苦しいときだけ手枕、小掻巻《こがいまき》ぐらいで横になるけれども、病床ときまったものは頑《かたくな》にしつらえさせようとしなかった。

……帰路、口入屋へ廻った清右衛門より先に、やがて土岐村元立がやってきた。長男の元祐とともに三浦監物《けんもつ》家の抱え医師をつとめ、かたわら自宅開業もしている気さくな老体である。馬琴に負けずおとらずの大男だが、このほうはうしろ首が肩にめりこむほど肥えて、湯あがりさながら血色のよい、たるみひとつない肌をしている。酒好きの遊び好き……。医術よりは弁口で世渡りしている幇間《たいこ》医者だと、嫁の親もとながら馬琴の評価は日ごろ元立父子にきびしかった。

この日も玄関の格子をあけるなり、

「いやあ、お驚きなされたろう滝沢先生」

手ぶりをまじえての大げさな慰藉《いしゃ》といっしょに、のしのし書斎へ通り、狎《な》れのあまりの無作法を何よりも不快がる馬琴の性情など頭から無視して、挨拶ぬきに元立ははじめた。

「酷使のしすぎですなあ。日ごろの無理が祟《たた》ったのです。この通り、野老《やろう》など見回しただけで気が遠くなりそうな御蔵書のおびただしさだ。目もたまりますまいて……。左ですか？　いや、右でしたな。さっそくでは、拝見しましょう」

薬箱に手をのばしかけるのへ、

「お路がお邪魔しているはずだが……」

つとめてさりげなく馬琴は訊《き》いた。

「娘が？　拙宅へですか？」

「まいっておりませんか？　さちをつれて」

「来ていません。何か用事でもありましたので？」

馬琴の眉間《みけん》に縦皺《たてじわ》が寄った。

「それはおかしい。お宅にうかがっていないとなると心当りがないが……」

「心当り……なんのことです？」

「朝がたから姿が見えんのです」

「家出したとでもおっしゃるのですか？　あのお路が！」

元立はあっけにとられ、茶を持って出たお百のすがめと、馬琴の顔を、かわるがわる見くらべた。三畳の居間では宗伯が息をころしているらしい。太郎は遊びに出たのか、触《ふ》れ商人《あきゅうど》の遠い呼び声のほか昼前のひととき、家の内外はひっそりしていた。

二

どういうものか少女のころから、お路は動く水を見るのを好んだ。

出入りの植木屋に器用な老人がいて、水蓮《すいれん》を浮かせた雨落ちの水鉢に、竹の管《くだ》で小さな噴水をつくってくれたのを、飼い犬の悪戯《いたずら》でこわされるまでまるひと月、飽きもせず毎日見入って家族たちを呆れさせたし、親類中で王子の滝へ行った十四、五の春は、摘み草にも狐拳《きつねけん》にも加わらず、着くから帰るまで滝を見あげ通して、同行の女こどもから変人扱いされた。

……いまも、姪《めい》のお定に、

「あんた、滝沢さんとこのお路ちゃんでしょ？」

声をかけられて我れに返るまで、和泉《いずみ》橋の欄干にもたれて、見るともなく眺めていたのは神田川のゆるい流れであった。

「どうしたのさ今じぶん……、こんなところで……」

五、六年ぶりの出会いなのに、

「あら、お定さん」

お路の唇《くち》から出た言葉はそれだけである。無愛想は承知だから、お定は気にもとめない顔つきで、

「買物？　──でもなさそうね。宗伯さんと喧嘩かなにかして飛び出したの？」

さぐるようにいう。

お路の長姉の子だが、年が四ツしか違わないため叔母とも姪《めい》とも改まらず、おたがいに名を呼び合って成長した。

色深いたちなのか十二、三で男とまちがいを起こし、さんざん両親に手を焼かせたあ

げく、合間にはやれ、常磐津《ときわず》を習うだ芝居小屋に入りびたるだと、あり余る家のくらしでもないのに好き放題をしぬき、とうとう四年ほど前、密夫にそそのかされて出奔《しゅっぽん》——。神奈川在に潜伏中をつれもどされ、父方の親戚にあずけられて小一年、謹慎させられたあと、祖父母にあたる土岐村元立夫妻の口ききで七千石の旗本、安藤彦四郎方へ奉公にあがった。表向きは隠居附きの腰元だが、内実は妾奉公なのだと老母の口からお路は聞いていた。

（いまも安藤さまに勤めているのかしら……、それとも……）

まるでその、お路の内奥《ないおう》が写りでもしたように、

「そうなのよ」

お定は陽気にうなずいた。

「安藤の御隠居はね、死んじゃったの。この夏のはじめにね」

「お暇《いとま》が出たの？」

「そういうことになるわね」

「では今は、お静姉さんの家？」

「いやだ、おっ母さんやお父《とっ》つぁんとなんか気ぶっせいで一緒にくらせるもんですか。一軒持ってるのよ。すぐそこ、九軒町……。来ない？」

「だって、いるんでしょ」

「なにが？　亭主？　……そりゃいるわよ。可哀そうにこれでもまだ二十四ですからね。一人じゃ身が持たないわ」

「では、いやだわ、行くの……」

「あいかわらず人見知りがつよいのねえ。いまは留守よ。小女《こおんな》だけよ。――さ、歩きなさいなねえ、こんな橋のまん中で、人が見るわ」

不決断にお路は欄干を離れた。

並んでお定も歩き出しながら、

「私のことより、あんたこそどうしたのよお路ちゃん。この霧でしょ。ぼうっといちめん白い中で、川を覗きこんでいるうしろ姿をあんただと気づいたときは足がすくんだわ。身投げでもするつもりかと思って……」

「水を見るのが好きなのよ。流れる水を見るのがね」

「おやおや、なあにそれ、俳諧《はいかい》の風流とかいうやつ？」

「昨夜どうしてだか、眠れなかったものだから……」

「やっぱし夫婦喧嘩だわ。図星でしょ」

「喧嘩じゃないわ」

「ふん、そうかもしれない。あんたは名だたる黙りの助だし、いくら宗伯さんがいきり立ったって、一人角力《ずもう》じゃ勝負にならないものね」

「寝られなくて、それで……」

「まじまじ考えこんでいるうちに、自分の結婚はまちがっていたんじゃないか、たいして変りばえはしないかもしれないけれど、でも今よりもうちっとましな生き方もあったんじゃないか……そう思ったら何だか急にあじきない、居ても立ってもいられない気持になって目はますます冴えちまった……と、こういうことでしょ」

びっくりしたようにお路は相手をみつめた。縹緻《きりよう》よしというのではないが、餅肌《もちはだ》の、きわだって色っぽい目をしたこの姪は、男女のこととなると小娘のころから、動物的な勘のするどさを発揮する。

「きのうも同じ、今日もおなじ……」

唄うようにお定はつづけた。

「あすもあさっても同じことをくり返して、老いて死んでしまう一生……。ああたまらないと朝になるのを待ちかねて、外の空気を吸いに出たって顔に書いてあるわよお路ちゃん」

「ついでにおみおつけの実を買うつもりだったんだけど、店はまだ開いてないし、昌平橋のたもとで川を見てたら……」

「つくづく家へもどるのが嫌になって、ふらふら川ぞいの道を、下流《しも》に向かって歩いてきてしまったというわけか」

「見ていたようね」

一笑に附されると思いのほか、意外にまじめな、静かな口つきで、

「わかるわよお路ちゃん」

お定はうなずいた。

「そういう気持になるときって、人の女房にはあるものよ。無理に自分を苦しめないでそんなときは私みたいな糸切れ凧《だこ》のとこへきて無駄話でもすればいいのよ。……なんなら今日は、うちで遊んだあと土岐村に泊まってしまいなさい。物見遊山《ゆさん》はおろか、実家《さと》へ帰ることすらめったにない毎日なんでしょ」

「年に一度ぐらいね。年始の挨拶がてら……。それも二月に入ってからになってしまうことがしょっちゅうだわ」

「たまらないなあ。……もっとも折りかがみのきちんとした家なら町家でもお嫁さんは、たいていそんなふうらしいけど、私には勤まらないや。——その背中の子、何人目？」

「三人目よ」

「上がたしか……男の子だったわね」

「太郎っていうの。六ツ」

「二番目は女で……そうそう、おつぎちゃん」

「おつぎはこの春、飯田町の姉夫婦のところへ貰われていったわ。向こうに子が無いも

のだから……」

「お幸さんと清右衛門さんね」

「仲のよい夫婦なんだけど、どうしてだか子ができなくて……」

「それにしてもよく手離したわね。愛ざかりでしょうに……」

「ひどくお幸さんたちになついてたのよ。それに、おつぎの誕生は文政十三年庚寅《かのえとら》だから、お舅《とう》さんの本命丁亥《ほんめいひのとい》、太郎の本命戊子《つちのえね》と、劫殺《こうさつ》だか災殺だか仕合うので大凶なんですって……。本命に障《さわ》りのない伯母夫婦の家に養女にやるほうが、おつぎのためにも幸せなんですってよ」

「うわア、ややこしい。だれのお説なの？　それ……」

「お舅さんが、なにがしの干支《かんし》表とかをひっくり返して言い出したの」

「曲亭馬琴かア、ちんぷんかんなはずだわ」

「このさちも、八月十七日の生まれなんだけど、十七日は破日《はじつ》とかいって凶の日なんですって。だもんで、はじめは名を、おみよときめてたところを、せめて祝って、お舅さんがさちとつけたわけなのよ。でも、短命は覚悟したほうがいいんですって……」

「ばかばかしい。八卦《はっけ》か天文か知らないけど、そんなもん当ってたまるもんですか。……ねえ、さち坊」

覗きこんで、

「よく寝てるわ。まだ、ほんの水児《みずご》のせいか、それともあんたに似たのかな、赤ッ毛だ」

　無遠慮に言いながら、

「ここよ」

　急に立ちどまって、しもたやふうの格子戸へお定は顎をしゃくった。

「世を忍ぶ侘び住居……。乙《おつ》でしょ？　はいってよ」

　おなじ作りの小家が、それでも生垣《いけがき》などめぐらして小ぎれいに並ぶ一劃《いっかく》である。中は型どおり、長火鉢のうしろに嵌《は》めこみの仏壇、となり合って、やはり作りつけの用だんす、三尺の押し入れがつづく六畳の茶の間……。そのほか二間《ふたま》ほどの借家づくりだが、座布団の模様ひとつにもお定の好みがあらわれて、品《ひん》は悪いが、なまめかしい住居だった。

「赤ン坊、おろしなさいよ。ぐずつくようなら竹やに子守りさせるといいわ」

「旦那さまは何をしてるひと？」

「通《かよ》い番頭。となり町の、河内屋って質屋の……」

　言いつつ、手ばしこく鉄瓶の湯を急須にそそぎ、

「八丁堀の槿煎餅《あさがおせんべい》よ。貰いものだけど、つまんでちょうだい」

　お定が、箱根みやげらしいくりぬきの木皿に菓子を取り分けかけたとき、勝手口の油障子《あぶらしょうじ》があいて、

「こんちは、いる？」

五十がらみの、色のあさぐろい、内儀《ないぎ》ふうの女が顔を覗かせた。歯のくい違いがあべこべなのか、下顎が前へせり出し、図ぬけて顔が長くみえる。

「毎度すみませんねえお定さん。醬油を少々お借り申したいのよ」

「おとなりのお栄《えい》おばさんね。どうぞ……」

立って鼠入《ねずみい》らずをあけ、醬油注《つ》ぎごとお定は女に手渡した。

「お手塩皿《てしょう》は？」

「ありがと。まにあってるわ。お客が来てね、握り寿司をたんと貰ったものだから……。よかったらあんたもお相伴《しょうばん》しない？」

「おあいにくさま。うちも来客だわ」

「なら、そのお客ごと来ればいいでしょ」

「けっこうよ」

「そう言わずにさ。父《とっ》つぁまと私だけではこなしきれない量なんだから……」

「いいったらいいのよ。まっぴら御免こうむるわ」

「残念ねえ。口がきれいな人は育ちがいいっていうけど、あんた、だれさまの御落胤《ごらくいん》なのお定さん」

人のよさをむき出しに、剽軽《ひょうきん》な世辞を言って帰って行くうしろ背《ぜ》を、そっと見送って、

「いいの？」

日ごろ無愛想なお路がさすがに懸念したほど、高びしゃな、取りつきばのないお定の断りようだったのである。

「かまわないのよ。冗談じゃないわ、お隣りで食べる握り寿司だなんて……考えただけでゲッとくるわ。ねえ竹や」

台所では下女までがクスクス笑いを嚙みころしながらうなずいている。

「あんた知らないからよお路ちゃん。あのおばさんの家！　もうもう汚ないのなんのって……」

棚おろしをはじめる気か、舌に湿りをくれてお定は坐り直した。

まず、掃除というものを金輪際《こんりんざい》しない。引越して来てかれこれ百日近くになるけれど、はたく音、掃く音、拭く音など聞こえたためしがない。だいいち掃除用具というものをはじめから持って来ない徹底ぶりなのである。

あと片づけを面倒がって食べものも自家で煮炊きしない。三度三度近所の煮売り屋、てんや物屋で間に合わせるが、買った品も貰い物も、重箱あるいは竹の皮包みのままじかに畳に置いて指でつまんで食べる上に、終ってからの始末など知らん顔だから座敷中にベトベトな竹の皮、皿小鉢がちらかって足の踏み場もない。

家族はあのおばさんと、もうよほどの年になるおばさんの父親の二人きり……。父娘《おやこ》そろって商売は絵描きとかで筆、墨、紙、絹、粉本《ふんぽん》、絵の具——無数にそれらも散乱し、ところへ敷きっぱなしの万年床、出しかけの炭俵《すみだわら》、灰のかたまった箱火鉢まで加わるから客が来たって坐り場所すらろくろくない……。

「よほどの貧乏らしくてね、じいさまなんか秋も終りかけているというのに下帯一本のすっぱだか……。しかも気ばやな無精《ぶしょうご》炬燵《たつ》で、手洗いに立つのすらおっくうがって尿瓶《しびん》を前にひきつけて、日がな一日虱《しらみ》をひねってるわ。そんなところで寿司なんぞつまめて？」

「いやねえ」

「でしょう？　そのくせドカッと、たまにはまとまってお金がはいるらしいのよ。チビチビ借り溜めた二合ほどの醬油の返しに、三升樽をかつぎこんでくるんですもの、近所じゃどこでも、いやな顔しないで貸してやるのよ」

引越し気ちがいで、これまでにも八十何回とか転居したそうである。家の中が汚れ腐ってどうにもならなくなると次を探して移るわけだ。

「私、言ってやったのよ。『引越し三百』って諺《ことわざ》にもあるじゃない？　どんなにお手軽な世帯だって家移《やうつ》りともなれば三百文どころの費《ついえ》じゃすまないわよね。費用と手数を考えたら人を傭って掃除させるほうが安あがりじゃありませんかって……。そしたらじいさまの言い草がいいのよ、『わしは一生涯に、百回引越しする願《がん》を立てているんだ』って……。公儀の表坊主《おもてぼうず》の何とか百庵って人が、百回転居の記録をうちたてたのを破るつもりなんですとさ」

「正気なの？」

「正気もなにも……。あんただって知ってるでしょお路ちゃん、葛飾《かつしか》北斎って絵描き……」

「聞いた名だわ」

「合巻《ごうかん》や読本《よみほん》に挿絵《さしえ》を描《か》いてるし、一枚摺《ず》りの錦絵《にしきえ》だの肉筆画帖だの、ずいぶん出してる人よ」

「そうそう、富士山の大判錦絵……」

「それから北斎漫画」

「そのおじいさんなの？」

「その北斎じじいなのよう」

お定は笑いこけ、口にふくんだ橿煎餅の粉をあたりへ吹き散らした。

「お栄さんってあのおばさんも、なかなかの腕でね、いつだったか絹にかいた遊女の図を見せてもらったけど親爺《おやじ》よりうまいくらいだったわ。応為《おうい》って雅号なのよ」

「おうい？」

「それが滑稽なの。じいさまはお栄さんのことを『オーイ、あご』って呼ぶのよ。長《な》ンがい顎をしてるでしょ。お栄さんはお栄さんで大津絵節《ぶし》もどきに『オーイ、オーイ、おやじどの』って北斎を呼ぶもんだから雅号がおうい……」

とうとうお路までが笑い出した。

小皿の借用をことわったのも、直接竹の皮に醤油をぶちかけてたべる気だからだと、まくしたてるお定の饒舌《じょうぜつ》を、勝手口でさちをあやしていた小女のお竹が、

「おかみさんッ」

あわててさえぎった。お栄が醤油注ぎを返しにきたのであった。

「おや、おばさん、お客さまは帰ったの?」

とお定は巧みにそらとぼけた。

「まだよ。うちのおやじどのと、しちむずかしい銅版画の話をはじめたから抜け出してきたのよ」

「お引き合せするわ。こちら私の叔母のお路さん。馬琴先生のご子息のお嫁さんよ」

「馬琴ってあの、明神下の曲亭先生?」

「そうよ」

「おやおやおや、まあ」

お栄は寄ってきて、感に耐えたように首を振った。とりたてて姿かっこうは不潔ではない。木綿《もめん》の縞《しま》ものに幅ぜまな昼夜帯をしめ、小ぶりの髷《まげ》にも櫛目《くしめ》は通っている。

「それはまあ……。うちのおやじもね、先生のお作には以前、ずいぶん挿画を描《か》かせていただいたものでしたよ。もっとも名うての頑固じじいでしょう、いえさ、うちの画狂老人がですよ。それに、言っちゃ何ですが馬琴先生がまた、ちょっとしたいっこく者でいらっしゃるからね、図柄《ずがら》のことでごたつきがはじまり、一度目はそれでも版元の取りなしで和睦したんですけど、とうとう二度目には大破裂でね、以来、ずっとご無沙汰つづきなんです。文化の始めでしたかねえ。まだ宗伯さんが前髪立ちのころのお話ですよ」

「へえ、おたくのおじいさん、馬琴先生のものも手がけたことがあるの？」

「ある段どころかお定さん、『福寿海無量品玉《ふくじゆかいむりようのしなだま》』だとか『敵討裏見葛葉《かたきうちうらみのくずのは》』だとか……」

「青本《あおほん》ね」

「読本《よみほん》もよ。『三七全伝南柯夢《さんしちぜんでんなんかのゆめ》』がそうだし、大当りをとった『頼豪阿闍梨怪鼠伝《らいごうあじやりかいそでん》』『椿《ちん》説弓張月《せつゆみはりづき》』……みんなおやじの挿絵だったわ」

「弓張月なら私らも知ってるわ。土岐村の家にあるはずだもの」

「あんたたち生まれてた？　初版が出たのはふた昔も前よお定さん」

「まさかア生まれてたわよ。ヨチヨチ歩きのころじゃない？」

「弓張月二十九巻、大団円にこぎつけたときの版元のえびす顔、忘れられないわねえ。きまりの潤筆料のほかに馬琴先生に十両、うちに十両包んできてね、じじいに源為朝の画像をかかせて曲亭先生へ贈ったりもしたわ。先生がまた、その画像にお燈明をそなえて大当りを感謝したって話だけど、今もお宅にありますかお路さん」

「さあ、掛物は多いので……」

台所の障子がこのときあいて、

「おとなりのおかみさん、おじいさんが呼んでますよ、お客さまのお帰りですとさ」

お竹が告げた。その腕の中でさちがむずがりはじめている……。

「やれやれ、ろくすっぽ油も売れやしない。じゃお二人さん、おじゃまさま」

そそくさお栄は出て行く。

小女の手から赤児を受けとって、

「私もおいとまするわ」

お路は立ちあがった。

「滝沢さんへもどる気?」

「………」

「いま帰ったって、どうせひと悶着《もんちゃく》はまぬかれないでしょ。息抜きしていらっしゃいよ。そうだ、そちこちお昼だわ。うなぎを食べにゆかない? ちょっと遠いけど紺屋町の火の見下にやぐらって新規の店ができたのよ。おとつい、うちのと行ってみたけど小鉢物にお銚子二本ずつ、それに肝《きも》吸いと青の蒲焼《かばやき》でご膳を食べて、南鐐《なんりょう》一枚でお釣りがきたわよ」

「それで南鐐一枚もするの？　もったいない」

目をまるくして、

「いいのよ私……」

しりごみするのへ、

「ばかねえ、遠慮してんの？」

笑って、お定は手ばやく鏡の蓋《ふた》を払った。

及び腰の突き膝で顔をなおしながら、

「あんた、化粧はしないのお路ちゃん」

上目づかいに叔母を見る……。

「髪も手づくねらしいけど、変なかっこうよ」

「髪結《ゆ》いなんて……物日《ものび》でもないのに……」

「いやだ、勤番ざむらいの女房じゃあるまいし、今どき江戸者なら、裏店《うらだな》のかみさんだって玄人《くろうと》に結わせてるわ。坐りなさい。ざっと撫でつけてあげるから……」

「いいったら……」

「よかあないわよ。さあ」

むりやり鏡台の前に坐らせ、櫛をとりあげながら、そうは言っても白粉《おしろい》の乗らない肌だなとお定は内心、軽侮した。さちに乳をふくませている胸は、おどろくほど白いのだが、お路の顔や手は肌理《きめ》が荒く、頬さき、鼻のあたまなど妙に赤い。寒さに向かうと乾いて、ひび割れそうな体質だし、出額《でびたい》の目だつ、したがって中低《なかびく》な輪郭も、はれぼったい瞼、うすい強情そうな口もとにも総体に農家の主婦じみた、健康そうではあるがそれだけが取り柄といった田舎びた印象が匂《え》った。

——いいかげんにお定は切りあげ、下女に、一人でする昼食の指図《さしず》を言い置いて、やがてそろって家を出た。

葛飾家の玄関さきからも、いとま乞いの挨拶と一緒にちょうど客が出て来たところだったが、

「あ、……渡辺さま！」

見るなり、お路は棒立ちになった。

「おお、滝沢の御内室ではございませんか」

隣家の客も足ばやに寄ってきた。

四十がらみ……。上背のある、目つきの柔和な武士である。

「ご無沙汰しております。今日はお買物ですか？」

「親戚まで、用たしに……」

「そうでしたか」

お定へも目礼し、

「老先生によろしくお伝えください。宗伯どのは、近ごろお身体の具合は？」

「あいかわらずでございます」

「どうぞくれぐれもご大切に……」

叮嚀《ていねい》に会釈し、反対の方角へ去って行くうしろ姿を、ぶしつけな目で見送って、

「なにかこう、しみじみした殿方じゃないの。隅に置けないわねお路ちゃん」

お定は肩をすくめた。

「どこのだれなの？　え？」

「宗伯のお友だちよ」

「低いけど響きのある、すてきな声だわ。ああいう男に行き届いた可愛がられかたをすると、女はしっとり情《じょう》を増してくるものなのよ。……でもね」

うきうきとお定は一人でしゃべりたてた。

「でもね、あたしはごめんだな。左様しからばはお歯に合わない。安藤さまの御奉公でこりごりよ」

「こまったわ、よごれたらしい」

お路は立ちどまって赤児の裾に手をあてた。

「おしめの替えを持たずに来たんだけど……布屋《きれや》さんないかしら、このへんに……」

癇癖の発作を起こした夜は、なぜかきまって病人らしからぬ、はげしい接触の仕方を

宗伯はしてくる。

昨夜も、呆れるくらい執拗《しつよう》な、一方的なむさぼりをくり返しくり返しこころみたあげく、やっと離れていったあと、明け方までまんじりともしなかった床の中で、前後の脈絡もないまま思い泛《う》かべては押しやり、またいつのまにか思い泛かべては、あわてて押しやった崋山《かざん》渡辺登《のぼる》の名——。その当人に、いきなり出くわした狼狽《ろうばい》を敏感な姪にさとられまいとして、腋《わき》の下にお路は冷たい汗をかいていた。

三

洗眼、投薬など、ひと通りの処置をすませて土岐村元立が帰って行ったあと、馬琴は書斎の机に倚《よ》って午後の半日を漫然とすごした。

正月の元旦ですら筆を執《と》るのをやめない彼だが、宗伯や清右衛門のたってのすすめもあり、さすがにこの日ばかりは仕事から離れる気になったのである。

ただし、書いてもいず読んでもいない彼の姿は、他《はた》から家族が眺めても手持ちぶさたな、不自然なものだったし、だいいち馬琴自身、ふた時もするともう、鬱気《うつき》の底にうすい焦《じ》れを見せはじめて、

「痛みはしないのだがな」

だれへともなく言い出した。

「片目だけの生活に一日も早く慣れなければいけない。かばっていては切りがないのだがな」

彼はいま、読本では『開巻驚奇俠客伝《かいかんきょうききょうかくでん》』の第五巻四輯目と『南総里見八犬伝』の六巻九輯《しゅう》目を、どちらも二世柳川重信《しげのぶ》の挿画で書き継《つ》いでいる。合巻のつづきものでは『金瓶梅《きんぺいばい》』『傾城水滸伝《けいせいすいこでん》』を、それぞれ歌川国安の絵で執筆している最中《さなか》なのである。

いずれ匿名ででも出版する予定で、この春から暇《ひま》を見ては書き溜めている作者・作品の月旦《げったん》集『江戸作者部類』も、まだ完成には至っていない。

しかし、だからといって、一日二日の休筆を不可能とするほど、せっぱつまった状態でもなかった。今日のうちにすませておかなければならないのは、昨夜おそく版元の泉屋市兵衛方から届けられた『金瓶梅』の校正だが、それとて、

「右眼の明をにわかに失った」

といえば、市兵衛は仰天してこちらから何を言い出すまでもなく四、五日ぐらいの猶予は申し出るはずなのだ。

ほんのわずかな無為の時間を、永遠なものででもあるかのように不安がって落ちつきをなくすのは、つまりは馬琴の小心さに起因するのであった。

たとえば『金瓶梅』である。

これは去年——天保三年の四月下旬に泉屋市兵衛が手みやげの菓子ひと折りに添えて、潤筆料五両を前金で持参し、ぜひ取りかかってほしいとたのみにきた作品なのだ。

版元の資金がつづかなかったり出版の仕方の不誠実を馬琴が怒ったり……で、初編の売り出し以来、三軒、書肆《しょし》が変ったあげく、読者の評判はいいのに五年もの中断を余儀なくされた『八犬伝』の刊行が、あらためて文渓堂・丁字屋《ちょうじや》平兵衛の手に引きつがれ、ようやく順調なすべり出しを見せはじめたやさきだけに、馬琴も新しい意欲を『八犬伝』に燃やし、合巻類の執筆は当分見合せたいむね、ことを分けて説明したのだが、

「そこを枉《ま》げて、ひとつ、どうか……」

泉屋はあとへひかない。

「ご事情をうけたまわれば手前どもも、いついつと期限まで切ってはお願いできません。お気が向いたときに、ということでお待ちいたしますから、内約束のおつもりでこの金《きん》子《す》だけでも、ぜひお納めいただきたいもので……」

馬琴にしても、読本とくらべればはるかに気骨《きぼね》の折れない合巻の執筆だし、目の前に五両の金をならべられれば不如意がちな家計の現実に、まず首の根をおさえられる。

「では、ともあれお預りだけしておこう」

ということに、なればなったで、しかしたちまち彼は、気持の上で自由を失う……。

金は返せばすむことだが、いったんつがえた約束は破れない、破りたくない……。（泉市《せんいち》は当てにしているだろう。道楽で商売しているわけではないのだ）

そう思うことは、すでに『金瓶梅』とのあいだに見えない鎖でつながれたと同じである。

ほかの作者たちなら、なんらの条件なし期限なしで版元がむりやり置いていった先渡しの潤筆料など、余得ぐらいにしか考えず遊山か湯治に消費してしまうところを、馬琴の気質では結句、無理をしてでも書きはじめる結果になり、その相手の気の小ささを見抜いていればこそ泉屋にしても鷹揚《おうよう》にかまえてみせるわけなのであった。

ものを書くことじたいは、嫌ではない。しゃべる苦痛にくらべれば一丈二丈にも及ぶ手紙をしたためて平気だし、家事万端、下女の出はいりから天候の照りくもり、購入品・贈答品の内容まで微細にわたる日々の覚えを、厖大《ぼうだい》な著述のあいまに三十年間書きつづけて倦《う》むどころか、どんなに疲れていても一日の終りにそれをしなければ気がかりで眠れず、よんどころない用事であくる日に回した場合は、

『昨夜、来客多忙につき午後よりの箇条は本日記載す。やむを得ざる仕儀なり』

そんな但《ただ》し書きまでつけなければ気のすまない性格なのだ。ひまひまには揮毫《きごう》に応じる、また借覧した書物を筆写する、宗伯や太郎のために〝家の記〟に類するものを書きのこす……といった筆まめな馬琴だが、著作となるとやはり別だった。苦しみぬくので

ある。

もともと才にまかせて書き流せる素質ではない。不器用だし、ねちっこいのだ。男女の機微、遊里のうがちがもっぱら材料にとりあげられ、読み手の側には、すじ立てのひねり、思いつきの斬新さ、会話の軽妙がよろこばれた黄表紙全盛時代、精神力、体力とも強いさかりの三十歳代でいながら、馬琴は一作ごとに四苦八苦した。

当時、飛ぶ鳥おとす人気作者の山東京伝……、その名声におぶさった『曲亭一風《きよくていいつぷう》京伝張《きようでんばり》』だの、品川沖での捕鯨さわぎにあてこんだ『鯨魚尺品革羽織《くじらざしながわばおり》』だの、それでもいいかげんなものまでまじえて年に七、八本、一心不乱に書くことは書いたものの、つくづく一九《いっく》、三馬、京伝らの才筆にくらべて自身の不器用さが情けなく思えた毎日だったのである。

盥《たらい》に溜まったところを見れば五升の水は五升にちがいない。しかし手桶でまたたくまに汲みこむのと、手拭にひたした水をしぼりしぼりして満たした五升とでは労力も時間もまるでちがう。楽な姿勢で、書くことを愉しみさえしながら、しかもつぎつぎに当り作をものす他の作者がうらやましく妬《ねた》ましく、彼は幾度、筆を折ろうとしたか知れない。

『仕懸文庫《しかけぶんこ》』『娼妓絹籭《しようぎきぬぶるい》』など一連の遊里ものが老中松平定信の綱紀粛正政策にひっかかり、山東京伝が手鎖《てぐさり》五十日、版元の蔦屋《つたや》が身上《しんじよう》半減の処罰をうけたのを契機に、出版界の動向が大きく変るという思いがけない事態が生まれなければ、さしも負けん気の馬琴も嫌気が昂《こう》じて、あるいは戯作《げさく》稼業から身を退《ひ》いていたかもわからない。

軟派から、一転して硬派へ……、仇討ものへと移っていった読者の嗜好は、やがて読みごたえのない一冊仕立てから数冊ひと組みの合巻へと黄表紙の形そのものまでを変えてゆき、仇討ものの流行は八、九年ですたれたけれども、つぎは読本へ移行していった。

合巻よりさらに絵がすくなく、文字が多く、歴史を背景に置き、構想すじ立てとも複雑、雄大な伝奇小説――。

いっぽうに洒落本《しゃれぼん》、人情本を生みながらも読本の隆盛はおとろえず、そのまま今にいたっている。

つまり馬琴が生き残れたのは……というより、文壇での第一人者にまで現在、のし上れたのは、まったく読本という彼の気性にも手にも合った新分野が行く手に展《ひら》けたおかげであった。

（運がよかった！）

胸をなでおろす思いでそう、ひそかにつぶやく反面、

（読み手の目があいたのだ。寝ころばって書き飛ばす女郎のうわさ話と、読本とでは、くらべるまでもなく内容の価値がちがう。やっとそこに具眼の読者は気づいたのだ）

勝って当然と、反りかえる傲慢さも馬琴の言動には常に付いてまわり、人に憎まれる大きな原因になった。

しかも、では、手に合った分野なら苦労なしに書けるかといえば、これがまた、けっしてそうはゆかない。史料漁《あさ》り、史料読み……。全四十巻、五十巻、刊行年月も五年、十年にわたる大長編である。構成にしろ文章にしろ四苦八苦はすこしもかわらない。屋台骨が大きいだけに、むしろ生みのくるしみは黄表紙時代を上まわった。

それと、なによりいけないのは馬琴の気の持ち方である。大量の歴史知識、世間万般にわたっての雑学的教養を必要とする稗史《はいし》小説ではあっても、しょせん人のなぐさみにすぎないものを書いて、売って、口を糊《のり》するという行為に、馬琴はいつまでも、しつっこくこだわっていた。

自負と同量の自責、矜持《きょうじ》と背中合せの卑下を同時に心のなかに棲《す》まわせて、その矛盾にくるしみつづけている日常だし、曲亭の名声を誇り、それに寄せられる讃辞は貪欲に求めようとしながら、小説書きという枠《わく》の外で人とつきあう場合は、相手から曲亭先生とも、馬琴氏とも呼ばれることを極端にきらった。

「無礼だ」

というのだ。

「曲亭馬琴は、不本意ながら称している身すぎのための仮《かり》の名にすぎない。わしの本姓は滝沢。名は解《とく》。字《あざな》は瑣吉《しょうきち》。表字《ひょうじ》は篁民《こうみん》。そのいずれかで呼んでもらいたい」

作品が劇場で上演される機会もときおりある。大よろこびで広め役を買って出たり、主演俳優や脚本書き、座元などを料亭に招待するといった風潮が作者仲間を風靡《ふうび》している なかで、馬琴だけは小屋の招き看板に名前をかかげることとさえ拒否する。見にも行かない。かならずや意にそまない変形がほどこされ、原作の味わいが歪《ゆが》められているにちがいないと思うから、腹を立てるのを怖れて小屋に近づかないのである。

評判のよくない作品なら芝居になどならない。その意味では大いに喜悦し、内々、得意でもいるくせに、一方、頑迷なまでの河原者への蔑視が、彼らと同列に看板に名をつらねることを、いさぎよしとさせないのだ。

「たとえ虚名であっても、戯場《げじよう》の入り口に名を書かれなどしては滝沢の家名に瑕《きず》がつく。宗伯や太郎の将来のためにも障《さわ》りになる」

と考えるわけである。

「素町人《すちようにん》の出ではない。痩せても枯れても出自《しゆつじ》は武士だ」

この意識を、両刀を捨てて五十年にもなろうというのに馬琴はまだ消しきれない。

武士は武士でも、渡り仲間《ちゆうげん》に毛がはえた程度の軽輩だし、わずかな扶持米《ふちまい》で一生、主家にしばりつけられる馬鹿らしさに我慢できなくなって、自分から蹴って出たはずの社会なのである。

しかし町人の生活にまじわればまじわるでその短所ばかりが目につき、しっくり同化しきることもむずかしい……。厄介な性分だが、この、容易に周囲と折れ合えない意地の強さが、いわば異質な世界での孤軍奮闘の中で、馬琴を今日まで支えてきたのだといえるのかもしれない。

彼が見つづけた一生の夢は、学者になることであった。資力がなく、境遇的に許されなかったために、やむなくあきらめて彼のいわゆる〝横道〟に逸《そ》れはしたけれども、その腹いせのつもりで詰めこんだ雑学知識の、無秩序、無統一、独善のつよさ、基盤の薄弱さを、じつはだれよりも知っているのは馬琴自身なのだ。

自分以下と見くだしている他の作者仲間の知性に対しては、しばしば嘲笑的でさえある馬琴も、正師について正道を正規に学んだ学者たちには儒学にしろ国学にしろ、実際以上のたじろぎを抱いたし、またそのゆえに、彼は学界を白眼視し学者を憎んだ。裏返せばそれは、げんざいの自分の稼業、稼業にともなう名声を、恥じ、憎むことにほかならなかった。

にもかかわらず仕事につながれ、虚名の鞭《むち》に追われつづけているのは、彼をふくむ一家の、生活のためという平凡な理由による。

『渡世のくるしさ、まことに詮方《せんかた》なし』

日記のなかで、彼は何度ひとりきりの嗟嘆を洩らしたろう。

人が義理を欠くことを許さないかわりには、自分もあたうかぎり義理を欠かず、借金の申し込みを拒絶する以上、まちがっても人から金を借りることなく、名声相応の体面を保持しつつ生活してゆくとなれば、一日も怠けてはいられない。ほとんど馬琴の筆一本に依存している家計なのである。

他の作家は、それぞれみな本業を持っている。山東京伝・京山兄弟が銀座にひらいている京屋小間物店、式亭三馬の化粧品店など、その代表的なものといってよい。

馬琴も彼らにならって売薬を製造し、芝の泉屋市兵衛、大坂の書肆河内屋吉助、それと飯田町の清右衛門方を売り弘め所にしているけれども、もっとも捌《は》け口のよい清右衛門の店でさえ売りあげ高は月に一分二朱と二、三貫文……。うち一割を手数料として渡してやるから、つまりは副業の域を出ない。

飯田町の家は元来がお百の持ちもので、馬琴が入り婿した当座この家には年二十両の家守《やも》り給がついていた。遠隔地に住む家主にたのまれて、三十軒ほどの長屋の差配を引き受けていたための、いわば謝礼金である。

清右衛門に長女のお幸をめあわせて分家させるとき、年に五両、馬琴夫婦へ隠居料を納めるという条件をつけて、この家守り給は二人に譲った。

「わずかな金で、体《てい》よく親を追い払えるのだから文句はあるまい」

冗談めかして、そのとき馬琴はお幸に言ったし、清右衛門も盆暮れの二回に分けて律《りち》儀《ぎ》に約束の金は持ってくるが、もとよりそんなもので生活がまかなえるわけはなかった。

いわばこれも、雑収入の一つにすぎない。

滝沢家の家計にはこのほかに、松前侯から宗伯に支給される年三人扶持の扶持代を加算すべきであった。

松前侯といっても隠居した前藩主、志摩守章広のことである。小説好きの志摩守は馬琴の読本を愛読し、使者をよこして疑問の個所など糺《ただ》させたり、奇聞珍談を問わせなどしていたが、やがて宗伯を抱え医師とし、扶持をくれるようになった。

病気のため、ろくに出仕をしなくなった現在なお、宗伯への手当は千束《せんぞく》の下屋敷からきちんきちんと届けられている。しかしそれも、老齢の志摩守に万一のことでも起きれば打ち切られるのはあきらかであり、定《き》まっているようでじつはすこぶるおぼつかない、当《あて》にはできにくい収入なのである。

……と、こう並べてみると、結局くらしに必要な経費の大部分は馬琴の原稿料に頼らなければならないわけで、版元からの寒中見舞、肴代《さかなだい》、当り作祝いまでふくめて年に四十両内外という手取り額こそ、一冊あたりの潤筆料が一級の水準を抜いているにしろ、やはり彼の、ほとんど寝るまも惜しんでの努力のたまものなのであった。

くらしは切りつめているのだから蓄財できなければ訝《おか》しかったし、また当然、溜めこんでいると世間には見られているが、滝沢家には貯えといえるほどのものはまったくなかった。長い年月をかけて買い集めた書籍と、いま住んでいる明神下の、五間《ま》たらずの住居をのぞけば恒産も皆無といってよい。家内に病人が絶えないせいである。

病弱を通り越して、宗伯はほとんど廃人のありさまだし、お百も年じゅう寝たり起きたりをつづけている。脚気と頭痛を主《おも》な言い立てにするが、

「お前のはわがまま病気だ」

馬琴は本気になっては取りあわない。実際に気鬱からくる神経症で、顔色も青ぐろく、むくんで精気を失っていた。馬琴より三歳上の姉女房だから、今年七十――。老齢のためへの弱りもむろんある。

宗伯の体質を受けついだのか、わんぱく者のくせに太郎がまた、ひ弱な生まれつきだった。子供の厄といわれている疱瘡《ほうそう》、麻疹《はしか》はいうまでもない。冬は風邪をひきやすく、夏はささいなことから腹痛や下痢を起こした。

満足なのはお路ひとり――。頑健だとはいっても馬琴も年で、寒さに向かうたびに腰の痛みに悩まされる。おまけに今度のこの、右眼の失明である。

前途を思うと不安にたえない。門前市をなすとまではいかなくてもいい、せめて人なみに宗伯が医術で生計を立てていたら、馬琴はいまごろ楽隠居のはずなのだ。気にそんだ仕事だけを無理せずにやっていればいいわけだったが……しかし、だからといって息子を疎《うと》んじたり、その腑甲斐なさを責めたりする気は毛頭なかった。癇性の発作さえ起こさなければ宗伯は内気で、礼儀正しく、父親思いのきまじめな男なのである。嘘がつ

けず、かりそめにもうしろ暗いことのできない生まれつきのため融通《ゆうずう》はきかないけれども、することとの丹念さはやや偏執的なほどだから、校正、調べものにかけては老父の仕事のこの上ない助力者でもある。

（いつまでも、親の厄介者……）

そう、自身を嫌悪している宗伯が、せめて消費面だけでもできるかぎり節約しようとし、酒を飲まず煙草を吸わず、美衣美食を求めず、記入を委《まか》されている金銭出納《すいとう》帳を前に、失念したわずか十文、二十文の買物を思い出そうとして、深更まで寝もせずに考えこんでいる姿など見ると、

（いいのだよ宗伯。生きているうちは……働けるあいだは……わしが働く。まだまだ大丈夫だ。わしに寄りかかっていていいのだよ）

口にこそ出さないが馬琴の親ごころは、息子への労《いたわ》りでいっぱいになるのだ。


どうしても顔出ししなければならない町内での寄り合いがあるとかで、ひとまず清右衛門が帰ったあと、入れ代りに飯田町からお幸が手伝いにやってきた。

「おつぎを置いてきていいのかい？」

と、お百が訊いている……。

「向かいの箔屋さんにあずけてきたわ」

「今朝がた鱸《すずき》をくれたお宅だね」

「食べた？　おっ母さん」

「まだだよ。三枚におろして塩はふっておいたけど……」

「なら、晩ご飯のおかずに使いましょう」

手ばしこく立ち働く娘のあとを大儀そうについて歩きながら、出たっきりまだ帰らない嫁の悪口をお百はうじうじ言いつづけた。

「縫物は、そりゃあ早いよ。でも摑み針だし、でき上りのぞんざいっちゃないのさ。菜《さい》の味つけはあだ辛いしね。拭《ふ》いても掃いても隅々は残すほうだからお路が来てからこっち家の中は何となくうす汚なくなったよ」

無精は母さんこそ輪をかけてるくせにと、お幸はしかし肚《はら》の中で笑っている。雑駁《ざっぱく》でも下手《へた》でもお路のほうは平均してがいせいに働くが、お百に至っては気分次第で横のものを縦にもしない日が半月つづくこともあるのだ。

縄ダワシに灰をつけてお幸は包丁《ほうちょう》の銹《さび》を落とす、俎板《まないた》の臭みをこする、ついでに鍋を光らせる……。かたわらの七輪《しちりん》では切り身の鱸が蠟色《ろういろ》の肉に脂のつやを浮かせて香ばしい煙をあげ出し、釜からは炊きあがった飯の匂いが吹きこぼれていた。

手持ちぶさたのあまり書斎を出て、馬琴は台所に隣接する茶の間に居場所を移していたが、

「もうやめなさい、お路の棚おろしは……」

お百をたしなめた。

「帰ってきても叱言など言うんじゃないぞ」

「だって、あんた……」

「ほかに来手《きて》が、あると思うのか？」

宗伯の耳をはばかって老夫婦は小声になった。

「そうよ母さん。鎮五郎さんは普通じゃないんですからね」

お幸もささやき声で父に同調した。

「お路さんには私たち、感謝しなきゃいけないんだわ。太郎やさちや、うちのつぎの、あの人は生みの母でもあるんですからね」

「それにしても、いまだに土岐村さんから何の知らせもないのはおかしいね。心あたりを探してみるとお言いだったのに……。まさかこのまま、どこぞへ行ってしまったんじゃあるまいね、お路は……」

行ってしまう……去ってしまう……。

危ぶみが馬琴の胸の中で、はっきりと不安に変ったのは、このお百の言葉を聞いてからだった。

いっこくで、こじれたらさいご梃《てこ》でも動かないお路の性情には、手こずった経験が彼

にも何度かある。嫁に来てまもなくだが、

「二分《ぶ》、ください」

彼女は夫に申し出たことがあった。すくない金高ではない。宗伯が馬琴に告げ、馬琴はお路に、

「使い道は何なのだ？」

とたずねた。彼女は答えなかった。いくら訊《き》いても、どう質《ただ》しても、

「わけは言えません」

の一点ばりに、とうとう根負けして二分、出してやったが、これは大変な強情者を貰ったものだとそのときすでに内心、辟易《へきえき》したのである。

（あの嫁なら家出ぐらいしかねない……）

夕飯がすみ、あと片づけを終えてお幸も帰ったあと、家中の焦燥はしだいに濃くなった。いつもならとうに寝てしまうはずの太郎までぐずぐず祖母の膝で膝ゆすりしていたが、

「だれかきたッ」

いきなり跳《は》ね立つと、まっしぐらに玄関へ飛び出した。

「門があいたよッ、足音がする」

あとについて馬琴もおぼつかなく玄関さきへ出てみた。

格子があいて、笑顔をのぞかせたのは土岐村元立の妻であった。法体姿のこの老女は、恐るべき多弁と、臆面《おくめん》なしの長逗留《ながとうりゅう》とで日ごろ馬琴に地震、洪水の来襲よりも恐れられ、忌避されている人物である。

「今日はまあ、このわがまま者がご心配をおかけしまして……。いえねあなた、フラフラッと九軒町の姪の家へ遊びにいってしまったとかで、一家の主婦がそれではすむまいと私ども、さんざん叱りつけてやったのでございますよ」

にぎやかすぎる挨拶も大げさな言いわけも、だが、今夜にかぎって馬琴はすこしも苦にならなかった。

「お出迎えしないかお百。……宗伯も。土岐村のおかあさんだよ」

呼びたてる声には、つい知らず安堵《あんど》がにじんだ。

老尼のうしろにお路はたたずんでいた。赤児を胸に、晴れあがった晩秋の夜空を見あげている……。横顔は固く、表情にとぼしく、みじん、照れても悪びれてもいなかった。

四

茅場《かやば》町の割烹料亭『飛鳥井《あすかい》』は、値の張る店、そのかわり吟味した酒をぜいたくな肴で飲ませる店、ということで、よい客筋をつかんでいるほか、いま一つちょっとした特色で知られていた。

千坪ちかい角地の、南に面した黒板塀の中央に料亭への門がひらいているのだが、その前を通りすぎて東側へ廻りこむと、こんどは華奢《きやしや》な、荒透《あらす》きの格子戸を二枚はめた葛《くず》屋門《やもん》があらわれる。懸行燈《かけあんどん》にはきどった筆致で『あすか』と書き流してあり、植込みにはさまれた飛び石三つ四つで、すぐ数寄屋《すきや》ふうの入り口に達する。

中はそのくせ、わざとくだけた居酒屋づくりだ。といっても木口《きぐち》は凝っている。いっぽうは附け台を回し、竹製の腰掛けを配した板場、いっぽうは衝立《ついたて》で仕切って五組ほど坐れる小座敷……。まん中の石だたみに飯台《はんだい》めいた部厚な杉板を四かわ並べ、床几《しようぎ》がすえてある。

酒も肴も『飛鳥井』と同じ材料を、腕っこきの板前の包丁で手軽にたのしめるという狙いが受けたのだろう、お店者《たなもの》、武家、芝居関係の人々などで品《ひん》のよい繁昌ぶりを見せていた。

『飛鳥井』の建物とは泉水からの小流れを跨《また》いだ渡り廊下でつながっているが、立木をうまく配してあるため鉤《かぎ》の手に曲った広縁の一部と、座敷の灯《あか》りがチラと見えるにすぎない。

鳴瀬《なるせ》和助《わすけ》はその『あすか』の、端の飯台に肘をついて、陰気な視線を伏せながら時おり思い出したように猪口《ちよく》を口にはこんでいた。

二十七、八――。着物はやつれているし顔色も冴えない。灯《ひ》にそむけた片頬は篦《へら》ででも削《そ》ぎ取ったほどこけて、四十以上にも老《ふ》けて見える。『あすか』の客の中ではやや場ちがいの感じだけれども、過重な労働とは縁のなさそうな弱々しい身体つきをしているせいか、とりたてて周囲の目をひくほどの違和はなかった。

ふところに文銭《もんせん》一枚持ち合せていない和助に、

「いいから、飲んでけよ」

銚子二本に簡単な摘《つま》み物を添えてあてがってくれたのは、この店の板場に勤めてかれこれ四年になる焼き方の角造である。

「そのかわりおつもりだよ。手酌でやってくんな」

相《あい》長屋に、しかも隣り合って住んでいる和助は、角造の母親からたのまれた言伝《ことづ》てを持って、ついさっき『あすか』へやってきたのだ。

「ありがとう、ごちそうになるよ」

こっそり隅にかがんで飲み出したが、彼の酒量はたかが知れていた。猪口に五ツか六ツでまず、すうッと青ざめる。あとは時間をかけ、舐《な》めるようにしてやっと二合……。気が沈み、身体じゅうにだるい喪失感がかぶさってきて、どうにもそれ以上は空けられない。

――和助の片わきでは、飯台をはさんで二人づれの町人が飲んでいた。

向かい側は二十《はたち》そこそこ……。頰先にすがすがしく血の色を刷《は》いた堅ぶとりの、穏やかそうな若者だが、和助と並んでこちら側の床几に掛けているのは、声が低く、痩せて眼つきのするどい中年者で、双方とも凝った、金のかかった身なりをしている。商人にしては垢ぬけているし、かといって芸人の華やぎはない。和助には見当がつかないし、興味もなかった。

自身の屈託に、彼はとらわれつづけていた。いや屈託というより、それはめずらしく和助の内部にきざした欲求と称してもよいものだった。もちろん淡《あわ》い。なにごとによらず、積極性を欠いてきたこれまでの和助の生き方からすれば、淡くはあっても、ともかく求める気が起こったのは、よくよくのことと言ってよい。

（海が見たい。ぞんぶんに海を見て……そして終りにしよう）

なぜ、そんな望みにとりつかれたのか、理由は彼にも判然しない。ただ、むしょうに巨《おお》きなもの、視野いっぱいに拡がる巨きな空、巨きな夕焼け、果てしない水の爛《ただ》れを、網膜に灼《や》きつけて逝《ゆ》きたい気がした。みずからつくりあげた狭い、陰湿な牢の中に、ながいあいだ閉じこめられていた和助の心が、無意識に求めた羽ばたきかもしれない。

「海へ行こう」

とお加乃《かの》に言ったら、妹もいつもの淋しい笑くぼを見せて素直にうなずいた。

「それがいいわ兄さん。死場所は海辺にしましょう」

「どこがいい？」

「上総《かずさ》の、片貝《かたかい》……」

「どうしてだろう、私もいま、ふっとそう思ったよ」

「房五郎兄さんが亡くなった土地だからでしょう」

「そうだった。九十九里浜とか聞いていたね」

「ひとりぽっちで、兄さんは心ぼそがっているわ、きっと……」

「私たちが行けばよろこぶよ」

「よろこぶわね」

水が砂地へ浸《し》みこむように、しぜんに決まった。あとは片貝までの旅費である。乞食のような最後の旅を、妹にさせたくはなかった。

……いつのまにか和助は飯台につっ伏していた。

（金の工面――）

酔った頭で、それを考えた。当てはない……。不意に頭上から、若々しい、力のこもった声がこのとき落ちてきた。

「たしかに生きた、この世にいた、という証《あかし》が残したい。望みはそれだけだよ」

そっと顔をあげると、向かいの若者の童顔が乗り出すように目の前にあった。となりの中年者に語りかけているのである。

宵の口をすぎて店はそろそろ混み合う時刻にかかっていた。若者の声はそうとう張っているが、ざわめきに消されて、彼らに注意を向ける者は一人もいない……。

「なるほどね、生きた証か」

中年者の口ぶりには相手の幼稚さへの、あきらかな冷笑があった。

「いいでしょう。意気たるや壮だ。大いにおやんなさい小三馬さん」

その調子を無視して、

「たとえば、亡くなったうちのおやじ——式亭三馬さ」

若者はつづけていた。

「あの無学な人が、時代の求め、読者の好みとあれば手さぐりででも佶屈《きっくつ》な読本を書いた。馬琴あたりにさんざんあげ足をとられ、嗤《わら》われながらも読本をこなそうと歯をくいしばった。でも、つまるところ、おやじの存在を証する作品といえば『浮世風呂』一本だよ。故山東京伝も同様、なんでも手がけた。いちおうの水準にはどれもが達したが、歿後の名声は一連の遊里ものの上に打ち立てられている。おととし故人になった十返舎一九もそうだし、生存者では馬琴しかり、春水もまた、然りだろう。一九が仇討物を手がけたり馬琴が滑稽本を書くというような、きのどくな模索の時代もあったけれど、彼らが彼らの命を、まぎれもなく生きた証は、後世『膝栗毛』『八犬伝』『梅暦』によって立てられると思うのだよ。私もぜひ、そういう作にめぐりあいたい。一作でいいんだ。

爪跡を残して死にたいんだよ」

和助はまた、飯台につっ伏した。

（馬琴……馬琴か……）

肘の上で、彼は頭をグラとゆすった。

（ずいぶん逢わないな、あの伯父貴にも……。おたがいに憎み合ったまま別れたきりだ。でも、まもなくおれとお加乃は、記憶の中のあの人から解き放たれる……。ご長命でおくらしなさい伯父さん）

つぶやいて、いきなり和助は顔をあげ、酔いのためにいくらか据《す》わった目で、向かいの若者を睨んだ。

（この男も……戯作者《げさく》かしら……）

（ただの一作だの、爪跡だの……わけのわからないものをこいつは欲しがり、おれは金を欲しがっている……。江戸からたった十二、三里。一泊二日の、しかも片道きりの路《ろ》銀《ぎん》なんだがなあ）

中年者のほうは置き注ぎで、ゆっくりすすりながら、

「だからさ、せいぜいおやりなさいと言っているんじゃありませんか。一世一代の傑作にぶち当るか当らないかも、書いての上のことだ。口や頭で熱っぽい願望をいくら繰り返してみたところで仕事をしないじゃ話にならない」

面倒くさそうに小鉢の和物《あえもの》をつついた。

「お前さんはしかし、金水さん、やはり作者なのに、そういう望みは起きないのかい？」

ふしぎそうに若者は訊いている。

「私ですかい？　――起きないね」

歪《ゆが》み笑いに中年者は笑った。

「だれの辞世だったかな、……そうだ、狂歌堂真顔《まがお》が喜寿で目をつぶったときの歌だ。『うまく食い暖かく着て何不足、七十七ツなむあみだぶつ』ってね。戯作なんぞを生活の手段にして、人なみに旨く食い、女房子にも暖かく着せられるとすれば、これはもっけの仕合せですぜ。その上を望むのは僭上《せんじよう》沙汰だ。爪跡か証かしらないが、おそれ多くて、私にはそんな科白《せりふ》は吐けないね」

むっとしたらしい。

「生活ねえ」

つい知らず若者の口調は皮肉になった。

「歌舞伎役者の代作なども、だからこそ平気で手がけるわけだね」

金水とよばれた中年男の、ただでさえ鋭い両眼にギラと刺すような光が過《よぎ》った。

「そう。よい御時勢になったと思うね。人気役者の名前だけを借りてきて閑《ひま》な書き手にいいかげんな筋をぬたくらせ、いかにも役者当人が書いたように見せかけたお手がる黄表紙をでっちあげる……。版元連中が、あざとい思いつきをしてくれた上に、これがまた軽薄な読者にひっぱりだこで売れるってんだから私ら三流作家まで、近ごろはふところ具合があたたかいわけだ」

「わるかった金水さん。なにも私は、そんなつもりで……」

「いいのさ。ほんとのことだもの。いま私は『輪廻機綱夢白浪《りんねのきずなゆめのしらなみ》』ってお子供衆のおなぐさみを書いてるけど、これはたしか、羽左衛門市村家橘《かきつ》の名で来春早々売り出されるはずですよ」

「私はね、寂しいだけなんだ。うまれて、生きて、死んでしまう……。どうにもそれではやりきれない気がするんだ。いくら旨く食い、暖かく着ても、それっきりではね」

「お待ちよ小三馬先生。寂しい寂しいと甘ったれながらじつはあんたは、ひどく陽気な、傲慢な求めを口にしているのかもしれないいんですぜ」

「私が？」

「まあいいや。やめようよ青っ臭え寝ごとのやりとりなんぞ……、せっかくの『あすか』の酒がまずくなる。——それよりどうです？」

ふところから鬱金《うこん》の布にくるんだ小さな包みを金水は摑み出した。印材であった。

「一個でいい。買ってやってくれませんか。友人にたのまれたんだ。安くしとくそうですよ」

「死んだおやじのがたくさんあるんだ。印章道楽だったからね」

「おやじはおやじ、あんたはあんたでしょう」

「それに、名前だけは私もじきに、式亭三馬を継ぐことになるだろうし、そうなればそっくり、おやじの印が使えるわけだからね」

「象牙と玉《ぎょく》ばかりだが、どれもみな清国《しんこく》からの舶載品《はくさいひん》だと言ってましたよ」

金水はかまわずつづけた。

「大小にかかわらず象牙は二両。玉はこの、暗緑色のがやはり二両。飴色《あめいろ》のやつが二両と二分。乳色のでかいのが中でのお職で、五両だそうです」

「いらないな。すまないけど……」

「そうですか。じゃあ仕方がない」

あんがい淡泊に、もとの布につつむと、金水はそれを床几に置き、急に話頭を変えて同業のうわさ話をはじめた。

『偐紫田舎源氏《にせむらさきいなかげんじ》』で、このところめきめき売り出してきた柳亭種彦、師匠の死後、二世十返舎一九を襲名した十字亭三九、金水自身と競《きそ》いあって、役者の代作に精出している墨川亭雪麿《ぼくせん》などの名が、かたはしから出たが、やがて金水の口は曲亭馬琴への辛辣《しんらつ》な嘲罵にかわり、いつのまにか、ごくしぜんに式亭三馬の上に移った。

「私の馬琴ぎらいに輪をかけて、あんたのおやじも馬琴を憎悪していたな。『阿古義《あこぎ》物語』

を、こっぴどく馬琴にこきおろされて以来だが、それからというもの、ありとあらゆる自作の中で馬琴のわる固まりを皮肉り、揶揄《やゆ》しぬいた。『無根草夢譚《ねなしぐさゆめものがたり》』なんか、もっと も露骨な馬琴攻撃の書だよな」

金水はむかし、谷金川《きんせん》という筆耕業者の店の職人で、作者の家に出はいりし、内職かせぎに原稿の浄書などしていた男である。

『八犬伝』の校正も、はじめのうちは彼が引き受けていたのだが、誤字、脱字を病的なほどきらう馬琴の目がねにかなわなかったものか、三、四カ月で出入りをさしとめられた。執念ぶかく、それを根に持っているらしいとは小三馬も察している。

のち、為永《ためなが》春水の弟子になった彼は、谷金川と春水——二人の名から一字ずつ取って松亭金水とあらため、著作稼業をはじめたわけで、師匠とのひっかかりからも馬琴には好感を持っていない。為永春水には、馬琴の旧作『三国一夜物語』の版木《はんぎ》をある版元の土蔵からさがし出して、著者名のところだけを削りなおし、自分の名で再版したという破廉恥行為が過去にある。馬琴とも、当然、絶交状態のまま現在にいたっているわけで、金水にすればかさねがさね曲亭馬琴の名は、不快の対象というわけであった。

「それにしてもあの、『無根草夢譚』って作は巧妙な作だね小三馬さん」

敵意をふくんだ口調で金水は言った。

「あれは芝全交の、『親之敵現歟夢也《おやのかたきうつつかゆめか》』を、うまく手を入れて作り替えたものですぜ」

小三馬は身体を固くした。

（はじまった！）

印材の売りこみを取りあわなかったしっぺ返しだとは承知しながらも、彼の若い頬は羞恥に燃えあがった。

「あんたの前だが、式亭三馬って人は他人の作をいただくことにかけちゃ名人だね。『日本一痴鑑《あほうのかがみ》』がこれまた全交の『鼻下長《はなのしたなが》物語』の剽窃《ひょうせつ》だし、『稗史億説年代記《くさぞうしこじつけねんだいき》』は桜川杜芳の『草双紙年代記』の焼きなおし……『小《お》野篁謔字尽《ののばかむらうそじづくし》』が恋川春町の『郭篁費《さとのばかむらむだ》字尽《じづくし》』の翻案ときているんだから器用なものさ。『浮世風呂』でさえ、趣向は京伝の『賢愚湊銭湯新話《けんぐいりごみせんとうしんわ》』からの思いつきだもの、恐れいるよ。役者の代作もほめたことじゃないが、ひと様の作を頂いちまうのも、みっともよくはないようだぜ」

……鳴瀬和助の耳は、この二人の会話をまったく聞いていなかった。つっ伏した姿勢のまま右肘《ひじ》の下から床几に置かれた印材の包みを、彼はじっとみつめていた。

それはすでに、すっかり忘れ去られたもののように金水の腰のわきに無雑作にひきつけてある。全部で何両になるかはわからない。ただ、小さな、ひと摑みにできそうなこの、鬱金の包みの中味を、捨て値に処分しても片貝までの旅費ならば余るだろうとは、和助にも見当がついた。

（ほしい）

と思う。……思う下から、

（よせ、柄じゃないんだ）

自嘲がこみあげてくる。盗みへの、道義的な掣肘《せいちゅう》ではない。何をしても、ものになったためしのないこれまでだったのである。しくじりの予感が彼を竦《すく》ませるのだ。

（よせ。……どうするんだ、おい！）

和助は自分を叱りつけた。見まいとした。しかしいつのまにか目は包みに惹《ひ》きつけられ、右の手はすこしずつ、それに向かって伸びはじめていた。

（ああ、よせッ、……よせったら！）

右の手は、だが別の生き物のように彼の意志を受けつけなかった。和助は身ぶるいした。青白い、ひすばったその指先が、はげしく慄えながらもついに包みにとどいた。せつな、包みごと手は金水の手に摑まれ、捻じあげられた。

床几が倒れ、皿小鉢がけたたましい音を床に立てた。突っ立つと、金水は上背のある男だった。捻じって背に回した腕をはなさず、土間の中央へ和助をこづき出すがはやいか、いきなり足をあげてその下腹を蹴った。和助は昏倒した。雪駄《せった》のまま金水の足はさらに相手の顎《あご》を蹴り、額を蹴りつけた。

血を見て、板場から角造がとび出し、小三馬はうしろから羽交《はが》いじめの恰好《かっこう》で金水にむしゃぶりついた。

「ど、どうしたんだ。乱暴はやめろ松亭」

「あんたは知らないんだよ小三馬さん。こいつは盗《ぬす》ッ人《と》だ。印材に手を出しやがったんだぜ」

金水の声は冷たく、むしろ沈んで聞こえた。

「おれは盗ッ人ってやつが許せない。人殺しよりも我慢できないんだ。……役者の代作……だれがそんなことで、能事《のうじ》足《た》れりとするものかッ」

一瞬絶句し、金水はしかし、すぐ続けた。

「どろどろな、やりきれないものにまみれながら、それでも生きるために歯をくいしばってわれわれが手に入れる屈辱の代償を、こいつらはありがとうとも言わずに横からかすめてゆくんだ」

「わかったよ松亭」

小三馬も興奮し、おののき声で応じた。

「盗作もどろぼうだ、お前のおやじはどろぼうなのだと、もう一度、念を押したいんだろう?」

さわぎは橋廊下にまで聞こえたらしい。仕切りののれんをかかげて『飛鳥井』の客とみえる六十年輩の町人が、もの見だかく顔をのぞかせた。女を一人、うしろにつれている。

帰りかけて、廊下を『飛鳥井』の玄関へたどっていたところなのだろう。男は羅紗《らしゃ》の首巻き、女は紫綸子《りんず》の被布《ひふ》を着、おなじ色のちりめんのお高祖頭巾《こそずきん》で、ふかぶかと顔を覆っていた。

人々の頭越しに、金水はすばやくこの町人をみとめた。

「や、市兵衛さん……泉屋の旦那じゃありませんか」

布ででも拭《ぬぐ》ったように彼の表情からは険悪なものが消え、とり入るような微笑が、かわってその満面にひろがった。

「こりゃあどうも。とんだところをお目にかけちまったな」

揉み手をし、のれん口に寄って行って、金水は照れくさげにうしろ首など掻《か》いた。

「あんたでしたかい松亭さん、この修羅場の立役《たちやく》は……」

泉屋と呼ばれた老人も笑顔で言った。

「大向こうから声がかかりそうな見得《みえ》だったじゃないか」

声がやさしい。半白の小鬢《こびん》には美しく櫛目がはいっている。目袋《めぶくろ》のできた、一見ふくぶくしそうな下り目は、しかしよく見ると眸《ひとみ》が小さく、針の先に似た冷酷な光を時おりチカと放った。

「いえね、友だちからあずかった印材へ、こいつが手を……」

金水の説明をそら耳に聞きながし、店の者に命じて履物を回させると、泉屋はつれの

女に会釈《えしやく》しつつたたきへおりて、

「手ひどくやられたじゃないか、え？　若いの……。いったいお前、どこの何者だい？」

和助の顔をゆっくり覗きこんだ。はじめから、わざと頑強に式亭小三馬の存在を無視した態度だった。

・

五

「じゃあ、おらア店へもどるぜ。附け薬はここへ置いてゆくからなお加乃さん」

と土間の草履へ脛《すね》をおろしながら、

「いやになっちまうなあ、まったく……。やるに事をかいて盗みとはよ」

もう十遍も口にした愚痴を、角造はまたくり返した。

「およしよいい加減に……。江戸ッ子らしくもない。お前もしつっこい男だね」

角造の母親が舌打ちした。

「でき心だよ。魔がさしたんだ可哀そうに……。それも、盗みおおせたというわけじゃなし、面相が変るほど蹴りつけられなきゃならないわけが、どこにあるんだい？」

「おいらに怒ったってはじまらねえや。……とにかく、あとはたのむぜお加乃さん。おらアまだ、店の看板前だからな」

出て行くのを見送って、角造の母もやがて家へもどり、六畳ひと間《ま》きりの侘びずまいには兄妹だけが残った。

「痛む？　兄さん」

濡れ手拭をしぼりかえながらお加乃は小声で言った。

「お医者さま、呼ばなくていい？」

「大丈夫だ。――それより、許しておくれお加乃。みっともないざまを見せてしまって……」

「びっくりしたわ。角さんにかつがれて帰ってきたときは……」

「路銀がほしかったのだ。二人で片貝へ行くためのね」

「わかってるわ。でも、お金なら私が何とかします。藤屋のおかみさんにそう言って、またひと月ほど稼がせてもらえば路銀ぐらいすぐ溜まりますよ」

「お前は血を吐いた身体じゃないか」

「死にに行くのよ私たち……」

片頬に、浅い片えくぼをお加乃は刻んだ。

「生きようと思えばこそ身体もいとうのだわ。片貝まで旅する力さえ残しておけば、あとはすっかり使いはたしていいわけでしょ？」

「堪忍しておくれ妹……」

痩せほそったお加乃の手を、両掌《りょうて》でにぎりしめて和助は嗚咽《おえつ》した。

「わたしはいくじなしだ。世間の営みからは、はじめからはみ出していた人間なのだ。勝つことはおろか、他人と争うことすらできない弱虫だった。ひとがこわい……。今夜もね。印材に手を出すまでは髪の根が逆立つほどおそろしかったが、松亭金水とかいうあの戯作者に引っ立てられ、蹴られ、なぐりつけられる羽目になって、かえってほっとしたのだよ。いっそ縛られたほうが気が休まる。お前のふところか、さもなければ牢屋か……。わたしが安心できる場所は二つよりないのだ」

「同じよ兄さん。私も同じよ」

塗り薬の匂いがこもる薄い布団の中へ、寄り添って身体をすべりこませながらお加乃はささやいた。

「兄さんとこうしているときだけ、私は安心できるの。かろうじてでも生きていることが、たしかめられるのよ」

「一つ桃の実を、まん中からたち割ったように二人は同じだからだ。双生児《ふたご》の兄妹……。血も、身体も、気質まで一つのものを分けあって生まれてきた私たちだもの……」

息づいてきた燈芯《とうしん》が最後の油を吸いあげ、ジジと音たてて灯皿《ひざら》に丁子《ちょうじ》を落とした。行燈《あんどん》が消えた。

和助は腕をのばした。痛みどころに響いたのだろう、思わず呻《うめ》いたが、そのまま力をこめて妹の折れそうに細い身体を抱きしめた。

「お前は悔いていないかお加乃。兄のわたしと重ねている罪ふかい夜々を……」

「なぜ？」

和助の耳朶《みみたぶ》をくちびるで愛撫しながら、ほとんど聞きとりにくい小声でお加乃は訊き返した。

「なぜなの？　なぜ悔いなければいけないの？　世すぎのために、それこそかぞえきれないほどの男と今まで私は交わったけど、そのだれとも、とうとう馴れることはできなかったわ。苦痛を我慢しつづけてきたの。殺されそうな思いに耐えて身体を硬《こ》わめ通してきた夜ごとだったわ。……でも、兄さんとだけはよろこべたのよ。しんそこから満たされ、安らげたのよ。――それが罪なの？　私たち兄妹は結ばれるのがしぜんなんだわ。ばらばらでは心細くて、居ても立ってもいられなかったんですもの」

「その通りだ。私の気持もそっくり同じだよお加乃。お前のほかに、私は女を……人間というものをよく知らない。知ろうとあがいたが……わからなかった。わかったのは同類のお前だけだ。世の中の掟《おきて》はどうあれ、私たちは結ばれるのがしぜんだし、それが罪だとは、私にも実感できない。……ただ、二人の行く手に用意されているものの正体だけは予知できる。……地獄。そこへ堕《お》ちるときも、つなぎあった手は離さずにいよう。ね？　お加乃。覚悟はできてるね」

「できてるわ。兄さんとなら怖くない。どこへでも一緒によ」

ひっそりとそのまま、闇の底に抱き合っていたが、やがてお加乃は、ひどい怪我をしているにもかかわらず兄がいつもよりいっそう切なく、何かに追い詰められでもしたような迫り方で、自分を求めているのに気づいた。

おたがいの衣服をやわらかく解き放ち、兄の上におおいかぶさると、母親のような気づかいといたわりを動作にこめて、彼女は静かに相手をみちびき出した。

きずの痛みと綯《な》いまぜのするどい快感が、きつく、ゆるく、和助の全身を揉みはじめた。妹のむき出しの肩に、彼は夢中で爪を立てた。その息づかい、喘ぎの深さ浅さに耳をすませながら、注意ぶかく注意ぶかく、お加乃は動作をすすめていった。

……まもなく床を出ると、暗がりの中で身じまいをし、彼女は火打ち石を打った。

和助はかすかに寝息をたてている。付け木の不安定なまたたきの中で、翳《かげ》ったり明るんだりするその寝顔には、忌まわしく不健康な頽廃の隈《くま》と、まったくそれとは逆な、嬰《えい》児《じ》さながら純な清さとが同時に泛かんでいた。

いとしくてならないもののようにお加乃はそんな兄をみつめていたが、やがて立つと台所の簀《す》ノ子《こ》へおりた。土鍋がひとつ、ひびのはいった飯碗が二つ並んだだけの棚を、人の気配にも恐れずに鼠が走りまわる……。

甕《かめ》からじかに、柄杓のまま水を飲み、お加乃があがりがまちに腰を落として息をついたとき、表に足音が聞こえ、けたたましく雨戸が鳴った。

「おれだよ、あけてくれお加乃さん、寝ちまったのかい？」

角造の声であった。

和助が目をさまし、怯《おび》えた視線を妹に投げた。隣家の戸があいて、

「どうしたんだい角、舞いもどって来たりして……。お店、まだ終る刻限じゃないだろ」

咎めだてる母親の声もする。走ってお加乃は土間へおり、雨戸のしんばりを手ばやくはずした。

「客人をおつれしたんだよ。どうでも案内しろとおっしゃるもんだから……」

「お客⁉」

向かい長屋の軒下に黒い影がたたずんでいた。女であった。

「ここでごぜえます。どうぞ……」

角造にうながされ、女はゆっくりお加乃に近づいた。うすぼけた行燈のあかりが土間から斜めに路地のドブ板へにじみ出ている。お加乃は相手が、塵《ちり》よけの被布《ひふ》を着、紫ちりめんのお高祖頭巾をかぶっているのをやっとみとめた。

「頭巾のままで失礼します」

やや嗄《か》れた、折り目ただしい口つきで女は言った。

「『飛鳥井』に居合せて、偶然、さわぎを見聞きした者です。怪我をなさったかたを曲亭馬琴先生の甥御《おいご》さまと知ってお見舞にあがりました」

お加乃に、いぶかしげな目で見返られて、角造は頭をかいた。

「よけいなことまでしゃべっちまったが……じつは騒ぎのあと、店の主人にさんざっぱら油をしぼられてね。お前が詫びてすむことではない、『あすか』の信用にかかわる、和助とかいうこの男に親兄弟がいるなら謝罪に来させろ、と責めたてられたわけさ。で、苦しまぎれについ、馬琴の甥だと言っちまったんだが、こちらさまのおつれの泉屋市兵衛って版元の旦那が、曲亭先生なら知らない間柄でもなし、枉《ま》げて不承するようにと店の主人にも、あの金水とかいう客人にも取りなしてくれたおかげで、どうやら穏便《おんびん》におさまったわけなんだよ」

「では、滝沢のほうへは……」

「泉屋さんが口止めしなすったからね。だれも何とも言い遣《や》りはしめえよ」

このまに女は、帯のあいだから古渡《こわた》り更紗《さらさ》の紙入れを出し、金を懐紙にくるんでお加乃の前へさし出した。

「どうぞ、お納めくださいまし。お見舞の水菓子がわりでございます」

「でも……」

お加乃はすさった。

「見ず知らずのあなたさまから……」

「たぶんもう、滝沢先生はお忘れと思いますが、私はむかし、ある人の使いで先生に幾度かお目にかかった者でございます。まったく御縁のない行きずりの他人ではございません」

「馬琴はたしかに、私ども兄妹《きょうだい》の母の兄に当ります。でも、行き来しなくなって、かれこれ六、七年になりましょうか……」

「失明なさったのはごぞんじですか？」

「伯父が、目を？」

「もっとも、右だけだそうです。ひきつづき大病まであそばしながらも、『八犬伝』の執筆はほとんど休まれなかったとか巷《ちまた》の噂で聞きました。気力のお強いかたでいらっしゃいますね」

言いつつ、金の包みを框《かまち》へ置き、

「では、駕籠を待たせておりますし、私は失礼いたします。……お大事に」

女は戸口をはなれかけた。

「お待ちくださいませ。これはいただけません」

お加乃が追い、角造の母も飛び出して、

「お名前を……せめてお名前だけでも……」

すがり寄ったが、

「いずれまた、お目にかかりにまいります」

言いすてて駕籠に乗りこみ、そのまま人足をせかせて女は去ってしまった。

「いいんだよ、わかってるんだおっかあ」

角造がとめた。

「あの女《ひと》は『飛鳥井』の常連なんだよ。今夜は泉屋の旦那と一緒だったが、たいてい一人で来ては、板前にまで祝儀をはずんできれいに飲んでゆくんだ。女だてらにね」

「品のよい、どこか威《い》のある、そのくせ肩なんか撓《しな》うみたいな仇っぽい身体つきのひとじゃないか。芸者衆かい？」

「あれで武家のお生まれだとよ。しかも酒豪なんだぜ。いいかげん年増《としま》でいながら眉をそらず歯を染めず……だもの、正体は何なんだろうって店じゃ評判してるのさ」

「お名前はわかっているんだね？」

「菊岡とおっしゃってるけど、偽名だろうな」

「それじゃ困るじゃないかお前」

「泉屋さんに訊けばわかるよ」

路地ぐちを、しゃべりながら引き返しかけたところへ、兄を案じていったん家へはいったお加乃が狼狽ぎみに駆けもどってきた。

「どうしましょうおばさん、このお金……」

　さし出した懐紙をあけて、

「まあ」

　角造の母も声をつつぬかせた。

「たいまいな金子じゃないか。え、角造、新吹きで三両だよ」

「いいさ、もらっとけって……」

　若い板前はあっさり言った。

「何だか知らねえがくれたがってる金だ。薬代もいるこったろうし、遠慮は無用だと思うよお加乃さん」

六

　だれの酔興か、お節介か、

『江戸でいちばん急な坂、命惜しくば下馬のこと』

　七五調で書いた板きれがかなめ垣に結びつけてある小石川茗荷谷《みようがだに》の下り坂は、江戸いちばんは大げさとしても、急なことはなかなかの斜面だった。

「走るな太郎、これッ、なぜ手をひかれるのをいやがる。ころぶぞ」

右眼失明いらい九カ月ぶりの外出で、まだいくぶん足もとのふらつく馬琴が、はかばかしく追うこともできず、苛《い》らだっているまに、はしゃいで駆け出した太郎は案の定、前のめりに転倒し、亀の子さながら四肢をばたつかせて泣き出した。

「そうれ見ろ、言わぬことではない」

叱言まじりに寄って行って、やや手荒く孫の身体を引き起こしてみると、膝がしらからおびただしく血が噴き出している。馬琴の顔色が変った。片目だけの不自由な一瞥《いちべつ》なので、きず口から覗く白いものをはじめは骨と見あやまったが、それは運わるく、ころんだ場所に落ちていた陶器の破片であった。

曳いていたお百の手をはなして清右衛門もとんで来、いそいで太郎をかかえあげた。寺まであと、二丁もない。

「先に行って手当してやってくれ」

そう、舅に指図されるまでもなく、清右衛門は太郎を抱いたまま急坂を走りおりてゆき、泣き声は揺れながら遠ざかった。

やっとこのとき、危なかしい足どりでお百があとから追いついてきた。

「気をつけてくれなきゃ困るじゃありませんか。あんたが附いていながらころばすなんて……」

気みじかく、もうお百は腹をたてている。

わがまま者のくせに根は臆病なため、何によらず驚駭《きょうがい》すると、反射的にのぼせあがり、取り乱してしまう性分で、自身してのけた失策の場合は性急な自己弁護、ひとがしたしくじりに対しては相手への非難が、思いやりもなく、すぐ口をついて出るお百なのであった。

もともと自分を制御する訓練など受けたことのない市井《しせい》の育ちだから、たとえば棚のかどに頭をぶつけるといった自身の不注意にすら、自省めいた言葉はけっして吐かない。とっさに口に出るのは、

「こんなところに棚を吊るから悪いんだ」

不条理な癇癪《かんしゃく》である。

あやまって孫のつぎに味噌汁を浴びせ、足に大火傷《やけど》をさせたことがお百にはあるが、そのときの興奮ぶりなども家族の目にはあさましいかぎりだった。泣きさけぶ幼女に向かって、劣らぬ泣き声をふりしぼりながら、

「お前がいけないんだつぎ、台所になんぞ入ってくるから……ばかばか、ばかっちゃないよこの子は……」

ならべ立てたのはひたすら非難だった。つぎが憎いのではない。しでかしたことの重大さに動顛《どうてん》し、恐怖して、ただただ自分をかばおうとの一心から躍起《やっき》になるわけであろう。

(まるで子供にも劣る)

馬琴はにがりきり、撓《た》め直そうと幾度かこころみたが、やがて匙《さじ》を投げてやめてしまった。つれ添って四十年になるけれども、育ちきらないお百の性情は一寸一厘伸びるどころか、年とるにつれて愚痴やひがみまで加わり、むしろますます始末におえなくなってきている。

なお何だかだ、太郎の怪我についても夫と孫の双方へ文句をならべつづけるのを、馬琴は聞きながして坂をくだり出した。とっとと先へおりてしまおうかと思いながら、さすがにそうもならず、二、三間進んで振り返ると、勾配《こうばい》のきつさにお百は立ちよどみ、足を出しかねて竦《すく》んでいる。このところまた持病の脚気が出て、足はもちろん顔までむくみ、ちょっと急いで歩いてさえ動悸がはげしくなるのだ。

手を取ってやったことなど、これまで一度もなかったし、今さらそんな気にもなれない馬琴は、一方の肩をしゃくって、

「つかまれ」

と言い、相手の体重を骨ばった半身でささえながら、足さきに力を入れて一歩一歩坂道をくだりはじめた。彼自身、病みあがりの上に目の不自由な、杖にすがらなければ歩行もおぼつかない身体である。それでもなお、子袋《こぶくろ》を曳いて歩く虫のように、痴愚《ちぐ》の塊《かたま》りに似た老妻をひきずってゆく自分の姿を、客観視するわずかなゆとりが、馬琴にはあっ

た。彼は眉をしかめていた。

すり鉢の底に位置する谷あいの寺、清水山深光寺は、滝沢家代々の菩提寺《ぼだいじ》である。かつて馬琴の父や祖父が、食禄をはんだ主家、松平家の廟所《びょうしょ》でもあった。

三年ほど前から無住になり、手前どなりの組合寺《くみあいでら》光覚寺が、げんざい墓地を管理している。

馬琴夫婦が、ようよう光覚寺の庫裏《くり》にたどりついたとき、太郎はすでに近くの外科へ運ばれ、住持の泰源が自身、茶の仕度をして待っていた。

「ご案内かたがた清右衛門どのにつき添って家内も医者へまいりました。それから……」

ひねこびた手つきで急須をしぼりながら住持は告げた。

「ええと、お妹御の……お菊どのとおっしゃいましたかな。たしか柳生家お留守居役のお内儀さま……」

「それならば秀《ひで》です。来ているのですか?」

「ご参詣にお越しでございます。ただいま墓地へまいっておられますよ」

「山田吉兵衛もいっしょですか?」

「山田さま——と、おっしゃいますと?」

「柳生家留守居役とは死別いたしましてな。水戸家の軽輩、山田吉兵衛と申す者のもとへただいま秀は再嫁しております」

「さようでございましたか。……いいえ、本日はお一人でお見えのようで……。手回りの物を置いて出られましたから、おっつけここへおもどりになりましょう」

客室の隅へ馬琴は目をやった。つぎの当った小さな風呂敷包みがそれらしい。

七年前、義絶したときは、ふたたび顔を見まい出入りもさせまいと怒った妹だが、おたがいに六十を越し出すと気が折れた。末妹お菊の取りなしもあった。七人きょうだいのうち次兄の吉次郎、三兄の荒之助は幼時に死に、父母の歿後、親代りになって馬琴たちの面倒を見てくれた長兄の大右衛門、四兄の初右衛門も、それぞれ二十代三十代の若さで亡くなったあとは、馬琴、秀、菊――天にも地にも三人きりになってしまった滝沢家の兄妹なのである。

もっとも、そうは言っても馬琴の機嫌をはばかって、盆、暮れ、正月の挨拶にしかお秀は明神下の家に顔を出さない。親や兄の忌日に深光寺へ詣でても、早朝か日没近くか、意識して時間をずらすのを、馬琴は馬琴で内心、ありがたいことにしていたのだ。表面づらは許しても、お秀に対する彼の嫌悪《けんお》は消えきったわけではなかった。

それがなぜか今日にかぎって、待ち受けてでもいるように彼女は同じ時刻に寺へ来ている……。

（また何か、厄介な相談ごとでも起きたのではないか）

そんな予感が馬琴の心を重くした。これまでにもお秀の身辺にかかわり合って、彼はろくな目を見たためしがない。

明和八年の生まれだから、お秀は馬琴より四歳、年下……。ことし六十四になるはずである。むすめのころ一時、戸田大炊頭《おおいのかみ》邸の奥づとめにあがったが、病母の看護のため家へもどり、母の歿後、公儀の勘定方小役人にとついだ。この縁は、しかし男の不身持《ふみもち》が長兄大右衛門の気に入らず、すぐ破れたため、お秀は次は、柳生家留守居役の鈴木嘉伝次という者のもとへ嫁入った。

馬琴ら兄妹には母方の伯母にあたる鈴木茂勢《もせ》の、嘉伝次は義理の孫にあたる男で、通称を三太夫という。

この新しい夫とのあいだに、お秀は三男一女をもうけた。弥一郎、房五郎、和助、お加乃のはらからである。

このころすでに滝沢本家では、長兄四兄、その忘れ形見まで死亡していたから、馬琴は嘉伝次お秀夫婦と相談し、彼らの次男房五郎を本家の養子に迎えて大右衛門兄の名跡《みようせき》をつがせようとはかった。

……やさき、思いがけない凶事が鈴木家の内部に突発した。嘉伝次の公金横領が発覚し、彼は主家の領所・大和《やまと》柳生ノ荘に護送されて、幽所で詰め腹を切らされてしまったのである。三十八歳であった。

未亡人になった秀は四人の子をつれて、以来、親戚を転々し、当時飯田町にあった馬琴の家にも一年ちかく厄介になった。

このあいだに長男の弥一郎が死に、お秀の足手まといは三人に減ったけれども、公金を使いこむなどという恥知らずな罪状で処刑された者の息子に、長兄の名をつがせることを馬琴はためらった。お秀もこの、馬琴の気持を察したにちがいない。

「他に養子の口がみつかりましたから……」

と、やがて彼女のほうから辞退を申し出てきた。養子の口を世話してくれたのは末妹のお菊と、その夫の田口久吾だという。

久吾はむかし、滝沢大右衛門が勤めていた旗本、和泉守《いずみのかみ》山口勘兵衛の家来で、大右衛門とはいわば同僚の間柄だが、お秀母子のために持ってきた養子縁組みの話も、したがって山口家に仕える岡島なにがしとかいう下士の家のそれなのであった。

お秀にすれば、長兄大右衛門の死によって、もはや主家とは縁が切れてしまった滝沢本家の家名をつがせたところで、房五郎が経済的に独立できるわけではなし、浪人の家の、名だけの主人《あるじ》になっても仕方がないとする逡巡がある。

これに反して、たとえどんなに小禄でも岡島某の養子となれば、将来、山口和泉守の家士として、食ってゆくだけのことはできよう……、そう判断し、乗り気になったわけで、親ごころとすればそれも当然と、馬琴は諒承したのであった。

そこで、養子の件を解消したについては、

「大右衛門兄さんの遺物を、当方へ返してほしい」

と、お秀のもとへ、改めて言いやった。

嘉伝次の存命中、早手まわしに、やがては譲ることになる長兄の形見を、馬琴は鈴木家に渡しておいたのである。

貞宗作と伝えられる蠟鞘《ろうざや》、赤銅鐔《しゃくどうつば》の大小一対、真鍮鐔《しんちゅうつば》の無銘の大小ひとそろえ、槍ひとすじ、麻裃《あさがみしも》、机、文庫、家譜一巻、掛軸二幅で、古物《こぶつ》として評価すれば駄物ばかりかはしらないが、どれも父祖伝来の、滝沢家にとっては親兄《おやあに》の辛苦が沁みこんだ何にもかえがたい家宝ばかりだ。

ところが鈴木嘉伝次は、消費した公金の穴埋めの一部にこっそりこれらの品物を入質してしまい、質屋の名も、質札の有無さえ、その歿後となったいまお秀には判然しないという……。馬琴の気質からすれば想像もつきかねる理不尽さ無責任さなのであった。

しかもかんじんの房五郎のほうは、せっかく入籍しながら養父母と不仲になって岡島家をとび出し、諸国を放浪したあげく上総の大和田で病みつくありさまで、納屋《なや》を貸していた農家の話では、一時、小康を得て九十九里浜の片貝という寒村に移ったが、そこでぶり返し、ほとんど野垂《のた》れ死《じに》同様の死をとげたらしい。

呆れもし、腹も立った。けっくは自分の不注意から、家宝を失うに至った顚末を悔やみもしたけれども、まだこのときはお秀のために、房五郎の葬儀費用を負担してやるだけの気持のゆとりを、馬琴も保ってはいたのである。

彼がしんそこ怒ったのは、残されたお秀の子ら――和助とお加乃のふしだらを涙ながら、当のお秀から告げられたときだった。

双生児《ふたご》の兄妹でいながら彼らは忌《い》まわしい関係を結び、さすがに母の目を愧《は》じたのだろう、出奔して行くえ知れずになったという……。

「けがらわしい。何という見さげはてたやつらだ」

馬琴は声を慄わせた。たらぬがちな家計……。大藩の臣でも、幕臣でもない、一季《き》半季の約束で直参、旗本の屋敷をわたり歩くしがない武家奉公ではあっても、操《みさお》だしく、まがったことは毫末もせずに、曽祖父運兵衛興也《おきなり》、祖父左仲興吉《さちゅうおきよし》、父運兵衛興義、兄大右衛門興旨《おきむね》、そして馬琴自身――瑣吉興邦《しょうきちおきくに》にいたるまで持ちこたえてきた家名ではないか。

兄たちの短命を予測できず、五男坊の気やすさから早く家をとび出し、素《す》町人、戯作者の仲間入りしてしまった馬琴ではあるけれども、息子の宗伯――鎮五郎興継にいたって、また挽回しないともかぎらぬ滝沢家の家運……。微禄であればあるほど、意地になってしがみついてきた武家としての誇りに、

（汚点をつけられてはたまらない）

と、馬琴は恐怖したのだ。

悪い噂は世間に洩れやすい。自身の潔白、息子の潔白、滝沢家代々の名誉のためにも、一刻も猶予はできない気がして、

「かわいそうだがお前を義絶する」

即座にお秀に、馬琴は言い渡した。

「お前は鈴木秀だ。滝沢という実家は今日かぎり無いものと思ってくれ。嘉伝次の不始末も子らの不行跡《ふぎょうせき》も、つまりは妻であり母であるお前の至らなさから出た身の錆だし、今後の身のふり方は、どうとも自分ひとりでつけてもらいたい」

——その後お秀が、水戸家の徒歩《かち》同心山田吉兵衛の後妻になったとお菊から聞かされても、馬琴は聞き捨てにしたばかりか、仲人《なこうど》をお菊夫婦と知って、かえって末妹を叱りつけたくらいであったが……。
三、四年前、偶然お菊の家で山田吉兵衛に遇い、その貧相な、へりくだった人柄を見、慢性の胃病に苦しんでいるという述懐を聞くうちに、つい、
「宗伯に薬を作らせましょう。取りにおいでなさい」

と言ってしまった。

つきあいは、以来ほそぼそとまた、復活したわけなのだが、用心して和助とお加乃の名前だけは双方とも、おくびにも出すまいとした。話題にするだけでも口中が腥《なまぐさ》くなる

ように馬琴は感じたし、お秀のほうもそんな兄の意向を、みじめなくらい憚《はばか》っていたのである。

……光覚寺の庫裏で、つぎだらけの小さな風呂敷包みを目にしたせつな、だがお秀の肩に、ふたたび何ごとか、新しい懊悩《おうのう》がのしかかってきたのではないかとの直感に馬琴は突きあげられた。それはあの、不肖の子らに関連していることではないか。思い余ったお秀は、なにごとか相談したくて兄の自分を寺に待ちうけているのではないか？

（よしてくれ）

馬琴は、ゾッと鳥肌立った。

（まっぴらだよお秀。あいつらにかかわる泣きごとならいっさい、わしは取り合わない。行くえ知れずだなどと言いながら、かげでこそこそあいつらと逢っていたようなお前なら、こんどこそ本当に兄妹の縁を切るぞ）

茶を喫し終って、馬琴夫婦が庫裏の客間を出かかったとき、清右衛門におぶさって太郎が外科からもどってきた。右膝は厚く晒《さらし》で巻かれている。

さんざん周囲を手こずらせた証拠は、涙でべとついた目のふち、赤くふくらんだ頬さきにまだ、歴然と残っているが、太郎はもう泣いてはいなかった。住持の妻が買ってくれたらしい番太の一文菓子を、つぶれるほどかたく片手ににぎりしめ、むしろおこったような顔でお百に抱かれると、さっそくその膝で駄々をこねはじめた。

「おうちへ帰るんだ。ねえお祖母《ばあ》ちゃん。帰ろうよ、ねえ」

「だめだめ、これからお墓参りだもの、坊はおとなにここで待っといで」

「いやだア、いっちゃいやだア」

と、またベソをかきそうな形勢に、やむなくお百は庫裏に残り、馬琴と清右衛門だけが泰源住職の介添えで深光寺の墓地へ向かった。

——さらに五、六十歩、坂をくだる……。

両側は見あげるばかりな崖で、さしかわす雑木の枝がたかだかと左右から覆いかぶさり、炎昼の日ざしをさえぎっていた。吹き通る風もみどりに染んで涼しい。四方八方から鳴きたてる油蟬《あぶらぜみ》の声までが、あまりな多さのせいか一つに澄んで、かえって谷底の静寂を深めている……。

(五十年前の今日は暑かった)

と、祥月命日、亡母の墓参をするたびに毎年きまって、馬琴の思いは同じ追憶に還るのだ。

異常な暑さ——とさえ、その日を感じたのは、悲惨きわまる状態のなかで息をひきとろうとする母お門《もん》への、痛涙と愛惜に、十九歳の馬琴の全身が灼《や》きたてられていたせいかもしれない。

そのころ一家には住む家がなかった。兄弟姉妹はばらばらに分れて、それぞれ小身の旗本屋敷へ年期奉公に行っていた。病母がひきとられていたのは四兄初右衛門が勤める九段坂下の、高井土佐守邸の家士長屋——。

たったひと間きり……、窓もない西向きの四畳半に、病床をかこんで五人の子らがつめかけていたのだから、六月、土用なかば……焦熱地獄のくるしさだったのも無理ではなかった。

子宮癌に犯されながら、ついにひと言も病苦を訴えず、四十八歳で逝ったお門が、とぼしい家計の中でたくわえた二十両の金を、

「均等に分けるように……」

長男の大右衛門に渡したあと、

「お前や初右衛門、お秀、お菊はすなおな生まれつきだし、心配はないが、ひとり左七だけはしぶとくて、兄を兄とも思わない傲慢さがある。私の心残りは左七のゆく末だよ」

そう、言いのこして死んだ事実も、馬琴を打ちのめし、血しぶかせた。

左七と名のっていた当時の彼は、律儀一方の兄妹たちの中ではただ一人の変り種で、奉公先には長つづきせず、かといって手職ひとつおぼえようともしない。やみくもな自負と、その裏返しの不安、憤懣、憧《あこが》れを、頑健な肉体に持てあましながら、しかもまったく無頼《ぶらい》の仲間に堕ちきることもできずに、江戸市中、江戸近郊を、落ちつきなく流浪

していた一人の貧しい若者だったのである。

忌日がめぐってくるたびに馬琴の胸をもの悲しく満たすのは、不幸せな母を歎かせたこの左七時代、彼自身の血の中に搏《う》っていた焦燥の記憶であった。

（なにかしなければならない）

あせりながら、何をしていいかがわからず取りかかる資力もなく、能力、才能の見当もつかないまま飛ぶようにすぎてゆく貴重な日々を、恐怖の目で見送っていた苦しい青春……。その煩悶を察してもらえず、ただ一個の持て余し者、移り気な怠け者としか見られずに、心痛の底で母を死なせた日の思い出は、生涯、にがぐるしい滓《おり》となって馬琴の内部に残り、今なお、おりおり黒い微粒子さながら胸中にゆらぎのぼって、彼の気持を翳《かげ》らすのだ。

――石段をあがると、とっつきがすぐ墓地……。

ひろくもない寺域だし、本堂の階《きざはし》にしょんぼり腰をおろしているお秀の姿は、不自由な馬琴の視力でさえすぐ、捉《とら》えられた。女にしては身体つきが大柄なだけに、灰色にほうけた髪、肩つきの窶《やつ》れ、なりのみじめさがきわだって見える。お秀の今のくらしぶりでは、それもやむをえないとは思いながらも、泰源の手前、いま少し何とかならないものかと馬琴は肚の中で舌打ちしたくなるのであった。

はじかれたように立って、小腰をかがめる妹へ、

「来ていたのか」

とだけ、ことさらそっけなく声をかけ、彼は墓地にはいった。長兄大右衛門の墓、先祖代々の墓……ともにお秀の手で清掃が済ませてあり、濡れた台石の下で線香もまださかんに煙をあげていた。

まず、父母が眠る滝沢家代々の墓石にぬかずく……。『朝夷巡島記《あさいなしまめぐりのき》』『八犬伝』がはじまって四、五輯目、仕事の量も収入も多いさかりの五十代なかばに、たまたま版元から贈られた肴代五両を投じて馬琴が建て替えたもので、いただきに弥陀の坐像をのせた、石屋仲間が形物《かたもの》とよんでいる立派な墓石である。

方四尺ばかりの墓地も、このとき三百疋《ぴき》で買い取ったのだが、当時、深光寺の住職だった実厳という僧から、

「もしかしたら土中に、無縁仏の骨が残っているかもしれません」

と注意されて掘り起こしてみたところ、はたして平石《ひらいし》二枚で蓋をした古い壺があらわれ、中からは埋葬後、百年は経過しているらしく大部分、豆つぶ状に変化してしまった骨にまじって、こればかりは減りも腐りもしない多量の乱髪と、銅鏡が一面出てきた。

「女だな」

言いざま掘り手の寺男は鏡を摑みあげ、しごく当り前な顔でぬぎすてた袖なしの上へそれをほうり出した。役得《やくとく》のつもりで着服する気なのだろう。冒瀆《ぼうとく》を感じたが、住職が

なにも言わない以上、馬琴に制止する権限はない。

労力の報酬として寺男に二朱あたえ、五、六升ははいる甕を買ってこさせて枯骨《ここつ》を移させた。無縁石塔の下へこの甕を埋め、鏡空夢幻大姉の戒名を乞うて、実厳に引導《いんどう》、回向《えこう》してもらう……。回向料が予算外の出費であることはいうまでもない。なにやかや、結局五両では足りるはずもなく、心づもりの倍近い持ち出しとなったけれども、それはやむをえなかった。馬琴がいまだに気に病んでいるのは、無縁婦人の骨を掘り出す直前、祭文《さいもん》を読みあげて焼いたさい、同行していた宗伯が全身に、その灰を浴びてしまったことである。

「ばかッ、なぜ風下《かざしも》などにしゃがんでいたッ」

思わずどなりつけたほど、瞬間、馬琴は狼狽した。

(凶事など、起こらなければよいが……)

案じていたやさき、宗伯は奇病にとりつかれて寝込んだ。勤めさきの松前邸で、しかも正月、祝儀の席上、とつぜん腰が立たなくなったのだ。同僚にささえられ、かろうじて駕籠で帰宅したものの手足に痙攣《けいれん》を起こし、無意識に頭まで振り出すありさまで、手のほどこしようがなかった。

虚弱は生まれつきだし、眼気《がんき》がうすく、読書時には十七、八歳のころから眼鏡の助けを借りながら、それでも絶えず精《せい》を疲らせて、白眼の部分に小豆《あずき》つぶほどもある血マメなどつくる宗伯だった。しかし彼が、正真正銘の半病人になったのは松前家でのこの、発病以後――つまりいえば墓地で祭文の灰を浴びて以後である。

さいわい発作《ほっさ》は数日でやんだけれども、馬琴は神道家に依頼して栗樹法《りじゅほう》を修させ、枯骨の戒名鏡空夢幻大姉を、即空夢幻大姉に改めるよう住持に申し入れるやら、改葬のあくる年を彼女の一周忌とし、つづいて三回忌、七回忌ごとに供養の経を読ますやら、愚かしい迷妄だと心のどこかで自嘲しながらも、やはりこのことにこだわりつづけてきた。すべて宗伯可愛さの一心からであった。

……先祖代々の墓にぬかずいたあと、今日も彼は、石地蔵わきの無縁石塔に詣で、即空夢幻大姉の頓証菩提《とんしょうぼだい》をねんごろに祈念してから長兄大右衛門の墓所へ廻った。この兄は晩年、直次郎と改名したが、馬琴の心象の中では少年時代から呼び馴れた「大右衛門」の名がなつかしい。

墓も馬琴が、長兄を敬愛するあまり自力で建てたもので、

秋風や秋を手わけの森の蔭

の句が彫りつけてある。はじめ、

秋風や手わけの森の木かげより

だったのを、赤痢にかかって亡くなる十日ほど前、

「どうも結句が落ちつかないので、つれづれになおしてみた」

と、見舞に行った馬琴に、羞《はに》かましげに微笑しながら吟じて聞かせてくれた句だが、はからずも辞世になってしまったわけだ。

「桃の実が、だいぶ色づき出しておりますね」

と、墓石のかたわらを見あげて清右衛門が言った。

「それでも、去年にくらべると数は半分にもたりません。そろそろこの桃の木にも寿命が来ましたかな」

と応じたのは泰源だった。

「そうでしょう。もう、そろそろのはずです」

馬琴もうなずいた。

「長兄が亡くなったとき、初七日に役宅の庭からここへ移し植えたのですから……。かれこれ二十五年――。桃としての命数だけは生きた勘定です」

「短命樹とは、よく言ったものですな」

「さよう、ながくてやっと三十年……。ふつう二十年が桃の木の限界でしょうな」

幹を撫でながら、

「私どもがまだ幼少のころ、深川の松平さまのお長屋の庭に実生《みしょう》の桃がはえ出しましてね。母が愛して育てたにもかかわらず花をつけるに至らぬうちに父が亡くなり、一家は扶持を離れて、松平家を去る羽目になったのでした」

泰源を相手に、馬琴はふと、遠くを見やる目つきになった。

「長兄の場合もそうです。戸田家に仕えていたおり、やはり実生の桃が庭に生えたのをいつくしみまして『花が咲いたら、俳号を桃花洞とあらためよう』などと言っていたものでしたが、開花を見る前に戸田家を去ることになり、つぎに山口家へ奉公替えしてから、わざわざ苗木を買って植えたのがこの桃です。でもこれも、花をつけぬうちに長兄は他界してしまったわけで、縁起をかつぐつもりはないけれども、桃は滝沢の家にとって三たびまで吉兆とは言いかねる木なのです」

「なるほど、なるほど」

才槌頭《さいづちあたま》をかたむけて泰源は幾度も合点した。

「いくらなっても悪童どもの跳梁にまかせて、この墓所の桃の実を採《と》りにこられないのはそのためですな」

「私は花卉《かき》が好きで、猫額大《びょうがくだい》の庭に実のなる木をたくさん集めています。しかし桃だけは植えません。どうも気がすすまんのです」

話しているところへ履物の音をたかくひびかせて女が一人、石段をあがってきた。田口家へとついでいる末妹のお菊であった。

「おや、みなさん……お秀姉さんまでご一緒？」

持ち前の、あかるく愛想のよい挨拶をまんべんなく、だれかれと交したあと、

「はやくもどってあげなさいよ兄さん、光覚寺さまの庫裏へ……」

お菊はせきたてた。

「お百嫂《ねえ》さんも寺の御新造さんも、たあ坊の泣きわめきに手こずりきっていますよ」

お秀とちがってお菊の身なりは小ざっぱりしている。骨細で肌理《きめ》がこまかく、黒目がちの目、濡れ濡れと赤みのさした口もとなど、六十一という実際の年よりも十も十五も若やいで見える。本人もそれを意識しているのか、切りつめた家計は家計なりに身だしなみへの配慮を欠かさない。

夫の久吾とは四十二のとき死別し、ひとり娘の嘉与《かよ》にも十四まで育てて先立たれたけれども、養子の重次郎がよくできた若者で、妻のお稲ともども実母につかえると同じまめやかさで孝養をつくしてくれている。三年前、栄太郎という孫にまでめぐまれた日常は、これもお秀の落魄ぶりとくらべると対照的なのであった。

……ざっと礼拝をすませてお菊が立ちあがったのをしおに、一同は墓所をはなれた。

「めずらしく顔がそろったものねえ」

見回してお菊は言った。

「別れちまうのは惜しいわ。今日はこのままお秀姉さんも私も、兄さんのとこで晩ご飯をごちそうになろう。いいでしょ？」

臆面なさに閉口しながらも、

「いいよ、おいで」

仕方なく馬琴は応じた。

「ただし、わしはちょっと遅くなる。寄り道してもどるからな」

「どこへ行くの？」

「版元だ」

「清右衛門さんは？」

「つれてゆく。まだどうも、一人歩きはおぼつかないのでな」

「じゃあ、なおのこと好都合じゃないの。お百嫂さんは身体具合が悪いし、たあ坊は怪我人だし、駕籠をおごって帰るにしても私たちがついて行ってあげなければ無理だわ。……ねえ、お秀姉さん」

「ええ」

うなずくお秀の表情は、微笑の裏に、隠しようもない暗鬱を刷《は》いていた。とうとう一言も、兄と二人きりで話す機会を彼女は持てなかったのである。

（哀れ……）

と、そんな妹を見ながらも、心中すくなからず、馬琴はほっとしていた。

七

日本橋通油町《とおりあぶらちょう》の丁字屋平兵衛方では、店さきに張り出した日除け幕の内側に馬琴が廻り込むか込まないうちにもう、目ざとく番頭の与八が帳場格子《ごうし》から飛び出してきたし、土間を掃いていた小僧は塵取りをほうり出して奥へ注進に走った。

「これは先生、なに御用かは存じませんが、わざわざお運びはおそれ入ります。お使いをくだされば手前なり主人なり、さっそく参上いたしましたのに……」

低頭《ていとう》も世辞笑いも、『八犬伝』の売れ行きがよいからこそ、と思えば、まんざらではない。

「ご在宅かな？　平兵衛どのは……」

馬琴は鷹揚《おうよう》に言った。

「はい、おりますでございます。ただ今……」

腰を浮かせかけたところへ、そそくさ、平兵衛も奥から出てきて、

「どち風が吹きましたやら……ご自身、お越しとは！」

揉み手と一緒にさっそく問いかけた。

「泉市《せんいち》さんから、お使いはまいりませんでしたか？　先生」
四十三、四――。
背丈はさほどではないが、小ぶとりの、たくましい身体つきをしており、顴骨《かんこつ》の張った肉づきのよい顔は脂ぎって、濃い眉、どっしりと張った鼻翼にも、きかぬ気性があらわれた男である。

「使い？　さあ……　墓まいりを兼ねたので今日は早くから家を出てな。あるいは留守中に来たかもしれない」

「歌川国安が死んだんですよ。卒中《そっちゅう》で……」

「国安が？」

「まだかつかつ、四十かそこらでしょう。もっとも飲むことは浴びるほど飲んだくちですがね」

「いつだね？」

「おとついの晩、近所で茶番を見ていて倒れたんです。年が年ですし、まさか卒中とはだれも思わないから、呼び生かそうというわけで叩いたりゆすったりしたらしいんですよ。たまりませんや。自宅へかつぎこんだときは冷たくなっていたそうです」

馬琴は国安に『金瓶梅』と『水滸伝』の挿画を描かせている。

「で、あと釜をだれにするか、泉屋は言っていたかね？」

と訊くのは、死者への悼《いた》みより先に、自作への影響を気づかっている証拠であった。

丁字屋平兵衛にしても、それを当然とする非情さは同じである。

「へえ、泉市は貞秀の肚らしゅうござんすが、やつではおそらく、曲亭先生のお気に召すまいって手前、言ってやったんですよ」

「玉蘭亭とか五雲亭とか署名している画工だね？」

「国貞の門人です。なかなか達者に、描くことは描きます」

「うん、二世春町の『一ノ谷青葉後記』の挿画を見たことがある」

「ただ、やたらと匿名を使って、旧版物の改作を内職にしているような不見識な男ですからね、先生のご気性にはどうかと思って……」

「版元がそそのかすからさ。だから若い連中が悪事をたくらむ。松亭金水あたりに歌舞伎役者の代作をさせて儲けているそうではないか。おぬしが貞秀を嗤《わら》うのは、すりこぎが杓子《しやもじ》を嘲けるようなものだ」

「これは手きびしい。ははは、いつもながら先生のお口は秋霜烈日ですな。ともあれ店さきではなんでございます。奥へお通りくださいまし。どうぞ……」

すこし離れて上り框に腰をおろした清右衛門にまで茶菓の接待を言いつけたのは、馬琴の女婿と知っているからであろう。

客用の座敷は前庭に土蔵をひかえたうす暗い八畳間で、隣室とは涼しげな葭戸《よしど》で仕切ってある。

挨拶に出てきた妻女が、冷たい麦茶、干菓子などをすすめてのもどりがけに、敷居に突き膝してふたこと三こと何やら隣りへも愛想を言うのを聞いて、はじめて馬琴は葭戸の向こうに女の透《す》き影がほの見えているのに気づいた。

「来客かな?」

と平兵衛に小声で訊いた。

「いや、お気づかいなく。あちら様にはただいま絵組みをごらんいただいていますから」

「そうか。ではさっそく用件にはいろう。じつはこちらも絵組みのことなのだが……」

「また何か、不都合が出来《しゅったい》しましたか?」

平兵衛は露骨に、うんざりした顔を見せた。とんじゃくなく、

「これだ。ここのところだ。これは困る」

昨夜、丁字屋の小僧が持参した『八犬伝』九輯一之巻の挿画数葉のうち、一枚を小風呂敷から馬琴は取り出して示した。

「犬山道節《どうせつ》の乗馬の毛色がちがっているではないか」

「おや、白馬ではありませんでしたか?」

「おぬしまでがそんな迂闊《うかつ》なことでは、どうもならん。黒馬だ」

「黒毛でしたか」

「前回を注意して読み返してもらいたい。道節の馬は、仁田山晋五の乗馬を奪ったものだ」

「なアるほど。そうでした」

「前回の挿画を黒馬にしながら、今回が白ではつじつまが合わん」

「ごもっともです。……が、読むほうはそんなことまで気をつけていますかなあ」

「読者はともかく、こんないい加減なことではわしが承知できない。どうも二世重信になってからは、馴れぬせいもあろうけれどもしくじりが多い。葛飾北斎の婿のほうがまだ、いくらかましだった」

「しかし亡くなった一世重信も、先生からはお目玉を頂戴し通しだったと生前、こぼしておりましたぜ」

「そんなにわしはうるさいかな」

「いやなに、絵師の側が不勉強なんでしょうが……」

「そもそもだな、室町末期に材をとっている『八犬伝』に、なた豆煙管《ぎせる》や番傘《ばんがさ》を登場させる神経がわしにはわからん。そこで、今めかしすぎると注意してやれば、番傘は削るけれども足駄《あしだ》はそのままだ。いちいちそんな些事《さじ》にまで作者が嘴《くちばし》を入れなければならぬということじたい訝《おか》しいのだ。そうだろう丁平《ちょうへい》どの」

「ごもっとも！　早々馬の毛色は塗りつぶさせましょう」

「まてまて、まだある。こちらの挿画だ」

「これがどうかしましたか？」

「気がつかんか？」

「さて……と」

「犬山道節の名札だよ。そんな場所に彫られてはこまるじゃないか」

丁字屋平兵衛は唸った。道理に詰まったのではない。あまりな馬琴の癇性《かんしょう》に呆れ返ったのだ。

挿画の主要人物にはどれがだれということを一目瞭然、読み手にわからせる一助として、身体のそばに短冊型の名札が書きこまれている。馬琴が指摘したそれは、ふんばって立つ道節の左右の足の空間に彫り工が入れたものだった。

「犬山道節忠与《ただとも》は、仁義礼智忠信孝悌《こうてい》を具現する八犬士のなかでも、忠をつかさどる勇烈のさむらいだ。その名を、ところもあろうに股《また》ぐらに彫りつけるとは……」

「わかりましたわかりました。これも早急に直させます。――おい、麦茶がぬるくなった。替えてこい」

「茶などうでもよい。それよりこの、校本だ」

「まだあるんですかい？　やれやれ」

「誤植だよ。どうもじつに、あいかわらず誤字脱字が多くて困却する。貼り紙までして訂正してやった個所が、依然、なおっていない。そうかと思うと挿し替えた隣りの字を、こんどは新しく彫りくずしている。——ここを見てみなさい。いいか、『一円《ひとまず》這里《ここ》を退《しりぞ》くべしと、答うる詞《ことば》も訖《おわ》らぬ折から、波浪《なみ》を推断《おしき》る快船《はやぶね》一艘、這塩浜《このしおはま》に漕著《こぎつ》けて、暗号《あいず》の哨子《よぶこ》を吹き鳴らせば、道節、信乃《しの》はこころ得て、走りて水際《みぎわ》に赴《おもむ》く程に、舳先《へさき》に杙《すす》む壮佼《わかもの》あり』……たったこれだけのあいだで三文字もちがっている」

「どこです?」

「波浪の浪を、二度目の校閲のときわしは濤の字に変えたはずなのにそのままだし、そのくせ舳前《へさき》の前の字を勝手に先にあらため、找《すす》むの手偏を木偏にしている」

「おっしゃるとおりですな」

「まだまだ枚挙にいとまがない。すっかり朱を入れてきたから、さっそく版下に言って訂正させなさい」

「お待ちくださいましよ。……これは八輯巻八の下ですな。ことによると八輯巻八は、もう刷りはじめているかもしれませんぜ」

「刷りはじめた⁉　それはけしからん」

「しかし先生、四校目ですからなあ。どの作者も初校に目をお通しになればそれでおしまいです。亡くなった式亭さんなんか、てんから版元まかせで初校さえごらんになりませんでしたよ」

「三馬は三馬だ。昨日今日のつきあいではあるまいし、誤字誤植を蛇蝎《だかつ》のごとく嫌うわしの気質は、おぬしも心得ているはずではないか。一字一字骨をけずる思いで撰び考えながらつづっている文章を『浮世風呂』などと同列に扱われては心外だ」

「そりゃあまあ、そうですが……」

「だったら急いで、版下に人を走らせなさい」

「はいはい」

やむをえず立って行きかけながら、

「どうもすみません堀内さま、お待たせしております」

丁字屋は廊下から、立ったまま隣室へ小腰をかがめた。

「これはうっかりしておった。ご来客だったな」

と、馬琴も気づいて、うろたえぎみに言った。

「こちらは終りました。――丁平どの、ではわしは帰る。手配のほうは頼みましたぞ」

「わたくしはかまいません。どうぞごゆるりとあそばしてくださいまし」

にじり出て、先客はしとやかに葭戸のかげに手をつかえた。

「滝沢先生、おひさしぶりでございます。堀内節子でございます」

その名にも容貌にも、おぼえはまったくなかったが、左頰のうしろから首すじにかけて、四寸ほど走っている刀傷《かたなきず》の痕が、馬琴の記憶をたちまち呼び起こした。

「おお、あなたは……」

彼は膝を打った。

「仙台の、只野真葛《ただのまくず》女史の使いで、飯田町の拙宅へ幾度かお見えになったお方だな」

「はい」

相手は微笑した。

「真葛どのは他界されたとか聞いたが……」

「かれこれ十年になりましょうか」

「あなたは女史の御門下か？」

「いいえ。ずっと江戸住まいでございますし、私は女史とは面識もございません。女史のお妹さまで、晩年、萩尼とおっしゃっておられたかた……」

「思い出した。松平越前守どのの奥向きにつかえて、霊岸島の下屋敷におられた御婦人であろう」

「はい」

「あのかたも姉上におとらぬ才媛であった。滝本流の能書でしたな」

「私はあの萩尼さまから、手蹟を習っておりました者でございます。で、尼公にたのまれまして、真葛の嫗《おうな》の草稿お手紙の類を、先生のお宅まで届けにあがりましたわけで……」

「さようでしたか」

描き絵の蝶をこまかく散らした納戸絽《なんどろ》の単衣《ひとえ》、上州緞子《どんす》の帯を胸だかにしめた相手の姿とだぶって、せせらぐ水に似た美しい女文字が馬琴の瞼によみがえった。

まだ文政のはじめ……。その女文字の手紙を持って、最初に滝沢家をたずねてきたのは萩尼であった。あいにく家の者がだれもいなかったので、馬琴が玄関へ出たが、

「先生はお留守です」

そしらぬ顔で追い返しにかかった。

「では、おもどりになりましたら、これをお渡しくださいませ」

肴代《さかなだい》と書いた紙包み一封、それに手紙、草稿らしいとじ帳を尼はさし出した。

「この冊子は、仙台に住むある女性《にょしょう》が書いたものでございます。先生に添削をおねがいいたしたいむね、お伝えいただきとうぞんじます」

「待ってください」

馬琴は渋面をつくった。

「先生は執筆に倦《う》み疲れて、さような申し込みにはいっさい応じておられません。お預りしては私の落度になります」

「これはお言葉とも思えません」

やわらかく、相手は押しかえしてきた。

「失礼ながら、あなたさまは単なるお留守居番……。ひとりぎめのおはからいは僭越と申すものではございますまいか。どうぞ枉《ま》げてお取りつぎのほどお願いいたします」

返答に詰まった。小づくりだが、いかにも怜悧そうな、年もまださほどとは思えないととのった容貌の尼である。あくまで慇懃なもの腰の奥に、目の前の〝留守番〟をとうに先生本人と看破している苦笑さえ、ほの見える……。馬琴は屈辱を感じた。

しかたなく品物を受けとって相手を帰し、書斎にもどると早々、手紙をひらいてみた。尼への反感が知らず知らず書き手へまで及んでいる……。冷淡な気持で読み出したが、字のみごとさには一驚した。文体はみやびた和文である。ただ、末尾が気にくわない。

『馬琴さま、みちのくの真葛より』

とあるだけだ。

そこで筆をとるなり、一気呵成《かせい》に返事を書いた。例の、『馬琴』は身すぎのための戯号にすぎないという叱責を兼ねた啓蒙だ。

『いやしくも草稿の推敲《すいこう》を乞う以上、刀自《とじ》は弟子であり自分は師である。師には師礼をもって遇すべきではないか。平賀源内が、儒学蘭学の上では鳩渓《きゆうけい》、戯作には風来山人、浄瑠璃作者としては福内鬼外《ふくちきがい》と号し、また大田覃《たん》が、儒学では南畝《なんぽ》、狂詩では寝惚《ねぼけ》先生、狂歌狂文の世界では四方赤良《よものあから》などと号してはいても、それを混同し、学問づきあいの上で風来先生、寝惚先生とはだれも呼ばぬであろう。自分の場合も同様である。だいいち刀自は、人の妻なのか母なのか、もしくはその、どちらでもないのか。〝みちのくの真葛〟とだけでは住所すら判然しない。非礼もはなはだしいと言うべきだ』

きめつけて、やっとすこし尼から受けた無形の圧迫感、屈辱感を薄めえた気がした。

あくる日また、尼は来たが、馬琴は会わず、お百に返信を渡させた。そしてそれっきり、このことからは解放されたつもりでいたところ、二カ月ほどしてふたたび、真葛からの消息がもたらされた。このときの持参人が、尼公の使いと称する女性――堀内節子だったのである。

打ってかわって二度目の手紙は文章、文意とも、鄭重をきわめていた。自身の身分、素性をあきらかにし、本名は只野綾子、真葛は号、尼は妹で法号瑞祥院、実名妙子、松平越州侯の奥につかえて江戸に在住していると告げ、末尾も、

『滝沢解大人《うし》先生様、御もと。あや子』

と、礼儀ただしく改まっていた。

それを当然としながらも、一方、相手が素直《すなお》にへりくだると、とたんにきのどくになり、悪感を好意にかえてしまう馬琴である。

ことに真葛を、医師仲間には富豪で知られている仙台藩の侍医工藤球卿の忘れがたみ、夫の只野伊賀も二千石を食む仙台の上級藩士、真葛こと綾子もげんざい伊賀に先立たれ

て後家ぐらしはしているけれども、内福、有閑な教養人――と知っては、恐縮しないわけにいかなかった。

『海なす御心《みこころ》の広からずば、木の枝に鼻をすらるると言ひけん予のごときが言草《ことぐさ》を、諾《うべな》ひ容《い》れて、しかじかとは聞こえたまはじ。およそはこたみの御消息にて、あしびきの山の井の、影さへ見ゆる心地しはべれば、浅くは思ひはべらね……』

というような、彼もまた和文の返事を早速したためた。

萩尼妙子は一度で懲《こ》りたらしく、その後、使いにはいつも堀内節子が来て、かれこれ一年、八、九度の手紙の往来があったろうか。

じかにものを言い交すつき合いだと、たちまち相手の個性、自分の個性がぶつかって長つづきしない馬琴である。むしろ遠隔地に住み、それも読者とか弟子とか、つねに一段低いところから遠慮ぶかく対してくる相手のほうが交際は円滑にゆくし、身近かに友を持たない人恋しさから……また、文筆家特有の無意識な誇張から、ずいぶんしたしみぶかい内々のこぼしごと、家計の内情まで馬琴のほうも書き並べたりするが、その調子に相手がうっかり乗って、立ち入った発言をしたり、自分のたのみごとを持ち出したり、あるいは狎《な》れのあまり言葉をくずしたりすると、とたんに馬琴の感興は醒める。五年十年のつきあいでさえ、かんたんに気持は冷えてしまうのである。

つまりはわがまま……。友を持つのさえ自己中心にしか考えられず、思いやりが乏しいための失望であるのに、馬琴はそれを、相手の至らなさとしか解釈しない。

只野真葛の場合もそうだった。何度か手紙のやりとりがつづいたあと、女らしい甘えから、つい彼女が、

『〃独考〃のこと忘れ給はずや。かねての約束をたがへ給ふな』

と、預けてある草稿の添削、出版をうながす文字を書いてきたのが、馬琴の癇にグッとさわったのである。

『独考』という著述は、真葛自身も〃あげつらい〃と説明しているように、一種の社会批判であった。

『聖人君子の教えにしたがって善い行いをしたからといって、かならずしも善い酬いがあるわけではなく、悪人にも、悪報がくるときまったわけではない』

とか、

『雲水が専心、修行する必要から、自分の一物を切断したなどという話を聞くと、女の身にはじつにいさぎよいことに思うけれども、同性の陰部に蛇が入ったなどと聞くと身の毛がよだってうす気味わるい。これは自分が女体の所有者だからで、逆に男は、女陰と蛇のとり合せを耳にしても、さほど怖ろしがりはしないだろうし、かえって同性の一物切断の話に慄然とするにちがいない。このように男女の精神は、その身体の構造の、根本的な相違点にまず、思いをひそめて考察すべきである』

とか、

『聖賢の道などに縛られて心の働きをせばめている人間は、そんな教えを歯牙にもかけない連中に負かされて、いつもいつも損をしなければならない』

あるいは、

『鳥けもの虫にいたるまで、すべて生存競争の世の中だ』

『むかしは力の乱世だったが、今は心の乱世である』

『愚かな金持の慈善行為は、愚行の域を出ない』

『紅毛人は肉食のため短命だが智恵が発達し、日本人は菜食のため長命だが智恵が彼らよりいたく劣っている』

『学問の弟子というものは、たいていの場合その師の長所を受けつがず、短所を受けつぐものだ。それが証拠に、孔子に〝女子と小人は養いがたし〟という言葉がある。養いがたい存在だからこそなお、指導の必要があるにもかかわらず、投げてしまったということは、孔子の努力不足の証明ではないか。そこに気づかずに後世の儒者は、何かというとすぐ〝女子と小人うんぬん〟を口にするが、これは孔子の恥をさらすようなものだ。儒教が魅力を失った原因の一つは、こんなところにもあるのだろう』

『紅毛人は懐《ふところ》時計を身につけて行動する。大ざっぱな時の鐘で生活を律している日本人とは、時間に対する観念の持ち方がちがうのだ』

などなど、女にしては着眼が斬新だし、論旨も奇抜なのだが、既成の倫理道徳を動かしがたいもの、動かそうなどと考えることじたい不徳義の骨頂、と信じて疑わず、自分の言行、他人の言行、すべてその規制の枠に当てはめてよしあしをきめなければ安心できない馬琴である。よくいえば天衣無縫、わるくいえば奔放――既成の考え方をまず、否定し、そこから新しい思考を生み出そう発展させようとかかる真葛の態度など、はじめから理解のほかだった。

儒者への非難なども、それこそ〝女子と小人〟なるがゆえの浅薄な悪態《あくたい》にすぎないと片腹いたく、催促がましい手紙の書きぶりへの反撥も加わって、馬琴は不快の塊りになった。忙しい最中だったにもかかわらず仕事を押しやって『独考』の各章を反駁する『独考論』を書いたが、内容はおおむね、

『聖賢の道をあなどるなど、侮《あざけ》りを隣国に招くのみならず、それをもってまつりごとの根本としておられる天子・将軍家をそしり奉るのと同罪である。あなたは御政道を誹謗するつもりなのか』

といった調子のものだったから、はじめから双方の歯車は噛み合っていなかったことになる。この『独考論』に、

「ながく御交誼をねがいたいとは思うけれども、男女の交際というものはとかく世間から誤解されやすい。〝李下《りか》に冠をたださず、瓜田《かでん》に履《くつ》を納《い》れず〟のいましめもあること

ゆえ、今後、文通はおことわり申したい。自分も生業にひまなく、ふるくからの友人とさえうとうとしく過ごしている状態である。ご返事の煩《はん》にも耐えがたい点、ご諒承いただきたいと思う」

という意味の絶交状まで添えて、ほとんど叩きつけるいきおいで馬琴が返送したのに対し、真葛のほうはおだやかに、ご教示を感謝するむねの礼状を寄こし、めずらしい文房具など贈ってきたが、さすがに以後は音信が絶えた。

淡い寂寥に馬琴はとらわれた。妻、娘、嫁、妹——周囲を見まわしてみても、無知、愚痴な町女房ばかりの中で、只野真葛は底光る珠《たま》であった。『独考』のほかにも『奥州《みちのく》ばなし』『松島紀行』『磯づたひ』などの紀行集、歌稿などを見せられたが、つくり手の気質がうかがえる才気あふれた、匂い高い作品だった。

『独考』にしても、日ごろ馬琴自身、

「書は憤《いきどお》りより成るものだ」

と言明しているくらいで、その、いわば公憤に対して、自分個人に向けられた攻撃ででもあるかのような、むきな息巻き方をしたのが、のちになれば悔やまれた。

奥州遍歴を思い立った知り合いの狂歌師に、数年後、動静をさぐってくれるようそっと頼んだこともあったが、もたらされたのは、

「真葛尼死去」

の報告であった。

萩尼の噂さえ、まったく耳にしないままさらに歳月を経《へ》た今、当時の文使《ふづかい》堀内節子に、思いがけず馬琴は再会したわけである。

「萩尼さまも亡くなられました」

節子は言った。

「ご実家の工藤家は没落し、ご姉妹ともに、お淋しい晩年でございました」

当の節子は、しかしさほど変っていない。鼻すじすずしく、まつげの濃い、眸《め》に翳《かげ》を持つ凛《りん》とした美貌は、むしろ深さを増して見える。あのころ十六、七としても、そろそろ三十に手のとどく年だ。そのくせ歯を染めず、眉も剃っていない。武家の女性ではあろうけれども、そうと断定しきるにはどこやらなまめいていたし、顔の傷あとまで添えて眺めると、作者でいながら女に疎《うと》い馬琴には、何者なのか、節子の正体の見当もつかなかった。

丁字屋の内儀が、木鉢にブドウを盛って運んで来、入れちがいに主人の平兵衛ももどってきたが、話合っている二人を見くらべながら、

「お知りあいでございましたか」

意外そうに座についた。そして、

「こんど堀内さまのお兄上が、手前どもから本をひと、いろ出版なさいます」

当の節子をさしおいて口軽く報告した。

「本？　……随筆のたぐいですかな？」

「いえ、図録で……」

節子の微笑は、なぜか懶《ものう》げだった。

「兄は労咳《ろうがい》を病んで、ただいま病床に臥せっておりますが、どういうものか幼少から蝶に憑《つ》かれまして、おびただしい数を捕えては羽根の紋様、かたちなどを書き写してまいりました。その中から特に珍らしいもの百種だけを、専門の画工に依頼して版行しようと思い立ったわけでございます」

「百蝶図譜――とでもいうところですな」

と相手の単衣の柄へ、あらためて馬琴は隻眼《せきがん》をあてた。

「はい。ほんの閑人《ひまじん》の道楽……。出します側から版元へ、十両金渡しての出版でして……。父も渋い顔をしましたけれど、余命いくばくもない病者の妄執ということでやっと許してくれました」

「そういうものです」

苦笑まじりに馬琴はうなずいた。

「良心的な著述が多いのに、なぜか随筆、画帖、図録の類ははかばかしく売れません。わしも足かけ数年越し、越後の鈴木牧之《ぼくし》という読者から、かの地の奇聞を集めた『北越雪譜』と題する随筆の刊行を依頼されていたのですが、つい、折りがなくて果たせずにいるうち、業《ごう》を煮やしたか牧之氏は山東京山に泣きついた様子で、近ごろはばったり音信もよこさなくなりました。損を承知で引き受ける版元というのは、まず、ありませぬからなあ」

「さすがにその点、三十年四十年、この道で飯を食っておられる曲亭先生などは、よく考えてくださいます」

　丁字屋が口をはさんだ。

「一作の出版に対して、版元の元入《もとい》れはどれほどか、何百部売らなければ板代が還らないかを、前々から胸算用し、売れ行きと睨み合せて筆を進めてくださいますから私どもは助かりますよ」

「少々極端な言い方かもしれんが、その年の紙の相場まで心得てかからなければ版元にも自身にも、得のゆくことはないのでな。筆福硯寿《けんじゅ》、大吉利市……。ははは、こうした勘考をせずに、ただ書けばよい持ち込めばよいというのが、失礼ながら素人衆の考え方です。お兄上の御労作なども十両金の出費を覚悟なさったとはいえ、欲深《よくふか》なこの丁平を相手に、よく実現にまで漕ぎつけたものだと、じつはおどろいている次第ですよ」

「いや、なにね」

　平兵衛は肩をすくめた。

「堀内さまの御親父《ごしんぷ》とは手前、永年昵懇《じっこん》にしていただいておりますのでね。はじめ泉屋市兵衛方にご相談なすったそうですが、自費出版としても泉市は気乗りうす……。で、義を見てせざるは、というわけで手前どもでお引き受けしたのでございますよ」

鉢のブドウを小皿にとって、むしゃむしゃほおばりながら、

「ときに先生、泉市といえば、先ごろはとんだ御災難でございましたなあ」

むぞうさに、平兵衛は話を変えた。

「日ごろのご気性からして、さぞ腹立たしくおぼしめしているだろうと、番頭とも、お噂申しあげていたのでございますよ」

「災難？」

同様、木鉢へのばしかけていた手を宙にとめたまま、馬琴は不自由な一眼で平兵衛の顔をはすかいに見た。

「目のことかね？　これならもう、あきらめている」

「いや、『あすか』の一件でさ。泉屋は口止めしたらしいが、相手が松亭金水じゃたまりません。思うさま仲間うちへ触れまわっている様子でございますぜ」

「金水が？　いったい何のことだね？」

「ごぞんじなかったんですか先生」

丁平は小皿を下へ置いた。

「どうりで、訝《おか》しいと思っていました。先生のことだ。ご承知なら何とか一言、手前どもへも釈明のお言葉があるはずです。……そうだ、堀内のお嬢さま、あなたさまもあの日、『飛鳥井』にお越しになっていたそうじゃありませんか。泉市が申しておりましたよ。百蝶図譜出版の相談をうけたまわるため、当夜はご一緒していたと……」

それには答えずに、

「過ぎたことではありませんか丁字屋さん」

眉をひそめ、節子は口ばやにさえぎった。

「滝沢先生のお耳に入っていないのでしたら、なおさらですわ。およしあそばせ。そんなお話……」

馬琴はだが、まっ四角に坐り直して言った。

「何かしらぬが聞かせてくれ丁字屋。つんぼ桟敷《さじき》に置かれているのは不愉快だ。金水が例によって逆恨みに、わしの悪口でも言い触らしているというのかね？」

八

盆の入りというのにきびしい残暑がつづき、ここ十日ばかり雨らしい雨もなかった。

朝涼《あさすず》のうちに太郎の手をひいて昌平橋外《そと》の草市《くさいち》へ出かけ、魂《たま》迎えに必要なこまごました品を買いととのえてきた宗伯は、精霊棚の飾りつけをすますとめずらしく気分がよいとみえて、午後からは売薬の袋を刷りにかかった。

『家伝神女湯、婦人血の道、諸病の妙薬。一包代百銅。製薬本家、神田明神下滝沢氏。弘所《ひろめじょ》、飯田町中坂下、滝沢清右衛門』

とした脇に、

『遠来の薬種高値《こうじき》といえども、弥々《いよいよ》薬種をえらみて功能をたがわざらしむ。あえて利のためにのみせざれば也』

と、ことわり書きを添えているのは〝医は仁術〟を強調することで商《あきな》いの卑しさを糊《こ》塗《と》できると考える馬琴一流の見栄《みえ》である。

ついでに奇応丸《きおうがん》、熊胆黒丸子《くまのいこくがんし》の袋も五十帖ずつ、宗伯らしいきちょうめんさで一厘の歪みもなく刷り終ったところへ、寒ざらしの白玉粉《しらたまこ》ともろこし粉を練って、お供えだんごの下ごしらえをしていたお路が、一段落ついたのか前掛をはずしながら調剤所へはいってきた。背中ではくくりつけられたさちが泣きしきってい、腰には太郎がまとわりついて、さかんに何かねだりたてている……。

宗伯は顔をしかめた。子供ぎらいの彼は、一度、まるめ終ったばかりの丸薬を乾板《ほしいた》ごと五、六百粒、太郎の粗相で踏み返されてからは、ことにも病的なほど調剤所へ小児を入れるのをいやがった。

「うるさいなあ、なにをわるねだりしているのだ」

「替え絵だよお父さん。ねえ買ってよ。あっちこっちひっくり返すたんびにかわる役者の早替りだよ、ねえ」

「ばかばかしい」

宗伯は陰気に、舌打ちした。

「くだらない散財をしてはいけないって、いつも言っているだろ？　向こうへ行きなさい」

このまに、何に使うのか棚から絵暦《えごよみ》を取りおろしたお路が、調剤所を出て行く背について、子供らの泣きわめきも遠のいてしまい、あたりはまた、もと通りひっそりしたが、しばらくするとこんどはから身のまま、お路はだまってはいってきて薬研《やげん》の前の円座《えんざ》にすわった。浮かない顔でゴリゴリ散薬を磨《す》りはじめる……。

小机の上に薬包紙《やくほうし》をならべた宗伯が、それを三匙ずつ盛り分けては片はしから包んでゆく。口をきかないのは宗伯も同様である。べつに仲たがいしているわけではないが、用のあるとき以外、うちとけて語り合うなどということは、これまでにもしたことのない夫婦なのであった。

それでも、中廊下との仕切りの板戸をあけて、

「ご新造《しんぞう》さん、おだんごが蒸しあがりましたけど……」

新参の、リンという下女が顔を出し、

「では蒸籠《せいろ》ごとおろして、素麺《そうめん》の茹《ゆ》で湯とかけ替えておいてください」

お路に言われて引きさがったあと、

「つづきそうかね、あの下女は……」

宗伯が小声でたずねた。

「さあ」

と、しかし、お路は小首をかしげたきりである。

「たしか春の彼岸に来たはずだから、かれこれ四月《よつき》になる。うちにしては珍しいな」

「………」

「お父さんとも相談して、この盆には一朱か二朱、中元の祝儀をはずまなければなるまい」

終りの言葉は口の中での独りごとだし、お路もはかばかしく返事などしない。夫婦は黙りこくってまた、売薬づくりに没頭し出した。

宗伯が言う通り滝沢家は下女の出入りがじつに目まぐるしかった。二年という稀有《けう》の例が一度あったきりで、あとは三月《みつき》、二月《ふたつき》がほとんど……。四日か五日、なかには一日で飛び出してしまった女さえいる。

口入れ料を何回も取りたいために、裏へ廻って仲介業者がそそのかす場合も多いが、持病持ちで愚痴っぽくて機嫌の照りくもりがはげしいお百、むっつり屋で強情で、下女の目からすれば〝気ごころのさっぱりわからない〟お路、気むずかしくて癇性な半病人の宗伯、自分では懈怠《けたい》をいましめ節約を重んじ、かげ日なたを訓《さと》すつもりでする訓戒ではあろうけれども、これも使われる側から言わせれば〝吝《けち》で口やかましい老人〟の馬琴……。その合間にはやっと襁褓《おむつ》をはずしたばかりのさち、いたずらざかりの太郎というおまけまで加わるのだから、傭われずれした渡り奉公人に敬遠されるのは当然のことかもしれない。

いったいに人使いは荒く、しかも使い方が下手な上に、卑職にたずさわる者へ尊大な主人馬琴の気質を反映して、家族じゅうに下女婢《はした》への思いやりがすくない。やるべき決まりの手当、仕着せなどはきちんとやるが、心が心にはたらきかける温かみにはとぼしかった。

リンが四カ月つづいたというのは、たしかに中元の祝儀ぐらい奮発してよい特例であったが、

（もらったら、さっそくリンも辞《や》めるだろう）

とお路は予測していた。

嫌気がさしはじめるときまって奉公人が見せるそわそわしたそぶり、口入れ屋や身元引受人とひそかに打ち合せる必要からか、使いからの帰宅が遅くなったり、わずかな着

替え、手回りの品などをこっそりまとめ出す徴候がリンにも現れはじめていた。

お路はしかし、それを宗伯に語らなかった。深い斟酌《しんしゃく》があるわけではない。夫とかぎらず、思ったことの十分の一も口に出さないのはだれに対しても同じ彼女の性癖であった。

だんごは精霊棚に飾られたらしく、子供たちのはしゃぎ声が聞こえ、いつのまに来たのか清右衛門の声もそれにまじった。

「大きな西瓜《すいか》」

「真桑瓜《まくわ》もあるよ」

と言っているのは、清右衛門がみやげに持参した供え物であろう。

売薬づくりは終り、宗伯とお路があと片づけをしているところへ、

「やれやれ、暑いっちゃありゃしない。ごらんよこの汗……」

むくみの取れない足をだるそうに曳きずりながらお百が調剤所へはいってきた。

「しめてくれよ母さん、入り口の戸を……。風で薬包紙が飛ぶじゃないか。何度いったらわかるんだい」

宗伯はきめつけた。

父の学殖、仕事、名声――それにともなう経済力には無上の尊敬をはらい、

(いますこし、打ちとけてくれてもよさそうなものなのに……)

と、謹厳居士の馬琴すらが時にものたりなく思うほど、その前では言動をつつしみ、かりそめにも行儀をくずしたことのない宗伯が、お百に対しては口つきまでかわる。親愛のあまりの狎れではない。母の愚昧《ぐまい》を嫌悪し、侮《あなず》りきっているためである。女子供を度しがたいとする考え方は父親ゆずりだが、馬琴がしている我慢が宗伯にできないのは、虚弱体質にありがちな神経症に起因していた。

容赦のないきめつけ方をされながら、このときのお百はしかし、ふしぎに腹を立てず、言われた通りうしろ手に板戸をしめると、息子のそばへ横坐りにすわって、

「どうしたんだろうねえ鎮五郎《しずごろう》、ここんとこ、父さんったら、ばかにいらいら不機嫌じゃないか。なにかあったのかねえ」

小声で言い出した。

「母さんもそう思うかい？　私もだよ。左の目にまで故障でも起こりはじめたのかと心配になって、それとなく訊《き》いてみたけど、何でもないと言うだけなんだ」

「いやになっちゃうねえ本当に……。それでなくてさえ普段からしかめ面《つら》ばかりしてる人だ。気ぶっせいだっちゃありゃしないよ」

とこぼすお百の口吻には、不機嫌の原因を案じるより先に、巻き添えをくって自分まで気が滅入《めい》ることへの不満、不平が、強くにじんでいた。

「先月の末ごろからだよ」

宗伯は言った。

「お門お祖母さまの祥月命日で茗荷谷の深光寺へ行ったろう。あの日、帰ってきてから急に不機嫌になったんだ。寺のあとで丁字屋平兵衛の店へ寄り道したそうだけど、なにかあったとすればここでじゃないかな」

「言われてみればあの晩、食事のあとで山田のお秀さんを書斎へ呼びつけて、何かひそひそ責めたてていたね。お秀さんの泣きしゃべりも聞こえていたようだ。私は足がだるくて横になってたし、お菊さんが他愛ない世間話を囀《さえず》りちらすんだもの、ろくろく書斎の気配に耳もとめなかったが、お秀さんにかかわりがあるとすれば、吉兵衛さんの病気かね？」

「いや、和助やお加乃のことかもしれないよ」

「ああ、あのできそこないの子供たちかい？　そうだね、あいつらがまた、何かしでかしたのかもしれないね」

いじわるな興味を目に燃やしてお百がうなずきかけたとき、出窓の外から、

「鎮さん、ちょっと……」

清右衛門が顔をのぞかせた。

「西どなりの伊藤さんが門わきの柳のことで、文句を言いにきているんですがね」

「えッ、また？」

蜘蛛《くも》に首すじを這《は》われでもしたように、宗伯は青くなった。

「がりがり亡者とはあの老人のことですなあ。自分の性悪《しょうわる》は棚にあげて……」

と、めったに感情をあらわさない清右衛門までが憤然と言うほど、西側の隣家とは悶着が絶えず、絶交同様の日ごろなのであった。

住んでいるのは伊藤常貞という七十ちかい浪人者とその妻で、子も孫もなく、くらしは裕福らしい。ただし非常識はこの上もない。
二、三年前、秋のさなかだ。家中、外出している留守に野菜売りがきたので、馬琴が玄関へ出て白瓜《しろうり》の値を附けているところへ、常貞の老妻が垣根越しに顔を見せて大根を一本買い、代金八文を玄関先へ投げてよこした。音をたてて足もとの敷石に散らばった銅銭を見るなり、馬琴はカッとなった。
怒りに対して、ひどく敏感な反応を示すわりには、言葉や動作にそれがあらわれるまで時間がかかる。とっさの理不尽に遇うと、一、二瞬はまず、呆気《あっけ》にとられてしまうのろさなのである。すばやい相手なら、そのわずかなたじろぎのあいだに消え失せる。やりばをうしなった怒りは内攻して記憶に刻まれ、執《しゅう》ねくよみがえっては馬琴をくるしめる結果になるわけだった。

この日も常貞の妻のほうは銭をほうり出すやいなや家の中へはいってしまい、罪もない八百屋と日記の紙が、憤激のとばっちりを浴びる羽目になった。

非礼、傍若無人の致し方につき、予、耐へがたく、右、野菜売りを罵《ののし》りいましめ候ところ、詫び候につき、なほまた向後をいましめ、容赦に及び畢《をは》んぬ。

伊藤家で建て増しした茶座敷の軒の垂木《たるき》が、五寸あまりも垣を越えて滝沢家の敷地へ突き出し、雨だれで草木の根が腐るという事態が出来《しゅったい》したこともある。

宗伯や清右衛門は掛け合って切らせようと言ったが、怒りは彼ら以上であるにもかかわらず、いざこざに伴って起こる感情の波が老体には忌避されて、

「まあ、黙っていよう」

馬琴はそのままにしておいた。常貞夫妻も世間知らずな年齢ではない。気がついて、やがて善処するのではないかと期待したわけだが、先方は善処どころか、まもなく滝沢家の門わきに植わっている柳が繁茂しすぎて、出はいりのたびに邪魔になるから切ってくれと言ってきた。馬琴は激昂した。

「なるほど、柳は根からでも引き抜こうが、その前に定法どおり、尊家茶室の軒垂木を一尺切りすててもらいたい」

とねじこみ、伊藤方を沈黙させたが、その後も何かというと柳は論争のタネとなり、馬琴は番たび『手前勝手、言語道断』とか『まことに愚痴のたわけもの』などと日記の

中で常貞を痛罵しなければならなかった。

つまりは虫が好かないための嫌がらせである。外的な刺激から気分を守ろうとする著述業者に、この種の不快が恐慌であることを、都会人らしい小意地わるい勘で隣家の老夫婦は承知しぬいているのだ。

門前の菓子司橘屋《たちばなや》とは、路地をへだてているし、自家でも薬など製造しながら、なお商人を一段ひくく見くだす滝沢家の家風からして、対等のつきあいははじめからしていない。

また、北どなりの橋本喜八郎家は、もとの地主であり、西ノ丸書院番をつとめる幕臣でもあるので、通り一遍の交際はしているが、親類の子弟が時おり集まって大声で軍書読みの講釈をするのがうるさく、蔵書など借りにきても上袋を破ったり、紙に折り目をつけて返却する無作法さに辟易し、使用中だとか、いま知人に貸してあるとか遁辞をもうけて、三度に一度はこばむことにしていた。

この橋本家が財政逼迫《ひっぱく》して、切り坪の相対《あいたい》替えを公儀にねがい出、持ち地面の一部、二百坪あまりを売りわたした相手が、南どなりの杉浦清太郎家である。

これも直参で、勘定方御普請役をつとめる人物だが、滝沢家の借用地五十坪も、そのさい杉浦家に売りわたされたため地主がかわった。祝儀、不祝儀の義理は、だからおたがいに欠かさないし、清太郎の老母とお百はことにも茶飲み友だちで、呼んだり呼ばれたりするつきあいではあった。

しかしこの、新地主との関係も馬琴にすれば、ならぬ堪忍をこちらがしていればこそ円満に保たれている実情なのである。

松の木を移しかえたさい滝沢家の李《すもも》の大枝に松の枝をひっかけて折っても、一言の挨拶すらしなかったくせに、伊藤家に似て、これも垣外に伸びる樹木には毎度口やかましく抗議を申し入れてくる。下町の町家《まちや》ぐらしであればあるほど、隣家からの些細な侵害が気になるのは馬琴も同じで、だからこそ庭木の管理には注意をおこたらず、年に二回は植木屋を入れるし、外出ぎらい遊山ぎらい、庭いじりを唯一の気分転換法にしている馬琴自身、植木鋏をはなしたことのない日常なのだが、それでもなお、もめごとは絶えない。

相手方がまずはじめに、こちらを侵《おか》していながら、自家の被害ばかり言い立てるのが馬琴には納得《なっとく》できず、権利を主張するなら義務のほうもきちんと履行すべきだと頑固に考える。滝沢家のほうで気づかずに、先に先方を侵している場合も、ないとは言えないのだ。馬琴はでも、そうは思っていない。一寸《いっすん》たりとも相手が侵さなければ、むろん自分も侵さない、侵されるから侵し返すのだと揚言する……。

杉浦の老母が、犬小屋を板塀にもたせかけて、滝沢家の門のすぐわきに作らせるという事件もあった。この女性については馬琴も、かの老婆、地主風を吹かせ、かたはらに人無き如きはからひ多し。じつに歎息に耐へざる也。

余憤を日記に叩きつけることがしばしばで、たまりかねて転宅を思い立ったことすらあった。

そんな馬琴に、ともすると投げつけられるのは〝尊大〟という評だが、息子の宗伯から見れば、肩で風を切って世渡りする型の人間とは、およそあべこべな父なのである。

たしかに馬琴は自尊心がつよい。他人の美点よりはより多く早く、その欠点のほうに目のゆくたちだし、融通のきかない、非妥協的な性格はとかく言動までをギスギスさせ、圭角《けいかく》の多い、不遜な人間のように印象させがちではあるけれども、じつは世渡りにも、人の風評に対しても、極端なくらい用心ぶかく臆病だというのが、宗伯の観察であった。

……またまた持ちこまれてきた西どなりからの苦情を、だから彼は、それでなくてさえこのところ屈託ありげな父の耳へ、なろうことなら入れたくなかった。と言って自身、常貞老人の辛辣な舌鋒を受けて立つ自信はない。

「どうしよう」

「どうしようねえ」

とお百も、こうなるといくじがなかった。

いつのまに出て行ったのか、すでに調剤所にお路の姿はなく、

「よろしゅうございます。私があしらいましょう」

つまるところは清右衛門が引きうける結果になる……。

「いざとなればこちらもまた、垂木の一件を持ち出してやります。委せておいてください」

と出窓を離れかけたとき、書斎で手が鳴った。

「いいよ、私が行くよ」

宗伯はいそいで調剤所を出た。

「ああ、お前か。……茶をもらおうと思ってな」

筆を持ったまま馬琴は縁側を見返った。

すぐ、リンを呼んで言いつけながら、

「盆の十三日です」

宗伯は、うすく眉をひそめた。

「今日はもう、執筆はお休みになってはいかがですか」

「赤いか？　目が……」

「両方とも充血しています」

「おかしなものだな」

手刀《てがたな》で、凝ったうしろ首を馬琴は叩いた。

「ちょっと左眼を使いすぎると、見えない右の目まで赤くなる。どういう理屈かな」

「夕風が立ちそめたら、迎え火も焚いていただかなければなりません」

「迎え火か……」

つぶやいて、馬琴はいきなり頬をゆがめた。仏事とのつながりから、ふと遠のいていた不快事が、また猛然と脳裏によみがえったのである。

（和助が盗みをはたらいた！　人もあろうに松亭金水の持ち物に手をかけ、満座の中で足蹴にされた……）

それはいいが、和助と自分との血縁関係まであかるみに出たという丁字屋平兵衛の報告は、安眠と食欲を奪うほど馬琴を叩きのめした。辱《はじ》に目がくらみそうだった。

「義絶した妹の子だ。げんざい和助とは、縁もゆかりもわしにはない」

丁平には言い切ったし、今後、だれの口から同一の話題が持ち出されても、この一言で押し切るつもりではいるが、もとよりそれで、恥辱のすべてが拭えるわけのものでもなかった。

あの日、帰宅しても彼は家族には何も打ちあけず、お秀だけを書斎に呼びつけて和助の居どころを詰問した。山田吉兵衛の思惑《おもわく》をはばかって、表向き行き来はしていないけれども、子らの動静をお秀は知っており、お加乃だけはこっそり母親と逢ってもいるらしいとは、馬琴も勘づいていたのだ。

「ついこのあいだまでは、南新堀の裏長屋に住んでいました。でも……」

お秀はむせびあげた。

「『あすか』でのことがあってまもなく、どこへ行ったのか、とうとう今度こそ兄妹とも、本当に行くえが知れなくなってしまいました」

「そのいきさつを、お前はどうして知った」

「……」

「どうして知ったのだお秀」

「あり布《ぎれ》をつづくって小掻巻《こがいまき》を作ったので、お加乃に持っていってやったのです。そうしたら、釘づけの戸口に貸家札が貼ってあって……。隣家の、角造さんとかのお袋さんが出てきて『打ち身の痛みがうすらぐとまもなく、二人は旅に出た』と話してくれました」

「保養か？　そんな金がよくあるな」

「あの晩、料亭に居合せた女のかたが訪ねてきて、三両もの見舞金を置いていってくださったそうです」

堀内節子だ！　……熱湯にでも投げこまれたように馬琴の全身は熱くなった。はずかしい場面を目撃されたばかりか、女ごときに哀れまれた、甥が金まで恵まれたという事実は、松亭金水に面と向かって嘲笑されるよりもなお、馬琴にはこたえた。

「とにかくもう、断じて我慢ならない。和助とお加乃の名は正式に人別《にんべつ》から削ってくれ。言葉だけの義絶など役に立たない。近所となりにまで馬琴の甥だ姪だとふれ廻っているようでは先ゆきが案じられる。すぐ手つづきしなさい。遅滞するようならお前ともこんどこそはっきり縁を断《た》つ」

言いわたして帰したのだが、お秀からはまだ、何の連絡もない。馬琴は焦《じ》れ、一件を思い出すたびに不機嫌を抑えられなくなるのであった。

「盆の十三日か」

硯箱の蓋を、彼はとじた。

「今日はでは、これでやめよう。……汗になった。行水でも使おうか」

「そうですね、庭がよろしいでしょう。用意するように申しつけましょう」

立って台所へ行きしなに、清右衛門を見つけて、

「どうなった？　隣りとのいざこざ……」

宗伯は声をひそめた。

「どうやらおさまりました。ですがあの柳、たしかに繁りすぎてはいますね。隣りからの文句は文句として、そろそろ枝を払ったほうがよくはないでしょうか」

台所からは、太郎の、

「お祖母ちゃん、灯籠いつともすの？」

甘え声にまじって、

「もっと暗くなってからだよ」

お百の返事が聞こえる。

「枝豆は？」

「茹《ゆ》でてあるよ。素麺《そうめん》もさ。今夜はごちそうだよ坊」

暮れがたの空は、まだじゅうぶん透明な青さをたたえているが、さすがに日中に見るような輝きは失せて、神田明神の森の梢《こずえ》にも、わずかながら涼風が立ちはじめていた。

路地の片側はすっかり影になり、

「なアがい、ながい、両国橋ゃながい、お馬でやろか、お駕籠でやろか……」

町内の子供たちの気ばやな盆踊り唄が、表通りから曲って来た。

九

やっとさがしあてた葛飾北斎の引越し先は、本所菊川町の路地裏にあった。

画をかく坊主と、おたづね下さるべく候、北斎にては、いかがにや……

と手紙には書かれてあったが、それもぶしつけに思えて、まともに姓名を言って尋ねていたあいだは、なるほどどの商店でも首をかしげられた。

で、思いきって、五軒目に佇《たたず》んだ酒屋の店さきでは、指示どおり、

「このへんに画をかく坊主はいないだろうか」

と、渡辺登は訊《き》いてみたのである。

てきめんだった。内儀らしい女の口から、

「ああ、あの、娘だとかいうおばさんと、二人ぐらししている御老体ですね」

谺《こだま》さながらな返事がかえってきた。

「小半町ほど向こうに町木戸が見えますでしょ。その先を左に折れて二本目の、路地の突き当りでございますよ」

往来に荷をおろしていた金山寺味噌の振り商人《あきゅうど》が、

「あのじいさまが絵かきですかい？　どうりでチョイ描きだがうまいもんだ」

脇から口をはさんできた。

「いえね、おとついの朝あの家の前を通りかかると、小窓の障子があいて、じいさまがヒョイとものを捨てた。まるめた紙です。なにげなくひろって皺《しわ》をのばしてみると、こ

れが小さな獅子の絵なんだな。振り売り仲間に飯屋で見せると、知らない者はいない。毎朝きまって一枚ずつ捨てるんだそうで三枚五枚とみな持っている。勧進比丘尼《びくに》の妙信なんざ三十枚もためこんで、さる物持ちの隠居に一枚二十文のわりで売ったそうですよ」

「なんの禁厭《まじない》だろうねえ」

酒屋の内儀は目をまるくした。

「ねえお武家さま、どういう酔興でございましょうねえ」

「さよう。どういうことだろうな」

微笑にまぎらして歩き出したが、登には獅子の絵の由来がわかっていた。彼自身、かつて北斎がそれを描いて、連子窓《れんじまど》から外へ投げるのを目にした一人である。ほんのひと筆書きのくせに運筆軽快、紙面から躍り出さんばかりな獅子児《しし じ》なので、

「勿体《もったい》のうございますな」

つい、登は言ってしまった。

「なあにあなた、これは魔除けですよ」

と、湿疹《しっしん》だろうか、首すじの吹き出ものをぽりぽり掻きながら、しんそこ弱りきったと言わんばかりな口ぶりでそのとき北斎は打ちあけたのだ。

「相手は孫のドラです。負えないならず者でして……。ならばいっそ、熊坂長範《ちょうはん》か石川五右衛門ほどにも成り上ってくれればみごとだが、飲む打つ買うのあげくは金に詰まっ

てつゝもたせ、押し借り、ゆすりという小悪党ですから始末にいけません。尻ぬぐいは番たび、この貧乏じじいに押しつけられる……。やたらとわしが引越すのはな渡辺さん、ひとつには孫の悪魔めから逃げ出すためもあるんですよ」

自分は二度、妻帯し、二度、離婚したが、先妻に一男二女、後妻に一男一女を残して去られたのは痛かった……そんな問わず語りまで、このとき北斎は口にした。

「鏡師のところへ養子にやった長男は道楽者でね、亡くなるまで手こずりきりましたし、『八犬伝』の挿画をかいていた一世柳川重信……わたしの門人だが、これと長女をめあわせたところが、生まれたのが先に申しあげた孫のドラでさ。与吉という名の、これが魔物――。次女は嫁にいってまもなく死に、三女が出もどりのお栄……、そこに鎮座している顎《あご》のながい応為《おうい》女史ですよ」

と、当人の前でも口ぶりには遠慮がない。

「ごらんの通りの面相だが、まがりなりにも一度は片づきました。橋本町の油問屋です。亭主が絵好きで、長谷川等琳に月謝を払って面相筆《めんそう》などひねくる……。いっぱし上手のつもりでいるのですから、そこは適当におだてておけばよいものを、このお栄がこっぴどくくさすわ、大口あいて笑うわ……で、夫婦喧嘩の絶えまなし。とうとう油屋の女房の口を棒に振りました」

満足なのは次男だけ……。これは公儀御家人の家へ養子にゆき、御小人目付《おこびとめつけ》を振り出しに累進して支配勘定方となり、いまは大城《たいじょう》の御天守番をつとめている。まず自分の死後、小さな墓石でも建ててくれるのはこの次男だけだろうと北斎は嘆息まじりに語ったものだ。

(獅子のまじないか……)

登は目をほそめた。

(しかしそうは言っても、あの老人の生涯などは幸せな部類に入るのではないかな)

……教えられたとおり、町木戸をくぐりかけたとたん、番小屋の土間から、

「渡辺さんじゃありませんか。うちへお越しになったんですか?」

彼は声をかけられた。お栄であった。萌黄《もえぎ》木綿の大ぶろしきを両手一杯にかかえている。

「めずらしい銅版画を入手しましたので、御尊父にごらんいただこうと思って……」

「ありがとうございます。よろこびますよ。でもね、あいにく今、留守なんです」

「お出かけですか」

「おやじのやつ、また大達磨《だるま》を描くと言い出しましてね、この界隈《かいわい》、本所深川はおろか川向こうにまで、版刷りのちらしをくばりまくって……、まるで気ちがい沙汰でさア」

「それはそれは……。噂では以前も、音羽《おとわ》の護国寺で大達磨をかかれたそうですな」

「両国の回向院《えこういん》でも、名古屋でもやりましたよ。あのころおやじは四十代の壮年でした。

棕櫚《しゅろ》箒《ぼうき》木をひっかついで紙の上を走り廻っても、身のこなしが軽々してましたけど、今となっちゃどうでしょうねえ。七十六ですからねえ。描いてる途中でつんのめって、それっきりになりはしないかと心配でねえ」

「いつ、どこで催されるのですか？」

「それが渡辺さん。今日なんですよ」

「今日⁉」

「おかげで私まで朝っぱらから、会場と家のあいだを荷物運びに行ったり来たり……。この風呂敷の中身も七ツ屋の蔵からひきあげてきたおやじの紋服や袴《はかま》なんです」

嵩《かさ》のある包みをゆすり上げゆすり上げ、

「本所の合羽《かっぱ》干《ほ》し場、ごぞんじですか？」

気負った口ぶりでお栄はたずねる。くさすようなことを言いながらやはり老父の壮挙に、彼女は興奮しているのである。

「合羽干し場？」

「私、ご案内しますよ。ごらんになってくださるでしょうね」

「拝見させていただきますとも」

と登は答えたが、障子にさした鳥影のように、瞬間、心に怯《ひる》みが走るのを否《いな》めなかった。

「では始まるまでに、まだ半刻ほどありますから、家へ行って休息していらしてください。私、もう一度、荷を取りにもどりますから……」

言い置いて去って行くお栄とは逆に、町木戸の脇を登は左へ折れた。

家はすぐわかった。路地の入り口にまで、濃密な墨の匂いが流れ出していたのである。

手伝いの男が二人――座敷にいるひとりは擂《す》り鉢を股のあいだにかかえ込んで墨をすってい、いっぽうは土間で米俵をときほぐしていた。大筆を作るつもりらしい。

あけっぱなしの戸口に、登が近づいたのを目ざとくみつけて、

「どなたさまで？」

小腰をかがめるのを、

「ばかだなあ北鵞《ほくが》、お前ってやつはさ」

座敷の男が冷笑した。

「田原藩の御家老。絵のほうでも知られている渡辺崋山さまじゃないか。北斎門下のはしくれでいながら、このかたを存じあげないとは呆れかえった頓馬《とんま》だぜ」

筆づくりの北鵞をあざけりながら、男の口つきには登その人への、かすかな棘《とげ》もふくまれていた。

「どうも失礼いたしました。まもなくお栄さんが帰ってきます。おかけなすって……」

と框《かまち》の乱雑を片よせながら、

「それでさあ、可哀そうに北僊《ほくせん》の野郎、たいまい十両と吹っかけられたそうだよ」

照れかくしのつもりか、登の出現で中断されたらしい話のつづきを、仲間相手に、北鵞は大声でしゃべり出した。

「なあに、北僊のこった。内心はまんざらでもないにきまってらあ」

と墨摺りの男もたちまち登を無視して、無遠慮に相槌を打ちはじめる。頰骨がたかく、痩せて、目つきがするどい……。

「そうね、とどのつまりは買い取るだろうね。卍斎《まんじさい》と落款《らっかん》がかわっただけで画料がピンとはねあがる……。はは、そうもゆくまいけどね、北僊の腕じゃあ」

「三十代のころ、じいさまは俵屋宗理といっていたろう、あの名前はだれに譲ったの？」

「菱川完知さ。宗理のつぎに北斎辰政を名乗ったが、これも門人に売って雷信に改めた。でも、雷信もまもなく売りとばして、雷斗になったな」

生活に窮すると北斎は画号を金に代える。譲り渡す相手はむろん弟子である。それをよろこぶ門人もあり、迷惑がる者、批判する者も多いという風評は登の耳にさえはいっていた。

「雷斗を買ったのはだれだい？」

「一世柳川重信さ。彼は女婿だからまだいいが、つぎの戴斗を買った亀屋喜三郎はひどかったな」

「新吉原の引手茶屋の亭主だね」

「戴斗を譲られたのをいいことに、北斎自身に化けすまして大坂の好事家をだまして歩いた。もっともバレたことはすぐバレたがね」

「それであいつのことを、かげで犬北斎と笑うわけか」

「皮肉って大坂北斎とも言うよ。でも、それというのもじいさまが弟子どもに、まぎらわしく名前を売りつけてばかりいるからだ」

「為一《いいち》はだれが買ったんだい？」

「近藤とかいう御家人だが、死んだあと取り返して別人に売り直した。つい、このあいだのことだよ」

「で、おつぎが卍斎か」

「白羽の矢は北僊にプツリ！　腕のある門人より金のある門人を狙うんだから根性が汚《きたな》いやなあ」

「それは当然だろう、お前さんなんぞに持ちかけたからって、一両も出せまいからな」

登がいるのもかまわず……いや、むしろ、登に聞かせようとの肚《はら》か、二人の口調にはすこしのたじろぎもない。

「混乱がおこるぜ後世……。へたくそ共とごっちゃにされて、じいさま自身、評価を誤られちゃつまらないじゃないか」

「北斎は、後世の評価なんか念頭に置いちゃいないさ。口では自分の画を、万代《ばんだい》に残すような大見得《おおみえ》も切るけど、残るものやら消えて無くなるものやら、死んでからのことなんぞ、じつはいっさい、じいさまは信じちゃいない。楽しみも苦しみも生きてるあいだ、一代こっきりと割りきってら。おれは北斎の、そこんとこが好きだよ」

言いつつ立って、摺り鉢の墨汁を土間の四斗樽へ男はあけた。そしてそのまま、手を洗うつもりか台所へ行きかけるのへ、

「おいおい、金水さん、もうやめる気か？」

北鵞があわてて声を投げた。

「薄情だなあ相変らず……。それっぽっちじゃ手伝いにも何にもならないじゃないか」

「冗談いうない。手伝う義理なんか、はじめからおれにはないんだぜ」

男は冷ややかにきめつけた。

「お節介でやった親切なんだ。これだけ摺っただけでも、ありがたいと思え」

金水——。

（戯作者の松亭金水か、この男……）

あらためて渡辺登は男を見た。

……別の、若い門弟二人に大八車を曳かせて、このときお栄がもどってきた。彼女はすっかり上ずっていた。

「おどろくじゃないか北鶱さん、あのだだっぴろい合羽干し場がさ、たった四半時《しはんとき》のあいだに、詰めかけてくる見物でみるみる埋《う》まっちまったよ」

「飢饉だっていうのに、のんびりしたもんだなあ」

感に耐えたように北鶱は首を振った。

「やっぱりお江戸だ。田舎の困りようとは違うんだなあ」

この歎声には、登も同感だった。

去年——天保五年は、春から天候が不順な上、冷害、台風、洪水にみまわれて稲作は全国的に減少した。もっとも作柄のよい東海地方でさえ六分七厘、なかには収穫皆無という悲惨な土地まであらわれた。

渡辺登はこの年、正月、藩譜編纂の公命をおびて三州田原の藩地へおもむき、五月に江戸藩邸へもどったが、凶作の兆候にいちはやく気づいて、二百俵の玄米を藩邸へ買い入れるとともに、領民には戒告を発して非常米の備蓄を督励した。

公儀に歎願書をさし出して、義務づけられている助郷《すけごう》の免除を懇請したのも、やがておかならずくるにちがいない飢饉さわぎにそなえて、領民の負担をすこしでも軽くしておこうとの配慮からであった。

今年——天保六年は、どうやら平年作まで漕ぎつけそうな気配ではあるけれども、まだ油断はできない。

そんなさなかだけに、大達磨の曲描きなど、もくろむ側はまだしも、争ってそれを見物しに押しかける江戸市民の感覚には、驚嘆に似た思いを、登もいだかずにいられなかった。

（かえってしかし、このようなときにこそ鋭敏な都会人は刺激を求めて、一時的にせよ不安をまぎらそうとするのかもしれないな）

とすれば老北斎は、庶民の心理的弱点、その根ざしとなっている社会不安を巧みに衝《つ》いて、自分の思い立ちにそれを利用したことになる。

もっとも、人集めの目的は何なのか、単なる売名か、それともほかに、もっと直接的な利益でもあるのか……。同じく画家ではあっても、さすがに登にはそこまでの判断はつかなかった。

「なんだねえ金水さん、これっぽっちかい？」

墨汁の樽をのぞきこんでお栄も腹だたしげな顔をしたが、

「しようがない、手の揃っている会場で摺り足《た》そう」

門弟たちをせきたてて大八車に積ませ、そのほか北鵞が作った大藁筆《わらふで》、からかみ半分ほどもある銅製の水盤、大甕《おおがめ》、手桶、柄杓《ひしゃく》など落ちこぼれそうにごたごた乗せて、

「お待たせしました渡辺さん、まいりましょう」

と、先に立った。

——合羽干し場が近づくにつれて往来の混雑は増しはじめた。見物の老若である。

「すみません道をあけてくださいな、墨汁がはねますよ」

お栄は声をあげる……。

「あのおばさん、画狂老人のつれあいか」

「いや、むすめだとよ」

「とするとじいさまは、もうよほどの年だろうな」

そんなささやきの間を、得意げにお栄は通りぬける。

合羽干し場は広大だが、彼女の言葉は誇張ではなく、ほとんど視野いっぱい、どこも見物人で埋まっていた。

登が案内されたのは丸太囲いの内に、板で簡単な腰掛けをしつらえた、いわば特別席といってよい一劃である。先客がすでに三、四十人……。知人の顔もちらほらまじってい、目礼を送ってくる者、わざわざ立って来て挨拶をする者など、ほとんどが出版業者、書画骨董の売買人だが、そんな中から、

「崋山先生、ごぶさたしております」

寄ってきた版元の、鶴屋喜右衛門は、うしろに三十五、六の小づくりな町人をつれていて、

「一立斎広重さんでございます。お見知りおきくださいまし」

と紹介した。

去年あたりからである。鶴喜《つるき》と保永堂が共同出資で広重の画集『東海道五十三次続絵《つぎつづきえ》』を出し、これが圧倒的な好評で世間に迎えられたのは……。

人に贈られて登も見たが、やや抒情過多とさえ思える憂い深い画面、構図の取り方の新しさに目をうばわれた。旅愁と詩情が横溢《おういつ》している……。広重という画家の、性格の流露ではあろうけれども、感傷好きの日本人が、いままでこの種の風景画を生み出さなかった偶然をむしろ登はあやしんだくらいだ。

葛飾北斎への挑戦という意味で、しかし一般の興味は、広重の登場にそそがれたらしい。ここ数年来、北斎は『富嶽《ふがく》三十六景』の制作に打ちこんできている。三冊つづきのそれを、まとめて今年、出版に踏み切った気持の底には、孫ほども年のちがう広重への、対抗意識が燃えていないとはいえなかった。

たしかに『富嶽三十六景』は力作だし、赤富士の愛称で呼ばれている〝凱風快晴《がいふうかいせい》〟の一枚など、その全能力の凝結と見ていい出来ばえではあるけれども、世間の好みは北斎の技法のあくのつよさ、漢画臭《しゅう》にそろそろ飽きはじめていた。登の見るところでも、どうやら人気は『五十三次』に多く集まった観がある。

今日、大席画をくわだてた目的も、北斎の性情からすれば『富嶽三十六景』への側面的な示威だったのだと、職業絵師の仲間づきあいからは遠い登にもようやく、ここへ来て察しがついた。お栄から参会の誘いをうけた瞬間、心中をよぎったたじろぎの正体も、洒脱な半面、おりおりむき出しに露呈する北斎の世俗性に対する顰蹙《ひんしゅく》のあらわれだったと、今にして登は思う。

「遠近法のたしかさ、縦横《たてよこ》の線の使い方のおもしろさに瞠目しました。画面ににじむ孤独な詩趣も『五十三次』の持つ得がたい特質ではないでしょうか」

と、感じたままを登は口にした。

謙虚な、熱心なまなざしで広重はそれを聴き、鶴喜は鶴喜で、

「広重さんもな」

うれしさを隠しきれない表情で言った。

「やれ美人画だ武者絵だ、役者絵だなどと、ながいこと暗中模索をつづけておりましたが、やっとこんどこそ自分の場をさぐり当てたらしゅうございますよ」

「そういうことですね」

登はうなずいた。

「そこまでの彷徨《ほうこう》が苦しいわけです。ご精進、この上とも念じております」

「ありがとうぞんじます」

広重はふかぶかと頭をさげた。

「未熟者……。どうぞよろしく御指導くださいまし」

喧騒を、一ッ気に鎮《しず》める鋭さで、このとき会場いっぱいに拍子木が鳴りひびき、世話役らしい麻裃《あさがみしも》の男が出て席画の開始を告げた。

鶴屋と広重も自席へもどり、数千の目はいっせいに中央、囲いの内へそそがれた。

「紙面、たたみ百二十畳敷き……。達磨大師の尊像はお顔のながさ三丈二尺、おん目の大きさ横に六尺、おん口おなじく七尺、耳の長さ一丈二尺……。使用の藁筆、米俵五俵ぶん……。ほかに棕櫚《しゅろ》帚木《ぼうき》、竹帚木……」

と、よく透る声で世話役が披露するたびに、場内はどよめく。

このまに鳶人足《とびにんそく》十数人の手で紙がかつぎこまれ、五寸厚みにあらかじめ敷きつめてある蕎麦《そば》殻《がら》の上へ、端からしずかにくり拡げられた。

晩春の日ざしが反射してまぶしい。専門の表具師が継いだものらしく、紙にはゆがみ一つ、ちぢれ一つ見えない。天地に抑えの継ぎ竿《ざお》がはめこんであり、両はしに麻縄がむすびつけてある。紙の大きさそのままの足場が会場の一方に丸太で組まれてい、描きあがると同時に縄を轆轤《ろくろ》で捲きあげて絵をさげ懸ける仕組みになっていた。

天秤《てんびん》で担《にな》われてきたのは墨汁入りの四斗樽である。五個、それが並んだわきへ、真水を満たした樽がやはり五個、運び込まれる。

ひとわたり準備がととのうと、また合図の拍子木が鳴り、紋付き袴の北斎がこれも紋服すがたの門弟十人あまりをしたがえて入場して来た。いつのまにか北鴦の姿も、その中にまじっている……。

見物の喚声に北斎はニコリともしない。腰骨、背すじがシャンと伸び、遠目にも群をぬいて丈が高い。ものぐさおやじの日ごろとは打ってかわった風采であった。

弟子たちに介添《かいぞ》えさせながら襷《たすき》をかけ、袴の股立ちを深く取って、白足袋《しろたび》のまま北斎は紙の上にあがる……。

墨汁の樽に漬け、どっぷりふくませた巨大な藁筆を、門弟二人が水盤にのせてあとにしたがう。軸の先には紐《ひも》が垂れ、重石《おもし》がくくりつけられていた。いまは観衆も鳴りをひそめ、雪野原のまん中にたたずむような北斎の、黒い点に似た姿へ視線をこらした。

どのあたりに筆をおろし、まず、どこから描き出すのか、左右前後の均斉ははたしてうまくとれるものなのか。登も興味をそそられ、北斎の動きに惹《ひ》きこまれた。

紙の上部、三分の一ほどのところで北斎はとまり、五、六歩右へ寄る……。さぐるようにひとわたり、ぐるりを見回し、

（よしッ）

と、目安をつけたのだろう。いきなり足を踏んばり、身体の向きを横にかえた。二人の弟子が走り寄って水盤を据え、墨汁のしたたりに気をつけながら大筆を師匠に持たせる。紐は老人の背にさがり、その先端で重石が揺れる……。重心を取るための考案なのだ。

――と、見るまに、北斎は走り出した。両腕で筆をささえ、思いきり押しまくる……。大きな弧が描かれ、水盤を担《にな》った弟子がそれを追う。樽のそばにいる一人が墨汁の手桶をさげて進み寄る。墨がかすれ、北斎は立ちどまって弟子たちが筆に墨を含ませ終るまで待っている……。

幾度もこれがくり返され、幾すじかの曲線が引かれたが、横からながめている見物には達磨のどのへんが描かれつつあるのか見当もつかない。

（右の眼ではないか）

と、かろうじて登は判断していた。

北斎は走る。身体の向きを変えては進み、変えては進む。見物は意味もなく、その動きにつれて声をあげ、どよめく……。

「やってるぞ、見ろ、じいさま得意満面だ」

耳のすぐそばで言う声に登が見返ると、いつ来たのか松亭金水が四、五人のつれと床几に腰をおろしていた。

「大席画のあとはかならず日を改めて、こんどは料亭あたりで極小画の会を催すんだ。伸びすぎた腕の筋をちぢめると称してね」

「ケレン味《み》の多い性格だよな。こればっかりはなおらない。棺桶に片足つっこみかけても、な」

と相槌を打つつれの一人にも、登は見おぼえがあった。故式亭三馬の門人、楽亭西馬だ。西宮《にしのみや》新六といい、書肆から転向した作者である。気をつけてみると西馬だけでなく、そこにいるのは福亭三笑、春亭三暁、徳亭三孝らそろって亡き三馬の門人ばかりだった。

登の存在に気づいているのか、いないのか、彼らは彼ら同士しきりにしゃべりたてており、それはのっけから北斎の悪口なのだが、負けず劣らずあたりがうるさいため、格別、人の注意をひくほどのこともない。

登の耳にはしかし、否応なくうしろの会話ははいってくる……。金水の言う極小画とは、米ひと粒に雀三羽を描き込んでみせるという曲画のたぐいで、百二十畳敷きの大達磨の、いわば逆をゆく筆法である。

登もかつて北斎自身の口から、浮世絵師の北尾政美が三寸四方の紙に江戸八百八町を描いてみせたのを、せせら笑って、同じ大きさの紙に武蔵《むさし》・相模《さがみ》・伊豆・安房《あわ》・上総《かずさ》・下総《しもうさ》——六カ国の景観をおさめ、まんまと鼻をあかしてやった自慢ばなしを聞かされたおぼえがある。

(なるほど。大席画のあとに極小画か……)

忸怩《じくじ》とした思いが、さらに胸の内にひろがるのを登は感じた。

——推量通り、まず出来あがったのは達磨の右眼である。つづいて北斎は、左眼にかかっている……。

お栄が若い衆に茶と餅菓子を運ばせてきた。金水たちは悪口をやめ、どころか西馬や三孝、三暁らは手の裏返して歯の浮くような世辞までならべたが、お栄が去ってしまうとまた、こんどは茶菓をつまみながらの北斎攻撃だった。

逆描《が》き、横描き、指頭描き……。鶏卵、升《ます》の底、徳利の口などを筆がわりにしてまで描いてみせる北斎の席画での態度を、

「大道絵師根性！」

と嗤《わら》い、

「将軍家の前でやってのけた例の竜田川の趣向なんぞも、おやじとしては一世一代のつもりだろうが、嫌味だよなあ」

さげすんで言う……。

十一代家斉《いえなり》が放鷹《ほうよう》の道すがら、浅草の伝法院で休息したさい、写山楼谷文晁《たにぶんちょう》と北斎を召して、座興に絵をかかせたことがある。

文晁は尋常に花鳥の図をこころみたが、北斎は横長につないだ紙にひと、ひとすじ、刷毛《はけ》筆で藍《あい》を引き、伏せ籠から出した鶏の足に朱をつけてその上を歩かせた。流れに浮かぶ楓《かえで》紅葉《もみじ》のつもりだろう。しかし思いつきが古く、将軍家御前での晴れの席画にしては方法が奇矯にすぎたため軽はずみの印象をまぬかれず、たいして嘉賞もなかった。

「おもしろいおやじだよ、なかなかかね。ただ、どうもいつまでも枯れてこない。おっつ

け八十にしては生臭《なまぐさ》いな」

「金にも名声にも、助平根性がありすぎるんだろ、ははは」

と、はては無作法な笑いになった。思わず苦笑を誘われながらも、

（ご老体、つまずかないでくださいよ）

親愛をこめて、登は心中よびかけていた。

広漠とした、見ようによっては寂しくさえある白い紙面を、北斎はあいかわらず縦横に走り廻っている。一心不乱な姿でいながら、顔つきはひどく楽しげである。ふりそそぐ陽光のもと、衆目《しゅうもく》を一身にあつめ、渾身の力を出しきっている今が、愉快でたまらない様子に見える。

金水たちの冷評も北斎の一面を、たしかに衝《つ》くものではあろうけれども、それだけではないと登は思う。金銭や名利に執着が強いように見えて、じつは北斎の中には損得かまわぬ駄々ッ子精神も同居しているのだ。

「やりたいからやる！」

批判や非難を突きぬけた一人だけの世界で、放下《ほうげ》の自由を満喫したい欲求からも、行動を起こす老人なのだし、北斎の画業を支える熱気は、じつはこの、無垢な幼児性から発している。それなのに、わざとのように金水たちが、北斎なる画人の、いわば精神の核を無視しているのが登にはかえって、彼らの偏頗《へんぱ》の証《あかし》にすら感じられた。

……達磨は両眼が仕上り、鼻がつき、口ができ、すでに耳までそなわっている。藁筆が竹帚木にかわったのは髯《ひげ》にかかるためらしい。老北斎の姿態は、まるで踊ってでもいるようだ。帚木が宙にひらめくたびに達磨の顎は髯におおわれてゆく。

弟子たちが代赭《たいしゃ》を溶かした桶をかつぎ出してきたのは、衣《ころも》に着色をほどこすためにちがいない。頭部と顔の輪郭は棕櫚帚木で最後に引かれたが、目鼻に比して小さすぎず大きすぎず、歪《いびつ》にもならずに納まったのはさすが手練というものだろう。

代赭は柄杓でところどころにこぼしてゆき、それを雑巾で弟子たちが散らす……。彼らの両手両足はみるみる染まってまっ赤になった。

すっかりできあがり、年月日、落款を書き入れたあと、ざっと日に乾かして足場にひきあげるまで、およそ二刻《ふたとき》……。偉容は数千人の熱狂を圧して、そろそろうすづきかけた午後の日ざしの中に傲然、そそり立つ感じである。

——人混みをかき分けかき分け、お栄が登を迎えにきた。おやじに逢ってやってくれと言う……。合羽干し場とはとなり合った寺の方丈が、控え所に当てられてい、柳亭種彦、為永春水、泉屋市兵衛、丁字屋平兵衛らもいちはやく来合せて、世話役や門弟たちを相手ににぎやかに、今日の成功を祝し合っていた。

北斎は肌ぬぎになり、大盥《おおだらい》の湯で汗を拭いていたが、入ってきた登に気づくと、

「どうも、渡辺さんにまで見物されては……」

照れくさげに坊主頭をすくめてみせた。

祝儀をのべ、持参した銅版画についてざっと説明したあと、

「柳橋の料理茶屋で、これから慰労宴のまねごとをします。ご足労でもつきあってください」

誘われたのを辞退して、登は人間の渦からぬけ出した。滝沢馬琴の家へ、借用した書籍を返しに寄るつもりだった。

予定外の時間を合羽干し場でついやした彼は、歩速をはやめて両国橋を渡った。

片空は、すこしずつ夕映えに染まりはじめている。

「大茜《おおあかね》だ」

登はつぶやいた。達磨の髯に、満身の意地を叩きつけるかに見えながら、熱狂の中心に回り澄んで、独楽《こま》の無心さで遊戯《ゆうげ》の舞いを舞って見せていた老北斎の姿。静かな気負いに燃えていた若い広重の頰。他を冷罵することで自分の中の何かに、あらん限りの力で抵抗しようとこころみている金水……。

「百年前、五百年前、千年前の人が目にした夕焼け……、百年後、五百年後、千年後の人も見るであろう夕焼けの下で、天保六年の今日、われわれもそれぞれの命を、懸命に生きている……」

人間というものが——愛し合っている同士はもちろん、憎悪している相手さえたまら

なくなつかしく、そのいとなみが、たまらなく哀《かな》しく映るのは、このような一ッ時だった。

深い、さわやかな寂寥が、ある力をともなって四肢のすみずみまでを、こころよく満たすのを登は感じた。

屋根瓦のつらなりが大洋のうねりさながら、濡れ色の反射を見せてつづく果てに、嵌めこんだかと思う黒い、小さな鋭角を見せて傾くのは、逆光の富士である。東の空は、すでに紫紺《しこん》色に暮れかけ、巷《ちまた》には風が出はじめた。宵星《よいぼし》が一つ、獣の片目のようにきらめいている……。

あたらし橋、和泉橋、筋替橋《すじかえばし》——。

神田川にかかる幾つもの橋をひだり手に送り迎えながら、登の足は、やがて、昌平坂への曲り角にかかった。聖堂の石垣が片側にそそり立っているせいか、頭上の空にはまだ、ほの明るさが残るのに、勾配のゆるい上り坂は、もう足もとが暗い。

坂といっても二間《けん》間隔の平地ごとに、浅い切り石を一段ずつ置きならべた段坂である。五、六歩あるいては一つ、また歩いては一つ、登はのぼって行きながら、ふと前方を見やって足をとめた。

石垣の根かたに男がひとり、両膝を抱きかかえる姿勢でうずくまっている。登の足音に顔をあげたが、その顔色は暮靄《ぼあい》の底にポツンと一点、水溶《ど》きの胡粉《ごふん》でも落としたように白っぽく浮いて見えた。

「琴嶺《きんれい》君ではないか⁉」

登は声をあげた。

「あ、……渡辺さん」

「どうしたのだ、こんなところで……」

男は琴嶺——滝沢鎮五郎《しずごろう》宗伯であった。

十

松前家での祝儀の席上、背すじに激痛が起こって腰が立たなくなって以来、土岐村《ときむら》のお路をめとる前後二、三年間、わずかに小康を得たほかは慢性の下痢、頭痛胸痛、歯痛……、夏は脚気、冬は喘息《ぜんそく》になやまされ通した宗伯だが、このところまた、ふしぎにすこし元気を取りもどしていた。下腹部と足のむくみがとれ、あちこちの痛みもうすらいで下痢まで間遠くなったのである。

小心、几帳面な性格は、そうなるとすぐ、出仕を思った。かれこれ十年近くというもの勤めらしい勤めに出ず、ただ扶持《ぶち》を貰いつづけてこられたのも松前家の老侯志摩守章広の、馬琴への愛顧ゆえにほかならない。しかしその志摩守が去秋九月に亡くなってからは、宗伯の処遇に対して当然のことながら家中《かちゅう》にも批判の声が起こりはじめている。

「かまわんではないか。抱え医師の任など、解くというなら解かれればよい。わずかな禄米に恋々として、心身を労することはないぞ興継《おきつぐ》」

と馬琴は言うが、松前家からの支給は宗伯にすれば、父の盛名の余徳とはいえ、ともかく彼自身の名で月々家にはいってくる唯一の金穀《きんこく》なのである。失いたくはない。

――下直《げじき》な品ながら、雛《ひな》人形をととのえてさちの節句を祝ってやった上巳《じょうみ》の宵、宗伯は父に、出仕の望みを告げて許しを求めた。

「老侯逝去のおくやみも申しあげず、幼君の家督ご相続にも、まだ、およろこびさえ言上していませんので……」

「それもそうだ。しかし……」

馬琴は危ぶんだ。

「ずいぶん長い蟄居《ちっきょ》生活だったからな。両三度、足ならしの外出をこころみてからにしてはどうか」

……で、まず宗伯は、上野の広小路に縁日商人《あきゅうど》の植木市を見に行き、七、八日のちに飯田町の清右衛門夫婦の家へ出かけて行った。馬琴はみやげにと、刷りあがったばかりの、まだ墨の匂う『八犬伝』九輯を包ませ、

「つぎには途中で、菓子かなにか買っていってやるがいい」

養女にやった孫むすめへの心づけまで指図して宗伯を送り出した。

三人いる姉妹の中でも、長姉のお幸《さき》とは、日ごろ宗伯はことに仲がよい。婿の清右衛門もまじえて終日、雑談し、夕飯を馳走されてもどったが、息が切れ、足も重くなって帰路は苦しんだ。

今日——。三度目の外出には、だから用心して不忍池の弁天堂を選んだのである。ここならば飯田町の半分も道のりがない。

弁財天は少年のころから、巳年《みどし》生まれの宗伯が信仰している神で、朝夕、祈念を欠かさなかったし、まだどうやら身体も達者でいた若ざかりには、江ノ島への月参りも休んだことがなかった。……といっても、往復に二日以上の日数はけっしてついやさない。旅費も南鐐銀《なんりようぎん》一片という倹約ぶりで、三文四文の茶代さえ帳面に記入し、帰宅後、算用を合せて残金を父に返すこまかさであった。

一人息子のこのような気性を、

『まことに神明にも恥じざる清白正直の本性』

と馬琴は日記の中などで賞揚はするが、さすがに心のどこかでは、

『ただし、その曲れるを矯《た》むるに過ぎて、臨機応変の才にとぼしければ、安からざること多かりけん。これもまた憐れむべし』

父親らしい目で案じてもいた。

……ともかくこの、不忍弁天堂からのもどり道、迂回して松永町の薬種屋へ仕入れに寄ったのが悪かった。土嚢《どのう》でもくくりつけたかと思うほど足が重く、だるくなり、にぶい腰痛が始まったのである。

それでも駕籠賃をもったいながって、ほとんど這《は》うように昌平坂下までたどりつき、休み休み中途まではどうやら登ったものの、そこからはどうしても進めなくなった。呼吸困難に襲われ、石垣のすそにくずおれて一時、宗伯は気を失ってしまった。

「すぐ正気づきました。まだ明るいうちだったのです。通行人もいくらかはあったのですが、酔いつぶれていると思ったのかだれも声をかけてくれず、私も何も申しませんでした。じっとしているうちに、すこしずつこころよくなってきたものですから……」

「そこへ、私が通り合わせたというわけか」

ことさら快活に登は言った。

坂をのぼる、坂をおりる……それだけで着《つ》ける距離にまでわが家に近づきながら、ひと足も踏み出せなくなったという宗伯の症状に、じつは名状しがたい不吉を感じた登であった。このところ出仕を考えるまでに軽快したというのも、燃えつきようとする炎がひととき、輝きをつよめるのと同じ現象なのではないか？　そう、疑いながらも強《し》いてあかるく、

「そろそろもう、動いても大丈夫かな琴嶺君、だったら私が、君をご自宅まで背負って

行くが……」

　うしろ向きに、登はかがみこんだ。

「遠慮なく肩につかまりたまえ。さあ……」

「でも……」

「なんだ、恥かしいのか？　君と私は同門の兄弟だろう？　弟が兄におぶさるのを笑うやつがあるなら、笑わしておけばいい」

「……」

「忘れたのか？　金子金陵先生の画塾で、はじめて机を並べたとき君は十三歳、私は十七歳――。血縁同様、むつみ合った仲ではないか」

「そうでした」

　小声で、宗伯はうなずいた。

「資質に欠けていた上に、眼気《がんき》が薄く、手もふるえるため、まもなく画業の修得をあきらめた私でしたが……」

「交誼《こうぎ》は今もつづいているし、君との縁が仲だちとなって、私はご厳父解《とく》先生の知遇も得ている。いまさら羞《はに》かむなんておかしいよ」

「では……」

　素直《すなお》に背へ、宗伯は全身をもたせかけた。

「いいか？　しっかりつかまったか？」

立ち上ったが、予期のほかな宗伯の軽さに、またドキと、登はとむねをつかれた。掌に感じる腰のとがりは、ほとんど骨ばかりだし、両脇につき出ている足首も黍殻細工《きびがらざいく》のように細い。

安心したのだろう。宗伯のほうがむしろやや、いきおいづいて、

「あなたがうらやましいな渡辺さん」

負われたまま、ぽつりぽつり訴えはじめた。

「私は駄目な人間です。世渡りの能力はもとより、滝沢解の息子に生まれながら文墨の才すら持ち合わせていません。かろうじて修めた医業も中道で廃して、医者のくせに医者の厄介になり通しの始末ですものね」

「君の罪か？　それが……」

「ですけど……不健康な著述仕事で天寿をちぢめ、一眼まで犠牲にして老父が得ている貴重な収入を、むなしく医薬についやしているこの、私みたいな弱劣児など、いっそ一日も早く世を終ったほうが父のためにも……」

「ばかを言ってはいけないな琴嶺君」

低いが、力のこもった口ぶりで登は否定した。

「病《やまい》がちではあっても、地位や名声、収入などなくても、男の一人子《ひとりご》である君の存在は、

解先生の日常をどれほどなぐさめ、励ましているかわからないし、だいいち仕事の助手としても、君は自身を、もっと誇っていいのではないか」

「そんな……私の手助けなんか……」

「解先生はかつて私に、つくづくおっしゃったことがある。『せがれの助力には、他の何びとも及びません』と……。誤字脱字を見つけ傍訓のあやまりをただし、朱を入れ附箋をほどこして筆工に渡すまでのわずらわしさには、君のような綿密な性格の人でなければ到底、耐えられはしない。幾人も助手を使ってみたが、金で傭われる人間はそれだけのことしかしないと先生は歎いておられた。先生の仕事、先生の人間をしんそこ敬愛している君だからこそ、手助けにも誠意がこもるわけだろう」

「あたり前なことをしているだけです。生みの苦しみにくらべたら校正など、仕事のうちにもはいりませんよ」

「先生の著述は偉業だ。私の絵などとちがって先生はそれひとすじに命を賭《と》しておられる。片手間仕事ではないのだよ。質的な評価は、あるいは時代とともに変るかもしれないが、先生の切り拓《ひら》いた読本《よみほん》なる一分野は、この国がつづくかぎり文学史の上に残るだろう。その草稿の、君は第一番目の読み手であり校閲者ではないか」

段坂は頂きを過ぎ、いつのまにか下りにかかっていた。

「あなたが拙宅を訪問されるたびに……」

吐息つくように宗伯は言った。

「私は思うのですよ。この人のような偉丈夫が子として仕えていたとしたら、父の晩年はどれほど幸せだったろうかと……。年、四十の少壮であなたは田原藩の老職に抜擢され、その才腕は藩侯はじめ家中領民の信頼の的《まと》になっている。……画家としても学者としても、あなたの活動はすばらしい。――この正月でしたか、年始客の一人が父に語っているのを聞きましたが、高野長英、小関三英ら蘭学畑の気鋭と志をあわせて、渡辺さんは尚歯会《しょうし》とかいう研鑽の場をつくられたそうですね？」

「だれだろう、そんなことを父ぎみに伝えた客というのは……」

「屋代弘賢どのです」

「輪池《りんち》先生か」

幕府の右筆《ゆうひつ》――。門弟三千、蔵書五万巻を擁する国学者である。

「私はうらやましかった」

宗伯のつぶやきは呻《うめ》きに似ていた。

「無能非才《ひさい》……。もとよりみなさんと自分とを、同列に談じるつもりはありませんけれども、せっかくこの世に生を享《う》けた以上、私なりに何か一つなりと、やりとげたと言いきれる仕事をして死にたい……、親に迷惑をかけ通しただけで命を終るなど、いかに何でも腑甲斐なさすぎて……」

「やりとげた、などという自覚を、仕事の上で持てる人はしあわせだし、ごく稀なのではないかな。――たとえば、田原藩士としての私だが……」

登は言った。

「世界は広いのだ。げんざい強大な権力に見えても、幕府は東方洋上に浮かぶ眇《びょう》たる一島嶼《とうしょ》の一政権にすぎず、その藩屛《はんぺい》といってもわが田原藩は端《はし》の端……、わずか一万二千石の小藩にすぎない。そこに住むひとにぎりの領民の福利をねがって、なるほど私はいま、とぼしい力を絞《しぼ》ってはいるが、世界情勢に目を移してみるとき、諸外国の圧力の前に、幕府がいつまで鎖国政策をつづけ得るか、開国にあたって万一、へたをやれば、幕府体制の存続はおろか日本という国じたい、巨浪のひと呑みにあって崩壊し去るのではないか、いわんや一田原藩の存続に於てをや……そう考えると先ゆきはじつに不安だし、仕事への努力のすべてが、むなしいものに思えてくる」

「…………」

「尚歯会の結成にしてもそうだよ琴嶺君。君もいうとおり蘭学畑の気鋭があの会には集まっている。壮観と評していい。しかし西欧の水準からすればその知識、学力も、赤児の片コト程度にすぎまい。他のおおかたの日本人よりは半歩すすんだ識見であっても、巨視的に見れば井蛙《せいあ》の管見《かんけん》にすぎまい。もちろん、だからこそ一冊でも多く学び、片鱗でも多く知ろうと私たちは努力しているわけだけれども、これも日本の現況から考えると、その努力がはたして活《い》きるものやら徒労に終るものやら予測はまったくつけがたいのだ。蘭学系の研鑽会など、このまま無事につづけていけるかどうかすら、じつはあやしい。為政者の考え方はどこの国でもおおむね保守的ときまっているし、政情の混迷度が増せば増すほど、珠も瓦もひとからげに誤られ、危険視されやすくなるわけだからね」

「私を、なぐさめてくれるおつもりなのですか渡辺さん」

「いいや、一生、病軀を床《とこ》に横たえてすごしても、全力を仕事に傾けてみても、結局は同じ、〝徒労〟の二字に帰着するのかもしれないと、日ごろ思うままを口にしただけだ。……晋《しん》の桓温《かんおん》だったかな、『芳名を千載に残すあたわずんば醜名を残すべし』と居直ったやつさえいるよ。君はまじめすぎるんだ琴嶺君、行動力のある相手に対してオドオドしすぎる。君の体質の弱さは、たしかに解先生の憂苦の種ではあろうが、同時に君の存在は先生を無限に力づけてもいるのだ。もっと胸を張って生きなければ……」

「お願いがあるのです渡辺さん。聞いてくださいますか」

ふっと、その声に甘えをこめて、宗伯は言った。

「お願い？　いいとも。私にできることなら何でもしよう。言ってごらん」

「肖像を描いてほしいのです」

「君のか？」

「ええ」

昌平坂をおりきり、登の足は湯島の通りにかかっていた。日はすっかり落ちて、暗い坂からぬけ出した目に商店の灯りがまぶしい。通行人は振り返って二人を見る。十歩、二十歩……登はだまったまま歩きつづけたが、立ちどまると、肩越しにうしろへ首をねじまげて、

「前言は取り消す」

ゆっくり言った。

「やればできることだが、私は君の肖像は描《か》かない。描きたくない。形見を遺《のこ》すことなど考えているうちは、君は病気に勝てないよ」

……路地の曲り角にたたずんでいた小さな影が、このとき飛んで来て声をあげた。

「お父さんだッ」

太郎であった。

「どうしたの？　渡辺のおじさまにおんぶなんかして……ころんだの？」

「拳《けん》送りさ」

いま江戸市中の子供たちの間ではやっている遊戯の名を、登はとっさに口にした。

「五回勝ちぬきでりゅう、とい、いをやってね、おじさんが負けてしまったんだ」

「わあい、得《とく》したねお父さん」

少年はおどりあがり、注進するつもりだろう、まっしぐらに路地を駆けて滝沢家の門

内へとびこんでいった。

「お母さあん、お父さん帰ってきたよ。渡辺のおじさまも一緒だよッ」

お路が小走りに出てきた。軒灯《けんとう》を背にしているせいか表情ははっきりしない。

「坂の途中で少し気分を悪くされて、休んでおられました。もうすっかりよいようです」

と登は告げた。

「申しわけありません。お手数をおかけして……」

ぎごちなく言いながら肩を引いて、お路は玄関への道をあけた。

式台には馬琴夫婦も出ていたが、負われてもどった息子の姿にかすかに顔色を変えた。

宗伯の身体を、登はそっと下におろした。

「偶然、渡辺さんにお遇いしたので助かりました。すこし今日は、歩きすぎて……」

取りつくろおうとして、宗伯の口調はかえって妙にはしゃいだ不自然なものになった。

「とにかくまだ、そんな具合では出仕は無理だ。——お路、すぐ床をとってやすませなさい」

馬琴は命じ、どこか、泣き笑いに似た笑顔になって、

「半病人とはいえ大の男……、重うござったろう。あがって休息してください」

と登をうながした。

「ありがとうございますが、明後日、藩用でまたふた月ほど国許へ帰りますので、おい

とま乞いをかねて御恩借の書物をお返しにあがっただけなのです。ここで失礼いたします」

ふところから袱紗《ふくさ》包みを出して解きかけるのを、強《し》いて抑えて馬琴は言った。

「ご帰国になるというのではなおさらです。何もありませんが今宵はひとつ、ご一緒に飯でも食おうではありませんか。仕事もちょうどひと区切りついたところですから……」

お百もすすめるし、拒《こば》みかねて登は書斎へ通った。

借用していたのは『論蜀解錮』であった。

「ながながありがとう存じました」

差し出すのを、

「はい、たしかに……」

受け取って机上へ置きながら、

「すこしはお役に立ちましたか？」

馬琴は微笑した。論蜀の二字がしめす通り蜀漢の劉備玄徳、その臣諸葛《しょかつ》孔明ら『三国志』中の人物について論じてある小冊子で、仕事の余暇に編述した馬琴の自著である。

「たいへん参考になりました。舎弟の助左衛門などお許しも得ていないのに筆写させていただいていた様子です」

「ご懸念には及ばん。写してください。……では、これは念のために」

馬琴がさし出したのは天保六年三月五日、『論蜀解錮』一巻を相違なく返却にあずかったむね、美濃紙半截《はんさい》にしたためた受領証である。

「いただきます」

と登はうけた。

滝沢家の、これがしきたりであった。書籍はこの家の財産である。借りるにあたっては、借り手は借覧簿に書名、年月日、姓名を記入し、返すときは馬琴の側から受取りを出して帳簿にそのよしを書き入れる。後日の紛糾を避けるためだが、登のように、石橋をたたいて渡る式の馬琴の用心ぶかさを好意的に見てくれる人はまれで、

「しちめんどうな……」

「つまりは貸し惜しみだ」

えて、悪評の材料になった。

……お路が膳をはこんできた。酒器は附いていない。いきなり食膳である。たばこは少量たしなむが馬琴は酒を飲まず、酔客をきらって家では酒を出さない。これもしきたりの一つ……。惣菜が質素なことも同様、滝沢家の慣例であった。

蒟蒻《こんにゃく》の白和《しらあ》えに鰈《かれい》の煮つけ、京菜の漬け物……。青味を浮かせた椀に、鶏卵を一個割り入れたのが来客への特別のもてなしらしい。味つけは濃く、総体にあだ辛く、手順が

不手ぎわなためだろう、舌をこがすほど飯は熱いが、椀はどんよりとなまぬるかった。馬琴はしかし、うまそうに食べ、ふだん滝沢家よりさらに粗食を摂《と》りつけている登も、一向に苦にしない顔つきで箸をうごかした。

給仕に坐ったお路に、

「宗伯はどうしている？」

馬琴はたずねた。

「失礼して、先にやすみました」

「やはりまだ、出仕など無理だった。お前からもあせってはいかぬと言うてやりなさい」

そして馬琴は小声になり、二間《ふたま》へだてた病間の耳を気にしながらも、坂で出逢ったさいの宗伯の様子を、それとなく聞きたがった。かいつまんで登は話した。言葉を選んだし、肖像画の件などには一言も触れなかった。

当面、やや安心したらしい。馬琴は〝八日灸《きゅう》〟について語り出した。二十年来《らい》、毎月八日ごとに、かならず据えつづけている灸だという。

「せがれにもすすめるのですが、どうも灸など、侮《あなど》りましてな」

もっとも馬琴自身、その効力はたいして認めていない。ただ、いったん始めたらさいご何十年、灸事のような儚《はかな》いものすら中途半端《はんぱ》には投げ出せない固くるしい固執癖のために、自分で自分を縛りつけているのである。

話題はやがて登の帰国のことに移り、飢饉の様相におよんだ。

「今年の出来秋《できあき》いかんによっては、深刻なことになりましょうな」

「すでに美濃には百姓一揆が起こっていますし、去年に引きつづいて今年も平年作を切ることになれば、江戸の物価は急騰をまぬがれますまい」

「こまったことだ」

一日一日老いを加えながら、なお双腕《もろうで》に一家の生活を支えてゆかねばならない馬琴には、物価の上りさがりも直接、肌にひびいて感じるのだろう。百文に七合が通り相場だった白米の小売りが、六合になり五合になり、この正月は四合になった。胡麻《ごま》が一合二十三文、味噌も一朱出してやっと一貫匁《め》、魚菜の類までここ二、三年で三倍、五倍にあがっていると、いちいち細密な数字をあげて歎じたあげく、

「それでも、あればよいのです。困るのは灯油で、品不足を言い立てにこのところ、油屋は樽売りをしなくなりました。一合三十五、六文の品を六十五文から七十文にも釣りあげながら計り売りの量を制限し、まったく売らない日さえあるのです」

と、腹にすえかねた口吻で言った。

「私どもでも臭気を我慢して、台所などでは魚油を使いはじめておりますよ」

「その魚油でさえ一合四十文はするでしょう。米が不作だと何から何まで、釣られていっせいに値上りします。紙類の高値《こうじき》にも、われわれ文筆の徒は泣きますよ渡辺さん、半紙

がな、上物一帖三十文になりました。まず、前代未聞の珍事でしょうな」

食事が終り、膳をさげるとこんどは、茶道具に添えて練羊羹《ねりようかん》の鉢をお路は運んできた。

「丁字屋からの到来物です。ひるま平兵衛がまいってな、画狂老人卍斎《まんじさい》が今日、本所の合羽干し場で大席画を催すが、同道しないかと誘うので『原稿が遅れてもかまわんなら行こう』と言うてやったら、ははは、閉口して帰りました。渡辺さんのところへは案内はゆきませんでしたか？」

北斎と馬琴の不仲は登も知っていたが、そう訊《き》かれてなお、隠さなければならぬ理由はなかった。

「こちらにお邪魔する前、合羽干し場に私もおりました」

登は言った。

「ほ、そうでしたか。さぞかし壮観でしたろう」

と話題は物価から、ごく自然に北斎の噂にそれた。

「北斎老はたしかわしより七、八歳の年長と思うが、血気は壮者をしのぎますな。達磨の出来はいかがでした？」

「みごとでした」

歯のない口に羊羹をほうりこんで、モグモグやりながら、

「わしもな、つまらん意地を張って北斎老と絶交し、かれこれもう、二十五年になりま

す」

　馬琴は苦笑した。

『新編水滸画伝』の出版が二人の不和から行き詰まり、とうとう馬琴がおりて、高井蘭山に訳述者が変ったとき、

「曲亭の筆力とはこうもちがうものか……。挿絵を描きつづける意欲がなくなった」

　北斎が嗟嘆した話は仲間うちに知れ渡っていたし、一方『八犬伝』の挿画者・柳川重信の力量に不満を感じるたびに、

「北斎だったらなあ、こんなヘマはしまいに……」

　馬琴は馬琴でじれた。そのくせついに、和解しようとしないまま二十五年も経過している頑固さは、いかにも二人らしかった。

「まじわりを断たれた原因は『水滸画伝』での論争にあるのですか?」

　登の問いに、

「いや、画伝のときは版元の角丸屋《かくまるや》甚助が奔走しましてな、おもてむきは一応、水に流したのです。喧嘩になったのは『三七全伝南柯夢《さんしちぜんでんなんかのゆめ》』からでしたよ」

　ひとごとのような口ぶりで馬琴は言った。どこやら、思い出を懐《なつか》しんでいるふうさえ見えた。

「むかしむかしの作だし、あなたなどは読んでおられんだろうが、この『南柯夢』の中

に三勝《さんかつ》と半七が情死におもむくところがあるのです。北斎はここに野狐をあしらった。さむざむとした晩秋の趣きをあらわそうとしたのでしょう。しかしわしには気に入らん。両名の情死行《こう》が、何やら狐にたぶらかされた行為のように見えたからです。版下《はんした》の職人に削り取れといってやったので北斎が腹を立てました。無理もない、今にして思えば、わしの考えが片寄りすぎていましたよ」

この一件も、だが一時の争いですみ、『南柯夢』は完結したが、評判がよかったので木蘭堂榎本平吉という書林が肩がわりして、むりやり馬琴に続篇と後記を書かせた。第二の論争はこの、後記の出版中に起こったのである。

世間では、登場人物の一人に草履《ぞうり》をくわえさせ、うしろ手で裾《すそ》をたくしあげて乱闘の場におもむく図を、馬琴が注文し、

「そんな汚ならしい図柄が、いかに急場を現わすからといって、描けるものか。なんなら曲亭先生、ためしに泥草履を口にしてごらんなさい」

と北斎にやりこめられたのが原因と当時もっぱら噂したが、馬琴に言わせれば真相はこうだった。

「後記の巻七に出てくるある人物が、手裏剣《しゆりけん》がわりの笄《こうがい》を下駄で受けとめ、のちに女と契《ちぎ》るくだりがあるのです。文章など今はうろ覚えですが『打ちかけて贈る笄を、うけたる下駄は今宵の島台、思い合うたる嫞夫《いもとせ》の……』と書きましたかな。ともあれ、ここを

北斎が攻撃してきた。祝言の島台に下駄を使うのは、いかになんでも奇抜すぎるというのです。その通りかもしれません。でも私も若かった。ちょうど今のあなたぐらい……。血気さかんな四十代ですから、出すぎた指図はおいてもらおうというわけで、激論のあげくが絶交ですわ。順風に帆をあげているさかりは、人間、知らず知らず思いあがるものでな。それを自戒するのはよほどの人物です。わしや北斎はまずこの点、第二流のそしりをまぬがれんでしょう」

声に出して馬琴は笑った。

表通りの神田明神からだろう、浮き立つような三味線太鼓の音が夜風に乗って流れてくる……。三百本にあまる境内の八重桜が、毎年、弥生のいまごろになると枝もたわむばかり花をつけるのである。篝火《かがりび》が焚かれ、水茶屋、楊弓店も葭簀《よしず》張りの軒さきにいっせいに花見提灯《ちょうちん》をともしつらねるので、ここ五、六日、社域は祭礼に増した人出だった。

茶をすすりながら、ちょっとのま、そんな戸外のざわめきに耳をすましていた馬琴は、やがて、

「わしの家に居候《いそうろう》していた若ざかりのころから、北斎という男はきかん気なやつでしたよ」

思いがけない打ちあけ話をはじめた。登は目をみはった。

「北斎先生が、解先生のお宅に食客を⁉」

「ご存知ありませんでしたか？」

「初耳です」

「そういう昔ばなしは、だれも言いたがらんものです。わしも若いころ山東京伝子《し》の家に居候をしていた。京山などはまるで鬼の首でも取った気でそれを言い立て、のち、京伝子と気まずくなったわしを、亡恩の徒のように触れまわっていますが、わしはべつに、京屋の世話になった事実を隠蔽してなどいません」

「いつごろのことなのですか？　北斎先生が懸人《かかりゆうど》になっておられたのは……」

「まだわしが、いま清右衛門夫婦のいる飯田町中坂下の旧居に住んでいた時分でしたよ。絵のかたわら、北斎は戯作も当時、こころみていましてね、筆名を時太郎可候《ときたろうべくそろ》と言いました」

「べくそろ？」

「候べく候……。手紙文のもじりです。時太郎は幼名ででもありましょう。是和斎《これわいせい》と号していた一時期もありましたな」

「これも変った筆名ですね」

「コレワイセーと囃子詞《はやしことば》のつく唄が流行していましてね」

「そのころ先生は……」

「黄表紙作家の群れに身を投じて七、八年目——。若さにまかせてキワ物でも何でも手あたりしだい書きとばしていた時代でした。私が三十四、五、山東京伝子が四十一、二、式亭三馬が二十五、六、十返舎一九が三十六、七という競争ざかり……。轡《くつわ》をならべていましたが、時太郎可候はすっかりわしの門弟きどりでな、そのくせ居候のぶんざいで宿ぬしのわしなど、屁《へ》とも思わぬしぶとさもありました」

　今日は亡母の何回忌とかに当ると、しんみり言うので、いくらか紙につつんで上に香《こう》華《げ》料と書き、

「墓参りでもしてこい」

　と馬琴は北斎を出してやったが、夕方、帰宅してからの取りとめない雑談さいちゅう、洟《はな》をかもうとうっかり袂から出した紙に香華料の文字が見えたからたまらない。

「さてはやった金を寺へも納めずに使ってしまったな、不孝者ッ」

　どなりつけた。北斎はケロッと応じた。

「だって、なまぐさ坊主の口腹《こうふく》を肥やすより、息子のおれが身体に血肉をつけるほうが冥途のおふくろもよろこぶものな。おこころざしはありがたく鰻《うなぎ》に化けちまったよ」

　このときの相手の口吻を思い出して、つい、誘われたのだろう、馬琴は眉をしかめ、そのくせ、こらえきれずに笑い出した。

「いや、三つ子の魂百までというが、あの時しかつめらしく北斎を不孝者とののしったわしは、ごらんの通りこの年になっても、石灰《いしばい》を固めたような融通のきかぬ腐れ隠者《いんじゃ》だ

し、わしを嗤《わら》った北斎がまた、八旬《はちじゅん》になんなんとして不軌《ふき》不拘束、そのくせ大達磨で人のどぎもをぬこうと企らむ俗おやじです。どうも、どう見ても両人とも、第二流の域を出ませんな。はははは」

お路が茶を淹《い》れ替えに来、あとを追って太郎も書斎へはいってきた。

「ねえお祖父ちゃん。お母さんと明神さまへ茶番見に行っていい？」

「坊か。――ご飯はすんだのか？」

「すんだ」

「お父さんは？」

「いま、起っきして、お粥《かゆ》を食べてる」

「行って来い。おふくろにはぐれるんじゃないぞ」

「わあい」

と少年は躍りあがって、母親の背へしがみついた。

「めきめき大きくなられますな、お幾つです？」

目を細める登へ、馬琴も他愛ない笑顔で言った。

「八歳になります。渡辺さんのお宅は……」

「長女の葛《くず》が十歳。長男の立《りつ》はまだ、四歳という頑是《がんぜ》なさです」

「なあに、すぐこの腕白どののようになりますよ。これでも正月には風邪で臥せっていいた父の名代《みょうだい》をつとめて、近所へ年始廻りをしました」

「それはえらい」

少年を、登は膝の上に抱きあげた。

「ご褒美《ほうび》に、では明神さまの鳥居までおじさんが肩車して行ってあげよう」

「ほんと？」

「ほんとうとも」

うなずいて、馬琴に向かい、

「長座いたしました」

登は頭をさげた。

「めずらしい昔ばなし――。いくらでもうかがっていたいのですが、たまさかの御清閑をあまりお妨げするのも憚《はばか》られますので、これでお暇《いとま》つかまつります」

「さようか。つい今宵は饒舌をふるったが、懲りずにまた、来てください」

「五月のはじめには出府する予定です」

「お発《た》ちは……明後日か？」

「はい。なにとぞ、この上とも御壮健で……」

玄関にはお百に助けられて宗伯も見送りに出ていた。親にはぐれた幼児のような、たよりなげなその目へ、まっすぐ視線をあてて、

「自愛してくれたまえ琴嶺君」

登は言った。宗伯のこけた頰に、かすかな痙攣が走った。

「渡辺さんも、どうぞ道中お気をつけて……」

「ありがとう。では……」

太郎を肩にのせて登は外へ出た。夜気は湿って、ぶきみなほどなまぬるい。

門わきの柳の下には、いつ先廻りしたのかさちを背負ってお路が佇《た》っていた。

「お待たせしました。まいりましょう」

「申しわけありません」

「なに、帰り道です」

太郎ははしゃいで、

「わア高い。お屋根にまでとどきそうだよおじさま」

手足をばたつかせる……。ひきかえて、お路の表情は固く、暗かった。顔つきは不機嫌だし、こちらの話かけに応じるほかは口もろくにきかない。知り合った当初はそれをいぶかった登も、今では呑みこんで、むしろお路の無口を珍重している。江戸育ちにはめずらしい素朴な人柄だとさえ思うのだ。ただ馬琴夫妻の嫁とし、宗伯の妻として彼らのかたわらに置いた場合、若い女の発散するあたたかみ、明るさに、路女がいちじるしく欠けている点は登も認めないわけにいかなかった。

滝沢家の主婦という立場、その日常が、どのようなものか登にもおよその推量はできる。しかしそれにしろ、路女がまとっている雰囲気は陰気にすぎた。宗伯にしてもこれでは不満であろう、どちらにとっても仕合せとはいえない結びつきなのではないか……。そう、妻たか子との家庭生活にひきくらべて、ひそかな憂いを寄せている登だった。

――表通りの雑沓は宵に輪をかけていた。人の列は絶えまなく明神社の大鳥居、二層の楼門をくぐって境内へ境内へと吸いこまれて行く……。家族づれが多い。登とお路、太郎とさちの一行も他目《はため》には同じひと組に見えたかもしれない。

鳥居までという約束だったが、はしゃぎきっている少年をおろすにしのびなくて、肩車のまま桜のあいだを一巡し、登は余興の人だかりへ立った。幔幕をめぐらした仮舞台では、町内の娘連が手綱染めのそろいの衣裳で手踊りを見せている。一、二番つき合ったあと、

「では、おじさんは帰る。坊もあまり遅くなってはいけないよ」

登は太郎を地上におろした。

「もっと前へ行こう。ねえ母さん」

人ごみをくぐりぬけて少年はたちまち見えなくなった。

「ありがとうございました」

お路は礼をのべた。目を伏せたまま、口の中でつぶやくようなひと言だった。

「琴嶺どのの御回復を祈っています」

人の流れにさからって楼門を出、鳥居への石段をなかばまでおりかけたとき、登は背に視線を感じて振り返った。追って来たらしい。楼門の下に佇《た》ってお路がこちらを見おろしていた。いつのまにか太郎も片わきにもどっている。さちは寝たのか、母の肩に顔を伏せていた。登は会釈した。母子《おやこ》も頭をさげた。周囲のざわめきから浮きあがって、寄り添って立つその姿は小さく、そこだけ暈《かさ》でもかぶったように、じっとりと沈んで見えた。

十一

中藤鉄太郎、徳二郎兄弟が『臨水楼』の二階座敷に案内されたとき、土岐村の家族たちはまだ、浜からもどっていなかった。

「すげえ見晴しだなあ。おい来てみろよ二郎、安房《あわ》、上総《かずさ》まで見通せらあ。ほら、あの左手にうっすらかすんでいるのがそうだろ?」

「よせよ兄さん、はじめて品川へ来たわけじゃあるまいし……。みっともないよ」

二十畳敷きの青だたみのまん中に徳二郎は大の字にひっくり返って、顔だけを廊下の兄へ向けていた。

「はじめてだよおれ、この店へあがったのは……。お前は来たことがあるのか？」

「去年の庚申待《こうしんまち》にね」

「そんな贅沢《ぜいたく》がよくできるな。兄貴の痩せ脛をかじっている分際で……」

「友だちの腰巾着《こしぎんちゃく》で来たんだよ。……それより手すりから下を覗いてごらん」

「下？」

「二階に思えるけどね、ここは三階なんだ。崖下にもう一階あるんだぜ」

「なるほど。往来と海っぱたのあいだに、石垣積みの空間《あきま》があるからだな」

「いま通ってきた玄関口が、じつは二階というわけさ」

仲居が二人分の浴衣と半纏《はんてん》を運んでき、お待ちのあいだにひと風呂浴びてはどうかとすすめた。

「潮湯《しおゆ》の蒸し風呂でございますよ。うちの名物ですけど……」

「行こうよ二郎」

さっそく乗り気になりながら、階段をおりたり曲ったりして穴ぐらに似た地下までたどりつき、いざ戸口から中をうかがったとたん、

「ひえッ」

鉄太郎は二の足を踏んで、あとずさった。

「湯気もうもうで何も見えやしねえ。うす気味わるいぜ」

「だいじょうぶだよ、湯気に喰いつかれやしまいし……」

さっさと裸になって徳二郎は先へもぐりこむ……。うす皮瞼《かわまぶた》の、骨ぼそな、当世ふうの青年である。同腹の兄弟でいながら鉄太郎のほうは、はるかに垢ぬけていない。金壺《かなつぼ》まなこ、怒り肩——。色がくろい上に痘痕《あばた》まである。南町奉行所の下帳場詰め同心でいながら、風采でいえば出府したての勤番ざむらいを髣髴《ほうふつ》する田舎臭さであった。

「ど、どうする？　湯舟がねえが……」

「湯気にあたるんだ。こうして簀《す》の子《こ》に坐ってね」

蠟燭の灯《ほ》かげの下で徳二郎の身体がおぼろに動く……。

「ちえッ、粋《いき》じゃねえなあ。好きな女にゃ見せられねえ図だ」

「江戸ッ子のお歯には合わないのさ。もともと上方のもんだろ？　蒸し風呂なんて
……」

「まじイり、まじり、湯気ン中でつぐんでるざまあ、どう見たって百成《ひゃくな》り爺イだ。野暮《やぼ》の骨頂だぜ」

「もういいだろ。汗びっしょりになった」

「このまんまで出るのかい？」

「となりで真水《まみず》の湯を五、六杯ひっかぶるんだよ」

「そうだろう、歳暮の鮭じゃあるめえし、これで出ちゃあ塩まみれだ」

仕切りの羽目板が一枚うごく。そこから隣室へ這いこむと、先刻の仲居がたすき掛け裾はし折りのかいがいしい恰好《かっこう》で待ちうけていて、

「どうでした？」

手ばしこく湯を浴びせてくれる……。

「こちとら向きじゃねえや」

「好きなお女《ひと》には見せられませんか」

と笑うところをみると、つつ抜けに聞こえていたらしい。固くしぼった手拭で髪、月代《さかやき》まで拭いてもらい、糊のきいた浴衣に着かえると、だが、身体の芯《しん》からさっぱりした。

「まんざらでもねえな。ふうん」

認識をあらためた顔つきで鉄太郎は三階へもどる……。衿もとへ団扇《うちわ》の風を入れながら徳二郎もついてきたが、廊下の手すり越しに外を見やって、

「やあ帰ってきた。やっと御帰館だよ」

声をあげた。

「土岐村の連中か？」

「生簀《いけす》だか汐干狩だかしらないけど、てんでにご大層な籠《かご》をぶらさげてらあ」

「あいかわらず太平楽だな。ピイピイしているのかあり余っているのか、土岐村の内幕ばかりはわからねえ。江戸七不思議の一つだな」

「借金しても享楽したいくちなんだ。型通り泰平の逸民だよ」

いつ借りたのか、鈴《すず》のついた小さな鋏《はさみ》で徳二郎は足の爪を切り出した。そんな弟へ、

「おい二郎」

ちょっと改まった口ぶりで鉄太郎は呼びかけた。

「いったい今日、何のために土岐村の伯父さんや伯母さんは、おれたちをこんなところへ呼んだんだろうな」

「知らないねえ。——何だっていいじゃないか。ご馳走してくれる気だろう」

「いや、用があると言ってたよ」

「なら、うけたまわればいいのさ。——そらそら、あがってきた。あのキンキン声は伯母さんだぜ。そうぞうしいな、どうも……」

土岐村元立の赭《あか》ら顔を先頭に、妻の老尼、息子の元祐《げんゆう》夫婦、十五と十三と九ツになる彼らの娘たち……、それにお定がつづき、しんがりに芸人ふうな中年の男がしたがって、にぎやかに階段から姿を現わした。

「あら、来てるわ徳さんたち！」

「早かったじゃないか」

「板場へ行って私たちの獲物《えもの》を見てごらんなさいよ。二尺もあろうって鰆《さわら》を手捕りにしたのよ」

と、口々にしゃべりたてる……。

「わかったよ。見に行きますから、そのあいだに汗でも流して来たらどうですお定さん」

「潮湯の蒸し風呂でしょ、言うにゃ及ぶよ。お京さん、さっちゃん、お祖母ちゃんもどう？」

仲居を呼びたてる、浴衣をかかえる……。どやどやとまた、残らずおりて行くのを見送って、

「なんだい、ありゃあ……」

階段下へ、鉄太郎は首を伸ばした。

「お定さんのそばにくっついてるぞろッとした男さ。こんどの亭主かい？」

「そうらしいね」

「安藤家の妾奉公からさがったあと、質屋の通い番頭と九軒町でしばらく世帯を持っていたろう？」

「とっくに別れたさ。あのあとは、たしか舟宿の船頭だった」

「へええ、さがったねえ、そいつは……」

「面食いだからね、キリッと苦み走って上背がありゃあ船頭だろうと立ちン棒だろうと……」

「まさか、ははははは」

「伯父さん伯母さんも、あの孫娘には苦労するねえ」

「こんどのは何者だろ」

「鬘《かつら》をかぶるか、三味線でも弾きそうな面《つら》だぜ」

「いずれそんなところだな」

仲居の一人が箱火鉢に備長《びんちょう》の堅炭《かたずみ》をおこして運びこんできた。一人は竹の手つき籠……。大つぶの蛤《はまぐり》が熊笹のみどりを敷いて山形《やまなり》に盛られている。

「焼き蛤《はま》って寸法かア」

と、鉄太郎はよだれの垂れそうな顔をした。人数分の客膳とは別に、鯛の刺身も錦手《にしきで》の大皿に波打ってかつぎこまれてくる。あしらいの青味がうつくしい。

次の間には燗鍋《かんなべ》の用意もでき、燭台にはいっせいに灯《ひ》が点じられた。海岸はもう暗かった。風が出はじめたらしく、立っては消え立っては消える三角波の上を、鷗《かもめ》が吹かれ乱れている……。徳二郎は障子を閉めた。

「待たせたな」

と、まっ先に元祐がもどってき、その妻のお京も末娘のお花の前髪に櫛を入れてやりながら座敷へはいってきた。縹緻《きりよう》望みで迎えられただけあって三児の母とは思えない冴え返った美貌だが、それだけにお京は権《けん》高く、とりすました女である。

夫の元祐がまた、土岐村夫妻の息子に似ぬ気むずかしい男で、職掌《しよくしよう》がら品よくかまえていても内実は吝嗇《りんしょく》。おまけに功利的な、冷淡な性格だった。元立の末弟の子に生まれた鉄太郎と徳二郎は、したがって元祐とは従兄弟《いとこ》同士にあたるわけだし、お定はまた、元立夫婦の長女の子……。元祐との関係は叔父、姪ということになる。

「さっぱりした。あんたたちも入ってきたらどうだい？」

と、うながすのを、

「お先にすませましたよ」

鉄太郎はさえぎって、

「元祐さん、伯父さんの用っていったい何です？」

小当りに訊《き》き出した。

「さてね、私は知らないね。――お京、お前なにか聞いてるかい？　おやじから……」

「いいえ、私も存じませんわ」

「だいいち今夜、あんたたちがここへ招《よ》ばれてたってことすら私は知らなかったんだからね」

「そいつはわるかったな。飛び入りみたいで……」

と鉄太郎が言いかけたとき、例の老尼の高声を先にたてて、あとの連中がもどってきた。

「おお、並んだ並んだ。さっそくはじめようじゃないか」

床柱を背に、ドカと大あぐらをかいた元立の顔は、はだけた浴衣の胸までが潮湯に茹《ゆ》だって光っている。そのとなりに老尼……。あとはめいめい勝手に席につき、仲居の酌で陽気な飲み食いがはじまった。箱火鉢の金網の上では大蛤が火気にたまりかねてむくむく動き出し、やがて片はしからいきおいよく蓋をあけ出す……。こうばしい潮の香《か》が座敷じゅうに充満した。熱々《あつあつ》を小皿にうけてつゆをすすりながら、

「わア、うまい！」

娘たちが歓声をあげる。天然の塩味がほどよくついて、つるりと咽喉《のど》をすべり落ちてゆく貝の感触は微妙だ。干潟をあさって一つ一つ自分たちの手で捕ったのだという意識が、うまみを倍加させてもいた。

「ちょいと姐さん、この照り焼きは私がつかんだ鰆？」

「はい、お持ち帰りの獲物でございますよ」

「すごいじゃないの、見てよ、まあ」

「うるさいなあお定ったら……。半分は船頭のタモのおかげをこうむったくせに……」

「嘘よ、つかんだんだわよ私が……」

躍起になって言い立てるのへ、

「軍功争いよりもお定さん、紹介してくれよその、脇の人をさ」

鉄太郎が声を投げた。

「そうそう、鉄さんや徳さんは初対面だったわね」

お定はわるびれず、

「市村座の座付きの振りつけ。藤間勘也《かんや》。私の亭主に相違ござなく候かしく。ほほほ」

そのくせ男へ、兄弟のだれであるかを告げ忘れている迂闊《うかつ》さである。

勘也は猪口と銚子を手にやってきて、

「よろしく」

照れ笑いといっしょに辞儀をし、兄弟もニヤニヤ応じた。

酔いが回ったのだろう、老尼はさっきから端唄をきかせはじめているし、口三味線で元立もそれを助《す》け出した。

「伯父さん伯父さん」

鉄太郎がまた、さえぎった。

「恋の曳き綱もいいけどね、われわれに用って何なんです？」

「用？　ああ、用か」

手の甲で唇の酒を横撫《な》でして、老人は言った。

「徳二郎にな、養子の口が持ちこまれたんだよ」

「二郎に？　そりゃあ耳よりな話じゃありませんか」

「乗り出すのははやい。仮《かり》養子だ」

「相手は何者です？　武家ですか？」

「お路の嫁入り先さ。著作堂馬琴子《し》。滝沢解《とく》先生のお宅だ」

「おかしいですな」

鉄太郎は首をかしげた。

「滝沢家には宗伯さんという立派な跡取りがいるじゃないですか。お路さんとの間にも、たしか男の子が生まれてたはずですぜ」

「だからこそ一時しのぎの仮養子ってわけなんだよ」

と、引きとって老尼がしゃべり出した。動きはじめたらさいご止《とど》まることを知らない舌なのである。宗伯の病弱から説き起こして彼女はお路を哀れがり、舅の馬琴に万一のことでもあれば家族はとたんに路頭に迷わなければならないのだと、滝沢家の経済状態を棚おろしした。

「だって、一流の作者ですぜ。溜めこんでいるでしょう相当に……」

「それがお前、病人の絶えまなしで、さっぱりなんだとさ。いま住んでいる家と書籍と……財といえばそれだけなんだと」

「で、どうしようってわけなんです？」

「だからさ、馬琴先生は考えたんだよ。用心ぶかい人だからね、自分の目の黒いうちに……つまり収入のあるうちに、孫の太郎に御家人株《ごけにんかぶ》の出物《でもの》でも買っておいてやろうって

「……」

「なるほどね、その太郎って子が、まだ小さいんですね」

「八ツなのさ」

「馬琴老は？」

「六十九かね。亥年《いどし》の生まれだとか言ってたから、そう……たしか九だよ」

「孫が元服に漕ぎつけるまでには、あと少くても六、七年か。そのあいだの楔《くさび》に仮養子をたてて、代役を勤めさせて置こうって寸法なんでしょうが、どうだい二郎、引き受ける気はあるかい？」

「そうねえ」

不得要領な笑顔で徳二郎は吸物をすすっている。葉つきの小蕪《こかぶ》をあざやかに浮かせ、白身のしんじょに木耳《きくらげ》を刻み入れて、たっぷり掬《すく》いこんだ美味な椀だ。

「お前は今年、十九だったな二郎」

「そうだよ」

「七年間として、年季あけが二十六歳か」

「まるで女郎ね」

お定がまぜ返し、座敷じゅうが笑った。

「二十六だぜ、え？」

鉄太郎はかまわずつづけた。

「若ざかりを七年ものあいだ、ひとの代役なんぞで空費していいかい？」

「条件によるさ」

徳二郎は椀を置き、元立に向かって、

「幾らくれようって言うんです？　滝沢さんのとこじゃ……」

ごく事務的な口つきで訊いた。そのくせ目じりには人なつこい愛嬌笑いが刻まれている。

「食わせて着せて寝かせて、年に小遣いを三両、役儀の骨折り賃五両、計八両出すと言っている」

「すくねえな」

鉄太郎は鼻を鳴らしたが、徳二郎は押しかぶせて、いいですよ、と軽く応じた。

「ただし、兄さんに要求があるんだ」

「なんだい、おれにとは……」

「脛《すね》齧りの弟を厄介払いできるんだぜ。小遣いだけは今まで通りつづけるって、伯父さん伯母さんの前で約束してもらいたいな」

「滝沢さんでもらう上にか？」

「滝沢さんからの八両はまるまる溜める。七年間として七八五十六《しちは》両――。もちろん御家人勤めなんざ身を入れてはやらない。馬琴先生に紹介してもらって技術を身につけ、年明けには版木彫りの店を持つんだ」

「こいつはまいったぞ」

布袋《ほてい》腹をゆすって元立老人は笑い出した。

「いまどきの若い者にはかなわない。ちょこっと話を持ち出しただけで、抜け目なくこれだけの算盤《そろばん》をはじいちまうんだからな」

「同意してくれますか？」

「けっこうじゃないか。鉄太郎、お前にも異存はなかろう？」

……しかし、と持ち前の皮肉っぽい口調で元祐が横槍を入れた。

「徳二郎に辛抱できますかな。相手は滝沢さんですよ」

「それなんだよ。尋常一様の家風じゃないからなあ」

「老台は名うてのやかまし屋だし、お百さんですか、つれあいの女隠居がまた、愚痴っぽい頭痛持ち、息子の宗伯さんは廃人同様の上に癇持ちときてますからね」

「心得ているはずのわしでさえ、この前のような失敗をする」

「なにをしでかしたんです伯父さん」

去年——冬のはじめである。地主の大番与力にたのまれて、宮川長春筆の掛軸を元立は滝沢家に持参した。馬琴に箱書きを依頼するためであった。

軸物などに興味のない元立は『遊女図』と聞いただけで取りついだわけなのだが、くりひろげられた図柄を見て胆をつぶした。遊女は遊女でも〝毛抜き遊女〟……。その姿態の奔放さは、猥褻《わいせつ》を通り越していっそ涙ぐましくさえあった。元立は笑い出した。馬琴はしかし、世にもにがにがしげな顔で軸を巻きおさめ、元立の膝さきへ突き返して寄こした。いくら頼んでも受けつけない。

「わしを侮辱なさるおつもりか」

気《け》しきばむ始末なので、よんどころなく持ち帰ったものの地主の幕臣には言いわけのしようがなくて閉口したと、元立は思い出し笑いしながら語った。

「でも、女のお路さんさえ辛抱してるじゃありませんか」

こともなげに徳二郎は言った。

「この土岐村家で育ったひとが、郷に入れば郷にしたがえで、けっこううまくやってますぜ」

「お路は土岐村一族の中では変り種さ」

元祐が受けた。

「あれはむしろ滝沢さん向きの女だ。偏屈でぶきっちょで強情っぱりで……」

「そのお路さんだって、いつだったか辛抱を切らして、ふらふら飛び出してきちまったことがあったじゃないの。ねえ、お祖母ちゃん」

と、お定が口をはさんだ。

「うん。そんなことがあったっけが、あとにも先にもふしぎにあれ一回きりだよ。お路は感心によく我慢している」

お京とその娘たちが膳の片づけを命じたのをしおに酒は切りあげとなり、食事に移った。忙しく出はいりする仲居の一人が、このとき、

「お客さま、火事があったらしゅうございますよ」

と告げた。藤間勘也が小まめに立って廊下へ出た。

「火の手は見えませんが、どうもえらい風になりましたよ」

障子越しに言うのが聞こえる。

「ほんのボヤだったらしゅうございます。立場《たてば》の衆の話では下谷か湯島へんとか……」

――やがて食事が終り、水菓子がくばられてからも勘也の唄で、お花が踊りを見せたりしてひとしきり騒いだのち、土岐村家の人々はやっと『臨水楼』を出た。

お定は勘也といま、芝の金杉橋に世帯を持っているし、鉄太郎兄弟は八丁堀の役宅で自炊している。

駕籠が呼ばれ、乗り込むまぎわに元立は、

「では、いいんだね、滝沢さんに承知のむねを答えてかまわないね」

徳二郎に念を押した。

「かまいませんけどね、なんだってまた、見ず知らずの私なんかに白羽の矢が立ったんでしょうかね」

「滝沢家の側には適当な人物がいないのだそうだ。で、お路がチラとお前のことを洩らしたところ、意向を打診してみてくれないかと先生から手紙で依頼があってね」

「そういうわけですか」

器用に駕籠へ身体をすべりこませながら、

「女のお路さんがしている我慢ぐらい、私にできないって法はありませんよ。仮にしろ何にしろ私なんぞを養子に迎える滝沢家のほうが、むしろしまいに音《ね》をあげることになるんじゃありませんかね」

咽喉の奥で徳二郎は笑った。ふてぶてしい笑いだった。


あくる朝、寝坊した土岐村元立が離れの小庭へ出て、盆栽に水をやっているところへ、

「おはようございます」

きれいに身じまいした嫁のお京が、敷石づたいにやってきた。

「お客さまですけど、お通ししてよございますか?」

「だれだね?」

「飯田町の滝沢清右衛門さんです。たいへんお急ぎのご様子で、すぐ失礼するとおっ

しゃっておられます」

「では庭でいい。ここへ廻ってもらいなさい」

お京は去り、入れちがいに清右衛門が柴折り戸の向こうへ姿をあらわした。

「いやあ、お早いが、何ぞ急用でも？」

「宗伯さんの容態がわるくなりました。昨夜からひどい熱で、これはとりあえず、かかりつけの林玄仲先生に来ていただいて朝がたにはどうやらさがりましたが、そのあとが例の癇症の発作でな。乳のあたりがしきりに痛むうえに頭痛、口痛がひどく、家じゅう困りはてています」

「わかった。うかがいましょう。今日はさいわい非番ですしな、朝飯をかっこんだらすぐ出向きましょう」

「申しわけございません」

「しかしまた、何で急に熱など出されたのだろう。この春ごろは軽快して、松前侯へも出仕するとか言われていたようだが……」

「じつは昨夕、明神下の家の近くで火事がありました」

「や、あの火事は、馬琴先生のお宅のそばだったのか」

手の如露《じょうろ》を、元立はあわてて敷石の上に置いた。

「これはどうも……。知らぬこととは申せ、お見舞いにもあがらんで……」

「風はありましたが、運よく一軒だけでくいとめました。被害はまったくございません。ただ一時は、五、六軒さきという近火ではあり、ごった返しましたそうで……。私でもいればすこしはよかったのですが、あいにく昨日は町役の印判改めがありまして明神下へはまいっておりませんでした」

「そこで宗伯さんが、働かれたというわけですな」

「先生は、家財道具など惜しむなとしきりにとめられたそうですが……」

「日ごろのご気性だからな。宗伯さん、取りのぼせて夢中になられたのだろう」

「人災、天災を恐れることは、人いちばいなのです」

「暴風雨の夜など、まんじりともせず一喜一憂して明かされるとか聞いたが、癇症の病人には、えて、このような小心律儀な性格が多いようです。寝ていようと起きていようと、なるようにしかならんのにな」

「自分には家財をふやす能力がない、家作《かさく》、調度、蔵書の一冊まで父上が多年、身の脂をしぼって貯《たくわ》えたもの……、失わず損ぜずに子孫に渡すのが、せめて自分にできる孝行なのだと、口癖のようにおっしゃっています」

「それはそうかもしれんが、このお江戸に住んで今まで一度も火事に遇われなかったというのはよくよくの幸運なのだ。将来、いつ何どき丸焼けの憂き目を見ることが起こらんともかぎらない。あまり固苦しく考えるとそのときガックリまいります。つましくはあっても馬琴先生のほうが、さすがにこの点、気宇が大きい。物を持ち出したはいいが、肝腎の身体をこわされては何もならん。そうでしょうが……」

「はい」

「ま、ともかく、早速うかがおう」

「お願いいたします。――では、私はこれで……」

「ごくろうでした。あんたもお暇《ひま》はなかろうが、一度ゆるりとお遊びにおいでなさい。――なには……御内室のお幸どのはお変りないかな」

「達者でおります」

「じつは昨日は、家じゅうで品川へ磯せせりに行ってな、お路も誘ってやろうかと思ったのだが、遠慮しました」

「お誘いくだされぱようございました。お路さんも病人と年寄り、お子たちをかかえて骨休めもろくにできぬ毎日でございます」

「もっとも火事さわぎの当日、留守になどしては、お路も帰宅してみなさんに合わせる顔があるまい」

　門口まで送って出、やがてそそくさ引き返して、

「おい、飯だ。いそいで仕度してくれ。宗伯さんがまた悪いそうだよ」

　元立は庭から母屋《おもや》へどなった。

十二

それでも着替えやら出がけに客がくるやらで手間どり、元立が滝沢家へついたのはそろそろ正午《ひる》ちかかった。

玄関の格子に手をかけようとして、

(やっているな)

彼は肩をすくめた。宗伯の癇声《かんごえ》が聞こえる。劣らぬ喚《わめ》きは母親のお百にちがいない。

「いやだいやだ。両手を揉みしぼってでもいるようなせっぱ詰まったしゃべり方である。身もだえし、病気が言わせるのだと思ってこらえていれば、方図《ほうず》もなく母さんをいじめぬくんだから……」

叫び立てる語調には泣き声がまじっている。

「いじめられているのはこっちだよ。母さんのそのだらしのなさ、わがままやむら気がいちいち私の癇にさわるんだ。たまらないんだ」

「そりゃあ母さんは間抜けでいくじなしときてるからね、人いちばい気むずかしやのお前のお気に召すようにはできないさ。でもこれでも、つんのめるほど勤めてはいるつもりだよ。お前、親を使い殺しにしたいのかい?」

「いいかげんにしないかお百ッ、……宗伯も黙りなさい、仮《かり》にも母に向かって……」

と馬琴の叱責は必死だが、母と子の言い猛《たけ》りは入り乱れ、つのって、しまいにはだれが何を言っているのかさえはっきりしなくなった。因循で陰気で、ふだんは会話の声さえ弱い宗伯の、どこからこんな大声が出るのか、内容も辛辣をきわめ、挑発に乗ってお百が狂えば、さらに煽《あお》る態度に出る。そのくせ自身もけっして平静ではいられない。自分の激語に自分で巻きこまれ、目は血走る呼吸は荒くなる……。おびえて太郎が泣き出し、さちまでがつられてむずかりはじめる。こうなると馬琴にも手がつけられない。おもしろがって聞き耳を立てているのは隣り近所だけだ。

（内乱とは、先生もうまくつけたものだ。今日はしかも大乱だな）

日ごろ臆面のない元立も辟易し、格子に手をかけたままはいりかねているうちに、

「お路ッ、お路ッ、どこへ行ったんだい？　さわぎになるときまって消えちまうんだから……ずるい女だ。お路ッ、さちが泣いてるじゃないか、どこだよッ」

とお百の腹立ちは、当然のことながら嫁に向かって飛び火してきた。お路の返事はどこからも聞こえない。元立は気が気でなく、いそいで裏へ廻ってみた。井戸端で新参の下女が、どこ吹く風といった鼻唄で洗濯をしてい、お路はこれも、無表情に張り板の前にしゃがんでいた。

「なんだ。こんなところにいながらなぜ返事をしない。お姑《かあ》さんがほら、呼んでいなさ

るじゃないか」

ひさしぶりで見る父の顔なのに、チラとあげた目をすぐ手もとに落として、黙りこくったまま張りものをつづけるお路の背後から、中年の下女が、これは露骨な世辞笑いといっしょに、

「お実家《さと》のお父さんですか、いらっしゃいまし」

頭をさげる……。リンのあとに来たキヨという女だ。

「お路ッ、お路ッ」

と、このまにもお百の呼び声はますます急になる。元立は狼狽し、思わず、

「はアい」

代りに返事をしてしまい、そのことでいっそう、まごついて、

「情《じょう》ごわ者め」

尻目《しりめ》に娘を睨みつけながら前のめりに玄関へ取って返した。

「ごめん、土岐村でござる。元立です。あがります」

と、いったん家の中へ踏み込めば、あとはしかし、いつもの挨拶ぬきでドカドカ宗伯の部屋まで闖入《ちんにゅう》し、

「どうなさった。火事場働きで熱を出したそうじゃないか、ばかばかしい」

無作法を親愛と錯覚した口ぶりできめつけ出した。しかたなく宗伯は口をつぐみ、お

百も茶の間へ退散する……。やっと台所口からはいってきたお路が、泣きたてるさちと太郎を引っ立てて去ると、嘘のように病間は静かになった。

「どうも遠路を……」

にがりきった今までの顔のまま、馬琴は会釈する。すばやい切り替えなどできるたちではないのである。

「いや先生、おどろきました。近火とは……」

「火よりも、せがれの身体のほうが……」

「さよう、興奮は何よりいけません。気をもっとのびやかに持たれるとよいのだが、これればかりは生まれつきというやつでな」

馬琴の表情に慚愧《ざんき》が走った。過敏脆弱《ぜいじゃく》な気質、体質に育ててしまった責任に、すぐ思いが行くらしい。

「脈搏が、どうもばかにまだ、早い」

胸を叩いたり腹を撫でたり、乳のへんに耳を押しつけて心音を聴いてみたり、蘭法医のまねごとのような仕草をしかつめらしくくり返したあげく、元立は宗伯の喘《あえ》ぎに目をとめて、

「舌を出してごらん」

と言い出した。病人はしりごみし、口ごもった。

「舌は……別に……」

「いや、いま口の中に妙なものが見えた。出しなさい宗伯さん」

「おっしゃる通りにしないか、せがれ」

馬琴のうながしには抵抗できない日ごろに、宗伯はいつのまにかもどっていた。元立は覗きこんで、

「これは……」

二の句がつげない顔になり、馬琴もひと目見て息を呑んだ。いちめん、粟《あわ》つぶをまぶしたようなこまかい瘡《そう》に、宗伯の舌は覆われている。しかも先端に血の凝《こご》りに似た小豆《あずき》粒大《つぶだい》の腫瘍《しゅよう》までできてい、それは崩れかかって無残な穴を作りはじめていた。

「いつごろからこんなことになりなさった？」

「はい」

父の驚愕へ、臆病な視線を走らせながら、宗伯は観念したように答えた。

「こまかいできものは二カ月ほど前から……。血塊のほうは以前も歯ぐきと舌にできたことがあるのですが、こんどは半月ぐらい前からです」

「しみるだろう？　食べものが……」

「しみます」

「宗伯さん自身は何と診《み》るね？」

と反問するのが、患者本人も医師とはいえ馬琴の耳には、いかにも頼りなく聞こえた。

「私は……牙疳《がかん》の類瘡《るいそう》ではないかと……」

「うん、なるほど。そうかもしれない。いやわしもそう思う。――どんな治療をしておられるな？」

「前のときは寒製の臙脂《えんじ》で治しましたので、こんども臙脂に蜜蠟《みつろう》をまぜて寝しなに塗っています」

「うんうん。それで……よろしかろう」

曖昧《あいまい》な口ぶりで元立はうなずいた。

（見当がつかないらしいな）

馬琴は緊張した。この老医師の診断も技倆もを、彼はむかしから信用していない。主治医一人では心もとないので、症状がひどいときにかぎって来診を乞うようなものの、腹の底ではその診《み》たてを侮《あなど》っていた。

（しかし、こんどはちがう……）

治療方法がわからず、病名の見当こそつかなくても、元立のまいりかた、にわかな萎《な》えかたはただごとではない。さすがに事態の重大さだけは察知したものと解してよさそうだった。

（なんであれ、凶症にはちがいないのだ）

馬琴は歯をくいしばった。持ち前の負けん気が突きあげてきた。

(宗伯を死なしてはならぬ。宗伯は断じて死なない！　いままでも何度か危篤におちいり、そしてそのたびに切りぬけた身体ではないか)

わしは冷静だ、元立などよりはるかに落ちついている……そう、力みながら愛に眩《くら》んで、じつは〝親の欲目〟にとりつかれている自分に、馬琴は気づかなかった。

ついでに二、三軒、廻る予定の患家があるとかで、昼食のもてなしを辞退して元立が帰った直後、飯田町からお幸が来た。養女のつぎをつれている。急用ができてもどった清右衛門と入れちがいに、手伝いのためやってきたのだ。

鎮静剤が効いたのだろう、宗伯は寝息をたてだし、頭が割れそうだといってお百も納戸で横になってしまったので、遅い昼食の卓はお路と二人の子だけが囲んでいた。

「お父さんは？」

「書斎です」

覗くと、馬琴も下女の給仕で昼食の箸をうごかしていたが、わずかな皿小鉢を盆ごと机の端にのせて、湯づけを流しこんでいる簡略さなのである。

「わびしいわねえ」

片づけて下女がさがったあと、あたりを見まわしてお幸はつくづく言った。

「私がこの、おつぎの年ごろから、滝沢の家はこうだったわ。つましい食事、鎮さんの呻《うめ》き声、じぶくれて寝ている母さん、机から離れたことのない父さん……」

「そうそう変ってはたまらない。家の性格など、だいたい一定したものだ」

馬琴は縁へ出、日なたに正坐して左右の耳たぶをキュッキュッと引っぱりはじめた。胸を叩き腕を屈伸し、わき腹から腰にかけて丹念にさすり上げさすりおろす……。仰向いて顔を撫《な》でまわし、目をとじて深呼吸をくり返す……。一種の健康法である。お幸は見慣れているのであやしみもしない。

茶を淹《い》れて縁さきへ置きながら、

「お祐《ゆう》もお久和《くわ》も私も、父さんにはきのどくと思ったけど、この家の鬱陶《うっとう》しさがたまらなくなって、逃げ出すみたいに別の世帯を持ってしまったんだわ」

と、ためいきまじりに言った。

お祐は馬琴の次女、お久和は末娘である。宗伯を加えると一男三女の子持ちだが、そのすべてがお百の腹からの出生だった。

宗伯の次姉にあたるお祐は、麴町御門外の呉服小売商伊勢屋久右衛門にとついで、お増、お鉄の二児を生んでいるし、最年少のお久和は渥見治右衛門という増上寺の寺ざむらいを夫に持って、祖太郎と悌吉——男の子二人の母である。治右衛門は赫州《かくしゅう》と号して絵筆のたしなみがあり、借覧した画帖の模写などは、馬琴もこの婿に依頼している。

「うまい茶だな。いつものとはちがう」

ひと口すすって馬琴は言った。

「こうばしいでしょ」

「お前のみやげか？」

「ここの家の茶だんすのですよ。あんまり粗葉《そは》だから紙にとって焙《ほう》じたの。そこの火鉢でね」

「巧者《こうしゃ》なことを知っているではないか」

「安い茶を、おいしく飲もうと思えばこんなこと、だれだってやってるわ」

「うちではしない」

「あの母さんと、お路さんではね」

と小声になって、

「似たもの夫婦っていうけど、うちでは姑と嫁もよく似てるわね」

お幸は肩をすくめた。

「つぎちゃん」

と太郎が書斎へはいってきた。伯母のうちに貰われて、妹から従妹《いとこ》にかわったつぎの立場を幼な心にも太郎は理解しているのだろう、呼び捨てだったのがいつのまにか、近ごろはちゃん付けに改まっている。

「ね、おふうへ行かないか、みんなで……」

　さまざまな文房具、柱掛けの短冊、長押《なげし》に掲げた『著作堂』の扁額など、祖父の部屋のあれこれをものめずらしげに見あげたり、いじり回したりしていたつぎは、太郎の誘いに振り返って、

「いや」

　にべもなくはねつけた。

「もとのお母ちゃんや太郎ちゃんとじゃ、いや。今のお母ちゃんが一緒なら行く」

　どういうわけか実母のお路を慕わず、貰われたその日から清右衛門夫婦になついて、遊びにつれてこられてもすぐ、飯田町のおうちへ帰るのだと駄々をこねるこの六歳の養女が、お幸は可愛くてならないらしい。

「どうしてさ、行っといでよおつぎ、太郎ちゃんが玩具《おもちゃ》の金魚《きんとと》を浮かせてくれるってよ」

　機嫌をとりにかかる……。

「亀の子も持っていくぜ。如露《じょうろ》だってほしけりゃ貸してやらア、みんなと行けば面白いんだがなあ」

「ほら、あんなこと言ってる。いいね、行くねおつぎ」

　うながされ、肩を押されて、しぶしぶのようにつぎは立った。玄関まで送って出、なにやらしばらく、にぎやかな応酬を聞かせていたが、

「やれやれ、行っちまったわ」

やがてお幸だけがもどってきた。

「女中まで昼湯のお供よ。もっともお路さん一人で小さいのを三人では、とても手が回りきらないでしょうけどね」

「お百はまだ、納戸か？」

「ふて寝よ」

「宗伯もお百も昼飯《ひる》を食わない。こまった者たちだ」

「厳格で口やかましくて、ふたこと目には『女子と小人』扱いのくせに、お父さんって人はつまるところは、母さんにも嫁のお路さんにも歯がゆいほど寛大な家長ね。お久和の夫の渥見さんなんか、おれがあのお姑《かあ》さんの亭主だったら、とっくの昔くらわしてやるって、じれったがっているわ」

「なぐったおぼえはわしにもあるよ」

灰汁《あく》でも口にふくんだ顔つきで馬琴は言った。

「若いころだ。お前たちが生まれてまもない時分は、ついカッとなって手をあげたこともある。しかし結果は、なお悪かった。教え訓《さと》しても通じないが、腕力ではなお通じない女だと、すぐ覚らされた。無知、無教養は仕方ないとして、まったくの野育ちなのだよ。あれのおふくろという人からして、まともに娘をしつけられる女ではなかった。

……わしがこの、会田《あいだ》の家に入り婿した事情は、お前も知っているだろう?」

「さあ、娘のころ、聞いたような気もするけれど、よくおぼえていないわ」

「戯作者になろうときめたとき、わしは山東京伝の門をたたいた。京屋の二階に、しばらく厄介になっていたこともある。そのうちに書肆《しょし》の蔦屋《つたや》重三郎方で、手代をさがしているという話を聞きこんだ。将来、作者として立つ気なら地本問屋の内幕を見ておいたほうがいいと京伝にもすすめられ、その口ききで蔦重《つたじゅう》へ住み替えたわけだよ」

帳場格子の中に坐らされても、算盤のはじき方ひとつ身を入れて習おうとはせず、こっそり商売物の黄表紙に読みふけり、夜は夜で机にばかりしがみついているこの、無愛想な若者を、京伝への遠慮から蔦重は大目に見たばかりでなく、『花団子食家物語《はなよりだんごくいけものがたり》』『鼠子婚礼塵劫記《ねずみのこんれいじんこうき》』『御茶漬十二因縁』『銘正夢楊柳一腰《めいはまさゆめやなぎのひとこし》』など、まだまだ稚拙だった習作の出版にまでひと肌ぬいでくれたのである。

〝曲亭馬琴〟の筆名を用いはじめたのは処女出版後まもなく『漢書』の、

　巴陵曲亭の陽に楽しむ
　才馬、卿に非ずして琴を弾くとも能わじ

から採ったものだが、それでも著述と併行して一年半ほど手代生活をつづけているう

ちに、

「あんたもそろそろ、身をかためる算段でもしたらどうだね？」

蔦重にすすめられたのが、会田家との縁談であった。

理屈っぽく筆が渋く、書いても書いても黄表紙作者らしい〝軽み〟が会得《えとく》できない馬琴に、蔦重は暗に見切りをつけたのかもしれない。厄介払いの底意もあってすすめた縁組みなのに、自信の強い馬琴はそうは取らなかった。

（内助の妻をめとり、腰をすえて著述に没頭させたい心算なのだろう）

と解釈し、乗り気になった。

「相手は飯田町中坂下の下駄屋の家附き娘でね、お百さんというんだ。ご老母と二人ぐらし……。一度目の養子とは折り合いがわるくて離婚し、年は三十になっている」

馬琴はこのとき、三つ年下の二十七歳——。しかも逢ってみると胴長で薄あばた……、髪が赤く、ひどい斜視のお百に、自尊心をきずつけられたし、下駄屋という商売も気に入らなかった。人が足に履く品物をあきなうなど、卑職中の最たるものに思えたのである。

もっとも相手の容姿をうんぬんしたり、商売にこだわったりできる当時の馬琴の境遇ではなかった。使用人とも居候ともつかぬ蔦屋の穀《ごく》つぶしだから、ふところは当然さびしいのに、若ざかりの身体は頑健ときている。妻をめとることによって金を使わず、かげ口をはばからずに肉欲の処理ができるだけでもありがたいとしなければならなかった。

おまけに会田家は、小さいながら家持ちであった。近くの長屋の差配をたのまれ、家《や》守《も》り給《きゅう》もはいっていたし、何よりは係累のすくなさが魅力だった。

「つまり打算だけで、わしは会田家へ入り婿したのだ。お百への愛情など、みじんもなかった。いくら蒙昧《もうまい》な市井の女でも、このわしの不純と冷淡に、やがて気づかないはずはない。お百は不満をつのらせた。ただそれを、筋みち立てて言いあらわせなかっただけだ。割りきれなさは永いこと、あれの胸にくすぶっている。お百が悪妻なら、わしもけっしてよい夫ではないのだよ」

「打算がまったくない結びつきなんて、めったにあるものじゃないでしょ」

お幸はむきになった。

「それに動機はどうあれ、この家に来てからの父さんは、申し分ない夫じゃありませんか。女狂いひとつ、茶屋酒ひとつ飲むわけじゃなし、遊山にも芝居にも目をくれずに、著作に没頭して今の名声をきずいたのだわ。父さんの立場や、その仕事の苦しさに、母さんは理解がなさすぎるのよ。曲亭馬琴の妻だという自覚なんか爪の垢ほども持とうとしないんだから……。いつまでも下駄屋のお百さんなんだから……」

「自分の殻の中で、自分の思うままにしか生きられない女だし、生きない女なのだよ。しかしそれは、わしとて同じではないかな」

「あきらめてしまっているのね父さん」

「あれはお前たちの、おふくろだしなあ」

入夫してまもなく、会田の老母は死んだ。

加藤千蔭《ちかげ》の門にはいって習字をまなんでいた馬琴は、待ちかねたように下駄屋をやめ、店構えだった家をしもたやに改造して手習師匠をはじめたのである。

当然つがなければならない養家の姓も、ついに名乗らず、滝沢のままで押し通したのだから、結果的にはお百母娘《おやこ》の無知を奇貨として体《てい》よく会田家を乗っ取ったことになる。気の小さい馬琴はこの、そもそもの出発に、いまだにこだわらずにいられない。功利的なくせに、しんそこ図ぶとくもなりきれず、内心、忸怩《じくじ》たる思いを払拭できずにいるのである。

お百のわがままにも、だからしぜん、寛大にならざるをえない。おたがいに年をとってきてからはなおさらだった。もう今さら……という思いが何かにつけてつよくなる。馴らされたあげくのあきらめだし、腹を立てると双方とも、てきめん老軀《ろうく》にこたえるこのごろなのだ。

子供たちはだが、そこまで馬琴の気持を見ていない。父の胸底にある母への〝詫び〟を知らない。お百への批判攻撃は日ごろ辛辣をきわめる。したがって知らず知らず、馬琴は彼らの前では老妻への弁護に回ってしまう場合が多かった。

「つまりはわしもよくない。わしの不徳だ。答えをそこへ持ってゆけば誰を責めることもないのさ」

と、今日も馬琴の結論は決まるところへ落ちた。

「お百にしろ宗伯にしろお路にしろ、偏屈者の意地っぱりぞろいだが、考えてみればその尤《ゆう》なるものはわし自身だよ。この家に性格があるとすれば、それを作ったのはわしだ。滝沢家の性格はわしの片意地の反映だよお幸。……いや、謙遜でも虚勢でもない。近ごろつくづく、そう実感するようになったな」

「可哀そうねお父さん」

「はは、お前ら娘どもが同情するほど、しかしわしは自分を哀れなどと思ってはおらんよ。哀れは、お百も同様だ。わしみたいな男ではなく、だれか他の、もっと思いやりぶかい夫に添っていたら、あれも幾らかは取りなしの温かな、まめまめしい内儀《かみ》さんになっていたかわからない」

「それは無理よ。むしろ父さんだからこそ辛抱もしぬけたんだし、母さんを抑えてもいられるんだわ」

「でもお百は、お前のような娘を生んだぞ。お前は男の心によく気づく働き者の世話女房じゃないか」

　庭に放っていた視線を娘へ向けて、

「お路やお久和、お祐などにくらべるとお前は仕合せそうだなお幸」

馬琴はしみじみ言った。

「ええ、まあね」

かすかに、お幸は赧《あか》くなった。

「清右衛門はよい婿だ。あれは当った。実直一方で世渡りの才はないが、なに、あれはあれでよい。ながいあいだお前も独り身をつづけた代りに、妹たちよりずっとましな夫を引き当てたわけだ」

「残りものに福があったんでしょ」

と、ほほえむ顔つきは、姿態の柔軟さや嬌《なま》めきもだが、四十二歳になるはずなのに三十そこそこにしか見えない。子供を生まないせいもある。が、なによりは夫婦仲のこまやかさが、お幸をいつまでも若やがせているのだと、馬琴は父の目にうれしく見ていた。

四人いる子らの中では、なんといっても宗伯が可愛い。家名、家系を伝える男の一人《ひとり》子《ご》なのだ。わが子ながらその人格を認め、一個の人間として対等に扱ってきたし、育て方の配慮も宗伯には細心をきわめた。どの子よりもいつくしみ、手塩にかけた。期待も大きかった。いきおい、反面には叱りもし、嘆きも惑いもしたわけで、つまりは異常なほどの関心を、宗伯ひとりに持ちつづけてきたこれまでだったのである。

女の子らは、つねにその蔭に忘れられていた。お百の気持は別としても、すくなくとも父なる馬琴の意識の中では、よいかげんにあしらわれてきた存在であった。女性一般への蔑視もある。多分に観念的な、あるいはもしかしたら、恐怖心理の裏返しかもしれないが、とにかく馬琴の中には、いつのまにか、

「愚かなもの、度《ど》しがたいもの、信じられないもの、そして不可解なもの」

という女性観が抜きがたく根を張ってしまっていた。彼の目がねにかなう女といえば、読本《よみほん》のなかで自身、創造する節婦貞女ぐらいなもので、現実にはまず、めったにそんな女などいるはずはないと決めてかかっている。

それも当然だった。若いころ、とぼしい財布から、欲求処理だけを目的に医療費でも捻出する思いで買った二、三の辻売女《つじばいじょ》、あとは妹のお秀やお菊、会田の姑、妻のお百、嫁のお路、お路の老母、近所のかみさんぐらいしか馬琴は〝生きた女〟を知らない。中でももっとも彼に影響したのは、好むと好まざるとにかかわらずやはり四十年もつれそった妻であった。かぎられた材料に、儒教精神で味つけして作りあげた女性観を、馬琴は単純頑迷に信奉しつづけていた。

女とはかぎらない、とかく既成の理念、既成の道義観、宗教にしろ政治権力にしろ、すでに打ち立てられ、支配力を持ってしまっているすべての存在に馬琴は弱かった。その成立にまでさかのぼって解きほぐし、疑ってかかる能力には、はじめから欠けていた。

「できあがっているもの」

は、彼にとって、
「正しいもの」
なのであった。鵜呑《うの》みに肯定し、むしろその機構なり鋳型なりの中に、自身を嵌《は》めこもう、相手の力の一部に同化しようと努力することで安心したい性格だった。

血を分けた三人の娘なども、だから馬琴の観念にしたがえば、彼の子であるより先に、「痴愚にして身、汚れ、養いがたく救われがたきもの」と、聖賢によって規定された〝女〟であった。本気になるだけ無駄な、どうせやがては他家へくれてしまう人間なのである。家名に泥を塗るような育ちかたさえしてくれなければ、それでけっこうと思い捨てていた。

ただ、そんな中で長女のお幸だけに、ほんのわずか父親らしい情愛を感じたのは、初《はつ》子《ご》への珍らしさばかりでなく、母親には欠如している甘やかな女の香りを、妹たちにくらべてすら、もっとも多く、彼女が持っていたからにほかならない。目はしのきく働き者で、十七歳のとき立花侯の奥づとめにあがった関係から、読み書き、琴、茶のまねごとなどひと通りはでき、立ち居にも品のよさが匂うお幸なのである。

神田明神下の現在地に十三坪の家を買い、宗伯を住まわせて、医者の看板をあげさせた当初、馬琴自身は飯田町の旧宅にとどまり、隠居して著述に専念しようとした。そして旧宅についている差配職、家守り給、滝沢清右衛門の名跡《みょうせき》いっさいを、六坪の住居とともにゆずる相手を物色した。お幸の夫に迎え、養子のかたちで旧宅をつがせようと考えたわけである。

〝清右衛門〟は、もともと会田家に伝わる譲り名である。お百の父も祖父も、伊勢屋清右衛門を名乗り、入り婿したてのころは馬琴も清右衛門と称した。その家を継ぐとなれば、だから同時に会田姓をも継ぐことになるはずなのだが、馬琴のときから姓だけ〝滝沢〟にすり変って、木に竹をついだような〝滝沢清右衛門〟ができあがっている現在なのだ。

——お幸の養子候補はすぐ見つかった。目白の大日坂下に五間間口《まぐち》の店をかまえている炭屋のせがれで、梅吉といった。

お幸が立花家から暇を取ってもどったあかつき、祝言をあげさせる……、それまでは二、三年、養子株だけで辛抱させ、梅吉の人物をよくよく見とどけようという馬琴の肚であった。

初印象からして弁口の達者な、いかにも才はじけた若者だったが、家へくるとすぐ、

「貸本屋渡世をはじめてみたい」

と梅吉は言い出した。

馬琴の職業とも縁のない商売ではない。承知し、三十両ほどの元手を出してやったほかに、知り合いの地本問屋を紹介するやら伝手《つて》をもとめて大名旗本の奥向きに口をかけ

るやら、馬琴も力を添えたため、得意先はたちまち百七、八十軒にもふえて、ばかにならない貸し料が流れこみはじめた。

（これは商才のある男に当ったぞ）

と、よろこんでいるうちに、梅吉はこっそり禁制の春画や春本を扱い出したのである。馬琴は慄えあがった。法に触れて白州に呼び出され、役人の取り調べを受けるなどという屈辱には、断じて耐えられない。

梅吉に彼は説諭をこころみた。そら耳で聞き流したきり、若者は春本の貸し出しをやめない。業《ごう》を煮やして馬琴は強くなじった。

「儲けがめちゃにちがうんですよ。そう言っちゃ何だけど、養父《とう》さんの黄表紙なんぞより三倍も高く貸せるんですぜ」

「目さきの利潤にくらんで、この家から罪人を出す結果になっては先祖にすまぬ」

「罪人？　大げさだなあ、春本の貸し出しぐらい、バレたからってたかだか科料ですむことじゃありませんか」

科料も打ち首も罪は罪だ、家の不名誉に変りはないといくら言って聞かせても、当世気質の若者には通じるはずもなく、しまいには口論になって梅吉は大日坂下の実家へ帰ってしまった。

得意先にはおびただしい数の本が貸し散らしたままになっている。回収が遅れれば紛失の惧《おそ》れも出てくるわけである。馬琴は狼狽した。とにかく一度もどってくるように、人を介して再三申し入れたが応じようとしない。とうとうそのまま、梅吉とは縁を切らざるをえなくなった。

「曲亭先生とか何とか言ったってたかが知れてらあ。臆病者の、お体裁屋《ていさいや》にすぎないじゃないか」

言いふらして若者は嗤《わら》ったそうだ。

それはいいが、貸し本の回収をどうするか……。まさか自身、集めにまわるわけにはゆかず、医者を開業させたばかりの宗伯にもそんな賤《いや》しい仕事はさせられない。お百はまったくものの役には立たない。馬琴はやむをえず人を傭った。ところがこんどは、この傭い人が貸し料金を集めて逃げてしまったのだ。踏んだり蹴ったりである。

ちょうどそこへ、また養子の口が持ちこまれてきた。男の手がほしい最中だったので、ろくに吟味もせず仲人口を信じて入れてみたら、これが大酒飲みの放蕩者であった。商売物の本を売りとばして四谷・新宿へんの安女郎屋にいつづけするありさまに、おどろいて離縁したが、やっと掻《か》きあつめた本は古版も新版もほとんど全巻不揃いの端本《はほん》となり、三十両も元手をついやしながら、売り払ったときには十八両と少しにしかならなかった。差し引き十二両の損失の上に、二度の養子縁組で町内披露目《ひろめ》に四十両ほど失費し、計五十両余の無駄金を使い棄《す》てたわけである。

奉公中だったために、お幸の身体に疵《きず》がつかなかったのがせめてものさいわいではあったけれども、世間的には面目を失い、

「おやじさんがうるさすぎて、養子が居つかないのだ」

かげ口をきかれる始末に、つくづく懲りはてたのであった。

立花侯の奥方が亡くなり、お幸が二十八歳で暇をとって飯田町の家へもどってきてからも、だから養子選びは慎重をきわめた。三度目の失敗はくり返したくなかった。

明神下の宗伯にはお百をつけてやったから、旧宅に一人居のこる父の世話を、お幸はさっそく受け持たねばならなかった。昨日まで打掛けの褄《つま》をかいどっていた上臈《じょうろう》が、たちまち飯炊きに転落し、さすがに人目を恥じたのだろう、塩、味噌、豆腐などの小買物には夜になるのを待って出歩く不自由さだし、下女は居付かず、すこし遠方の用達しにはいちいち使い屋をたのむ日常なのである。

明神下は明神下で、吊り棚の位置ひとつ、どこにつけたらよいか、どの大工にたのんだらよいか、母子《おやこ》とも判断をつけかねていちいち指図を仰ぎにくる。わずらわしさに、世帯分けなどしたことを馬琴は悔いた。

それもこれも、しかしお幸によい養子を貰いさえすれば解決のつく問題である。結局馬琴は、縁組の条件を大きくゆるめた。

「両親は飯田町の旧居をあけ渡して宗伯と同居し、いっさいお幸夫婦の世話にはならな

い。そのかわりに振舞金を十五両持参すること、ならびに両親の小遣いとして家守り給二十両のうちから、年に五両ずつ合米《ごうまい》すること」

　それだけでよしとしたのだ。

「振舞金など、取るのが世間の通例としても、自分には不本意きわまる。梅吉のときも次の養子の場合も、だから一文もそんな金は持ってこさせなかった。結果的にはだが、これが彼らを無責任にしたのだし、二人の例から見ても町内披露目だけで十両、二十両、軽く飛んでしまうのは明白である。また飯田町の家も古びて、根太がゆるみ、新夫婦を住まわせるとなれば少々の修繕はしなくてはならない。それらの出費を併《あわ》せれば、振舞金ぐらいではじつのところ、足が出るのだ」

　と馬琴は釈明する……。

「五両金の合力米も、両親が明神下へ移る以上、そこの地代に消費するためのもので、不当とは思えない。たった五両で親を遠ざけられるほうが、当人たちのためにも勝手だろうと推量すればこその要求だから、世渡りの運がつたなく、合米が困難になればむろん出す必要などない。とことん養子の世話になるまい、世話をすまいというのではない。困ったときにはおたがいに助け合うのが、血こそつながっていなくても親となり子となった者同士の義理だし、要は双方ともに、けじめ正しく、誠実につき合いたいということなのだ」

この、馬琴の宣言は、なるほど潔癖な、筋も通ったものだったから世間は感心し、養子の話はまた、三人四人と持ちこまれてきた。しかし、なかなか馬琴の気に入らない。たまによいとなると、こんどは先方で故障が起こる。ぐずぐずしているうちにお幸は三十歳になってしまった。さすがに馬琴はあわてた。ところへ、降ってわいたように持ちあがったのが吉田新六との縁談であった。

伊勢の国、奄芸《あんき》郡白塚村の出身。家は中農――。十代のはじめに江戸へ出、長谷川町の呉服小売商志摩屋に奉公した。年は三十七。手代をつとめているという経歴には、なんの変哲もなかったが、ひと目見て、実直質朴なその人柄に馬琴は惚れこんだ。お幸にも異存はなかった。

養子披露がおこなわれ祝言があげられて、新六は飯田町中坂下の家を継いだ。これが現在の清右衛門である。姉に先んじて、次女のお祐と三女のお久和は、このときもう、とうに結婚していたけれども、清右衛門にまさる配偶を見つけたとは馬琴には思えなかった。

約束通り彼はただちに明神下へ移り、お百や宗伯と同居した。そしてやがて、宗伯には土岐村お路を嫁に迎え、こちらには三人の子がつぎつぎと生まれたのに、清右衛門夫婦にはなぜか子宝がめぐまれない。それだけを不満にして、

「ほしい、一人でもいいのに……」

言いくらしていたのだが、宗伯夫妻の長女おつぎを養女に貰ったことで、この悩みも解消した。

「お前は仕合せそうだなお幸」

と言われて、耳たぶを染める娘を、馬琴は自分までが満たされる思いで眺めやった。

「キヨ……キヨやあ」

ねぼけ声で、お百が下女を呼んでいる。

「起きたらしいわ。おなかがすいたんでしょきっと……。おひる抜きで寝ちまったんですものね」

お幸は立って行き、

「キヨはお湯屋よ母さん」

茶の間でお百と話しはじめた。

「お幸、来てたのかいお前……」

「書斎にいました」

「お路は？」

「お路さんもお湯。子供たちをつれていったのよ」

会話にまじってコトコトと手ばしこく、膳ごしらえをしているらしい音がする。

「鎮さんも起きて食べない？　そのままでは胃に毒よ」

などと宗伯へも言っている……。馬琴は机へもどった。

——ところへ銭湯へ出かけていた連中がどやどや帰宅してきた。玄関の格子戸がはずれそうな勢いであいて、まっ先に飛びこんで来たのは太郎である。お路がさちを抱き下女がつぎをおぶっている。せっかくの湯あがりの顔を涙でよごして、つぎはむずかっていた。

「どうしたの？」

迎えに出たお幸へ下女が告げた。

「太郎ちゃんとおもちゃの取り合いですよ」

「だってつぎちゃんたら、亀の子も金魚も如露もぜんぶほしいって欲ばるんだもの」

太郎が抗弁する……。つぎはお幸の顔を見るなり、さらにわがままをつのらせて、

「帰ろうよ母ちゃん、帰ろうよ」

下女の背中であばれ出した。

「よしよし帰りましょ。やんちゃ娘や」

とお幸は甘い。

「母さんも鎮さんも、どうやら落ちついたようだし、別にこれって用もなさそうだから私、帰りますよ。よくってお路さん」

「どうぞ」

「さあつぎや、おばちゃんにありがとうをお言い、おぶうへつれて行ってくれてありがとうって……」

「いや」

「ほほほ、しようのない子！　ろくろく叱らないもんだから、まるで天下さまなのよ」

お幸の声《こわ》つきには、生みの母以上な慕われ方をしている養母の得意さが、隠しようもなく現れていた。感じているのかいないのか、お路はしかし、例によって無愛想な、陰気な表情のまま門口まで送って出た。

鰹《かつお》売りの呼び声が聞こえる。表通りから次第に近づいて、やがて路地を曲ってきた。

お幸は門を出て、

「魚屋さん」

張りのある声で呼びとめた。

「中ぐらいのところを一本、三枚におろしてくださいな」

そしてお路を見返って言った。

「今晩のおかずは鰹になさいな。もう珍らしくもなかろうけど、私が買うわ」

「うちじゃ、お珍らしゅうございますよ飯田町のおかみさん」

ついて出てきた下女が追従笑い《ついしょう》を浮かべながら、そのくせ皮肉たっぷりな口調ですっぱぬいた。

「五、六日前から呼び声はしてましたけど、まだ一ぺんもいただいてはおりません。初鰹でございますよ。ねえ、ご新造さん」

「そうなのよ義姉《ねえ》さん」

お路の口ぶりは平静だった。

「今年は、今日がはじめてだわ。まだお高いし、買ってくださるなら片身でけっこうですよ」

「それっぱかりでどうするのさ」

下女への腹立ちが、ついしらずお幸の声をとがらせた。

「家族の人数を考えてごらんなさい。お禁厭《まじない》に食べるわけじゃないでしょ」

「でも、初鰹は毎年、片身だけときまっているんです。贅沢すると舅《とう》さんに叱られますから……」

「私のおごりだと言ってるじゃないの。――キヨさん、ぐずぐずしてないで容《い》れ物を持ってきたらどうなのッ」

台所へ下女は駆けこんで行き、魚屋は井戸端に中腰になって盤台と包丁をざぶざぶ洗い出した。ギヤマンの破片さながら飛沫が燦《きらめ》く。触れると指を弾き返しそうな鰹は、木洩れ日の下、白銀の魚体が透明な緑に染まって、目に痛いほど眩《まぶ》しかった。

十三

路地ぐちを出て行く魚屋の天秤《てんびん》の、重たげな軋《きし》みを追って、見返りもせず帰って来てしまってから四日目……。

店さきでお高祖《こそ》頭巾の女客に熊胆黒丸子《くまのいこくがんし》を売っていたお幸は、あの憎らしい明神下の家の下女が、往来をこちらへ、せかせか突っ切ってくるのを、翻《ひるがえ》るのれん越しにすばやく見つけた。

「お前、キヨさんじゃないか、何かあったの？」

「あった段ではございませんよ」

土間へ踏みこむなり、客の耳もかまわず下女は大声で告げた。

「若旦那さまが血を吐きました。こちらの旦那に、すぐ来るようにって大旦那さまが……」

「なんですって⁉　鎮《しず》さんが血を？」

「つい今しがたです。耳盥《みみだらい》に二杯も！」

すれっからしの渡り奉公人ではあったが、さすがに動顚したのだろう、キヨは唇を白くし目尻を吊りあげていた。

客の存在が、お幸の意識からも消し飛んでしまった。いつ代金を受けとり、いつ釣銭を渡したかも無我夢中であった。

「あなたッ」

奥の間へころげこんで、帳附けしている夫の腕にすがりついた。

「あなた、鎮さんが……」

「聞いたよ」

筆を置いて、清右衛門は立った。

「行ってくる。店をしめてお前もあとから来なさい」

「血を吐いたなんてはじめてだわ、無かったことですよ、ね、大丈夫かしら……」

「芯は強い人なのだ。あわてててはいけないよお幸、おつぎは、向かいの箔屋さんにでもあずけてくるといいね」

言いながら框《かまち》をおりかけて、ふと女客に気づき、

「毎度どうも、ありがとうぞんじます」

清右衛門は小腰をかがめた。

「あの……」

ためらいがちに客は言った。

「お取りこみのところを申しかねるのですが、湯呑みに、水を一杯いただかせてくださ

いませんか。この先でつれが胃痛を起こしまして……」

「これは気づかぬことをいたしました。ただ今さっそく……」

奥へ取って返して茶碗にぬるま湯を汲み、清右衛門は店先にもどった。そして客にそれを渡すと、ふたこと三こと世辞を言い置いて出て行った。キヨがつづき、女客も往来を、彼らとは反対の方角へ去った。

取りのこされて、しばらく放心していたお幸は、いきなり突きとばされでもしたように立ちあがると、つぎを横抱きにして向かいの箔屋へ走った。遠くに駕籠が二梃とまってい、さきほどの女客が一梃の垂れをかかげて中のつれに何か話しかけていたが、お幸の目にははいらなかった。

清右衛門の店で黒丸子を買った客は堀内節子、それを服用したいま一人のつれは馬琴の妹の秀であった。

「申しわけございませんお嬢さま、お使いだていたしまして……」

「お店の前を通ったのがさいわいでした」

「兄のところで作っているこの薬は、ふしぎに私の胃に合います。ふだん、そばを離したことがございませんのに、うっかり持たずに旅に出るなど不用意なことをいたしました」

「お秀さま」

「はい」

「いま清右衛門さんのお店へ、解《とく》先生のお宅からお使いが見えました。ご子息の宗伯どのが吐血されたらしゅうございます」

「甥が、吐血⁉」

「清右衛門さんは駆けつけて行かれました。お幸どのも追って出られる様子でございます。どうなさいますかお秀さま、あなたは……」

「………」

せまい駕籠の中に窮屈な姿勢で坐っていたお秀は、その背をさらにかがめてうなだれたが、

「やはり……思い立った通り私はこのまま片貝とやらにまいりとうございます」

小声で言った。

「わかりました。そういたしましょう。胃のお痛みはいかがですか?」

「おかげで薄らいでまいりました」

「湯吞みをお返しして来ます」

お幸は店をしめかけていた。その手へ茶碗を渡すと、節子は引き返してうしろの駕籠へ乗った。

「では、まいりましょう。駕籠屋さん、ゆっくりやってくださいね」

……東へ向かって、それからは一日、揺られつづけた。

中川の土手まではじめの駕籠は帰し、舟で対岸へ渡ってから新しくまた、別の駕籠に乗りついで、その日は下総《しもうさ》の中山宿《じゅく》に泊まった。

さらに、翌日は佐倉泊まり……。そしてあくる日――江戸を発って三日目に、二人は上総《かずさ》の片貝に着いた。九十九里浜の中ほどに位置する鄙《ひな》びた漁村である。

「珠光院は？」

と訊くと、村童であろう、指さして教えてくれたが、浜辺に近く、ひとかたまりの藪の中に、朽ちかけた茅葺《かやぶ》き屋根を見せているこれもわびしい小庵だった。

いろじろの七十ちかい老尼と、十二、三の、庵主とは正反対に痩せて潮焼けした、しかしきびきびと元気のよい小尼《こあま》が、破《や》れ縁に出迎えて、

「男さんは死にやった」

と、口をひらくなりお秀に言った。

「兄妹《きょうだい》じゃそうなが、女子衆《おなごしゅ》のほうは命を取りとめて奥にいる。あんたはお二人の……」

「母親でございます」

「さようか。――どのようなわけがあるのやら兄と妹が手をとり合うて海に投じるなど、

哀れな者たちじゃ。……はるばるお疲れじゃろ。どうぞまあ上りなされ」

赤ちゃけた畳は砂でざらつき、襖《ふすま》は引手が抜けて破れている。それでも仏間には、香《こう》の薫りがひんやりと空気をくゆらして、なに仏《ぼとけ》を本尊として祀《まつ》るのかさだかでない厨子《ずし》の暗さに、ほのじろく骨壺だけが浮きあがって見えた。細い蠟燭《ろうそく》がふたすじ、おぼつかなくまたたく下で、老尼のものらしい灰色の小袖の背に、髪をながく垂らしたお加乃が、首の骨も折れるばかりうつむいていた。

はいってきた母へも、節子へも、そのままの姿勢で頭をさげるかたわらへ、老尼は坐って、

「はじめ二人で、この庵へ寄ってな、小さな手荷物をあずけて出ていった」

と、ぽつりぽつり、顚末を語ってくれた。

「様子に変ったところもなし、お江戸の衆が磯遊びに見えたのかと思うていたが、夕暮れになってももどらぬ。小尼の浄念を見にやらせても浜のどこにも人影はないという。そこで包みをあけてみるとな、出てきたのが書置きじゃ。村びとに寄ってもろうて捜したあげくが、小半里南の波打ちに、二間《けん》とはなれず、打ちあげられておるのを見つけたのよ」

和助はすっかりこと切れてい、介抱の結果お加乃だけが息を吹き返した。

書置きの宛名は、堀内節子さまとしてあった。その所書きを手づるにして老尼は知ら

せの手紙を出したが、

「この暑さじゃろ。お待ちするわけにもいかぬゆえ、庄屋さま立合いのもとに、一昨日、遺骸は茶毘《だび》しました」

と言い、

「その骨壺じゃ。供養してあげなされ」

ながい線香を一本ずつお秀と節子の手に持たせた。仏前にすすんで、二人が回向《えこう》の手を合せるあいだも、

「情死というではなし、兄と妹が、くらしに窮しての身投げであろうということで、届けも穏便に病死ですんだ。あすにでもおふくろさま、庄屋宅に顔出しして、ひとこと挨拶だけしてくだされや」

と老尼はこころづける。

「おっしゃるまでもございません。ほんとうにいろいろと、ご迷惑やらお手数をかけまして……」

「なんの。海ばたに住んでおるとな、年に二、三体は仏さまが漂い着く。暴風《あらし》のあくる朝など、わけての。葬《ほうむ》りは出家の役目……。むしろ二人のそぶりに気づかず、むざむざ兄どのを死なせた手落ちを、わしこそおふくろさまに詫びねばならぬ」

小尼が運んできた渋茶の碗を一つ取りあげ、客へもすすめながら、

「お加乃さんはな、尼になりたいと言うておる。病身そうではあり、町ぐらしにもどすよりも、この海辺の陽の下で、貧しゅうはあっても心のびやかに、仏につかえてくらすほうが、身体にも気持の立ち直りにもよいとわしも思うておるのじゃが、お二人の考えはいかがかな？」

と老尼は諮《はか》った。

「お加乃がその決意ならば……」

秀は手をついた。

「わたくしに異存はございません」

「よろしいのですかお秀さま」

さすがに黙ってもいられなくて、節子は口をはさんだ。

「お手もとに、引き取ってさしあげなくてよいのですか？」

「いまの夫の山田吉兵衛どのと、この娘《こ》とは、血のつながらぬ間柄でございます。その日さえくらしかねる貧しい下士長屋に、先夫の子をつれてまいることは、吉兵衛どのへの義理からもわたくしには出来かねますし、お加乃の肩身もせまかろうと存じますので……」

——その夜、得度《とくど》がおこなわれ、お加乃はいたいたしい比丘尼《びくに》すがたに変った。

和助の亡魂追福のために、だれもが看経《かんきん》、通夜《つや》したが、あけがた近くなって風が吹き

えて、出し、破《や》れ堂は根こそぎ宙に舞うかと思うほどの揉まれようとなった。慣れているとみ

「浄念、それ」

老尼に目くばせされるまでもなく、かいがいしく小尼は立ち、凪しもの荒壁を外から丸太で支えるやら雨戸にしんばりをかうやら、すきま風に、燈明が吹き消された庵内の闇を、夜行獣の仔が駆けまわるに似た活躍ぶりで働き通した。

陽がのぼるとともに、しかし凪は弱まり、海鳴りもやや遠のいた。老尼と節子につき添われてお秀は村方へ詫びに行き、もどるとそのまま、江戸へ帰ると言い出した。

「また逢おうにも、気がるに訪ねられる近さではない。せめていま一晩、娘御のそばにいてやってはどうじゃな」

老尼はとめたが、

「別れの辛さが増すばかりでございますから……」

お秀は辞退して、薄い娘の肩に、骨ばった手をそっと置いた。

「いいねお加乃、母さんは行くよ。庵主さまのお教えをよくきいて平らかな気持でくらすのだよ」

「母さん」

ほとんど言葉らしい言葉を口にしなかったお加乃が、はじめてまともに母を見た。

「あたし、なぜ生き残ってしまったのかしら……」

お秀は答えなかった。固く、一文字に唇を結んだまま、あらぬ方角へ、ぎりッと視線を据えて沈黙した。まるでそのみつめ方は、目を離したら最後いちめん泡となって、視界が溶けてしまうかのような一心不乱さであった。しかし娘の問いかけには、ついにひとことも応じずに、行く手の砂丘へ視線をそそいだまま、やがて思念のいっさいを断ち切る語気で、

「じゃ、行くよ」

言い捨てるなり歩き出した。

柴垣の外まで送って出た尼たちの姿が、しだいに小さく、やがて砂のうねりのかげへ没してしまうと、だが、いきなりお秀は立ちどまり、こらえにこらえていた涙を一ッ気にその両眼にたぎり溢らせた。

「お嬢さまッ」

灼《や》け砂に膝さきを突っこみ、打っ伏してお秀は慟哭《どうこく》した。

「お加乃も……あの娘《こ》もいずれ……死にますね」

節子の予感も同じだった。

「先夫が罪を犯して詰め腹を切らされてから、わたくしと子らの上には悪夢がはじまりました。……夢の世とは、よくぞ申したものでございます。この世をのがれること……

死ぬことは、わたくしどもの場合、悪夢からの目醒めに思えるのです。ひとりひとり子らが去ってゆくことを、だからわたくしは悲しんではおりません。……ただ、寂しいのでございます。無性にただ、寂しいのでございます」

節子はしゃがみこみ、灰色にほうけたお秀の、うなじのおくれ毛を、自分の挿し櫛でそっとかきあげた。

「お嬢さまあなたは……」

いきなりお秀は、血走った目で節子を見据えた。

「あなたはなぜ、わたくしどもに、こんなにお優しくしてくださるのですか？　兄の家に五、六度、文使いに見えたというそれだけの縁で、なぜわたくしども母子《おやこ》のために、たいまいの出費さえ惜しまれないのですか？」

ここへ来るための路銀も、村方への謝礼も、珠光院に布施した多額の香華料まで、いっさいが節子のふところから出ている。やむをえず甘え通してはいるけれども、なにゆえの好意か、見当がつかないのは不安だし心ぐるしい……、そう、いくらか昂ぶり気味に詰め寄る老女へ、

「ほかにすることがなく、気ままにできるいささかの金子《きんす》があるからでしょう」

静かな微笑で、他人《ひと》ごとのように節子は応じた。追及を、お秀はやめなかった。

「それだけでございますかお嬢さま」

答えずに、

「幸せの貌《かお》は、おおよそきまっているようです」

節子は別のことを言い出した。

「富、健康、長寿、美貌、才能……。しかし不幸せは、じつにさまざまな貌をして私たちを訪れてくるものですねお秀さま」

ななめにかしぎ、全体にひしゃげて見える松の疎林へ、遠いまなざしをそそぎながら、

「あなたがたに私は何もしてはいません。もししているとすれば、それは自分自身のためなのですよ」

ひくく、節子は断言した。

「悪夢を見つづけて一生をすごすであろう人間の、私も一人です。姉の恋人を私は奪い、彼女を狂気に追いやりました。しかも結句、そのことで恋人とも別れなければならなかったのです。狂った姉と、いま私はくらしています。おそらく生涯、このくらしはつづくでしょう。私がもし、何かあなたがたにしたとすれば、それはけっして癒やせない自身の中の傷を、親犬が仔をねぶるように舐めてでも癒やしたいと願うあまりの焦りであり、あなたがたへの善意ではなくて、自分の行為に対する何か目に見えぬものへの償《つぐな》いなのです」

「でも、お嬢さまのおかげで、わたくしども親子は人の情けを知りました。和助も感謝

して、死んでいったと思います。不幸せも、ある意味ではうれしいものではございますまいか。思いがけずそそがれている人さまの慈《いつく》しみに、気づくことができるのですから……」

「と、同時に、どれほど自分が多くの人に憎まれていたかも、不幸なときにこそ、はっきりわかるものですね」

あいかわらずほほえんではいるが、その言葉の意味する冷ややかさに思わずたじろいで、お秀は肩を慄わせた。

「よしましょう」

自嘲するように言いながら、節子は立ち上った。

「なにもかも忘れましたけれど、むかしむかし習ったものの中で、こんな言葉だけをおぼえています。『愁人、愁人に向かって説くことなかれ……』。ほんとうにその通りでした。——さ、もうまいりましょうお秀さま。街道の立場《たてば》に、駕籠が待っているはずですよ」

助け起こされてよろめき歩きながら、

「姉ぎみの恋を奪い、狂気させたなどというむごい業苦《ごうく》を、お嬢さま、あなたがそのお肩に負っておられるとはつゆほども存ぜず、自分ひとりの憂いにかまけて、私はよいようにご親切に甘えておりました。愧《はず》かしい……。お許しなされてくださいまし」

お秀は打ちしおれ、涙で汚れた顔を低くさげた。

「約束していただきとうございます」

と、そんな相手へ、節子は押しかぶせた。

「つい、お話してしまいましたけれど、このことは私ども姉妹と、二人に共通のかかわりを持つ一人の男だけが、地獄にも堕ちぬ今から、早くも呑まされている熱い責め苦の銅汁《どうじゅう》なのです。あなたはお忘れなさらなければいけません。もはや二度と、お口にお出しくださいますな」

「は、はい」

語気にこもる烈しいものに、お秀は威圧されて、

「申しませぬ。もうけっして、申しませぬ」

あわてて詫びた。

「滝沢先生のご子息さまは、その後、どうあそばしたでしょうね」

と、さりげなく節子が話題を転じた。

「ほんに、そういえば、甥の宗伯が血を吐いたとやら……これはこれで、心がかりでございます。どうぞして、持ち直してくれていればよいのですが……」

残してきたお加乃に曳かれるうしろ髪……。帰って行く江戸に待ちかまえる不安……。二つの思いに板ばさみされて、目の隈《くま》に澱《よど》むお秀の窶《やつ》れは、さらにどすぐろく深まった。

十四

舌にできた腫れものが崩れ、口腔ぜんたいに爛《ただ》れがひろがって、食物はひどく沁みたが、ひとかたけごとに粥一碗、白砂糖をかけた湯漬けめしを二碗ぐらいは、かならずこれまで胃の中に入れていた宗伯である。

一滴の酒もだめなだけに甘いもの好きで、合間には砂糖湯、葛湯《くずゆ》を飲むし、到来物の餅菓子類なども、つまむ数は健康人におとらない。

体力、症状に見合せていささか異常なまでの、この食欲の旺《さか》んさが、当人はもとより家族すべての心だのみになっていたわけだけれども、さすがに吐血してからは急激に食は減じて、ことに米飯は見るのも厭《いや》がるようになった。白玉入りの汁粉《しるこ》、仙台糒《ほしい》の粥をすすりながら、それでも強情を張って宗伯は病床を設けさせようとしない。朝になれば這いながら床を出て、いつもの通り居間の柱を背に坐りこむ。胸痛、背痛がはげしく、

「臥していようにも臥しがたいのだ」

というのが、お路に告げる理由であった。

かかりつけの医師を呼ぼうとする父に、

「林玄仲の匙《さじ》かげんを私は信用していません。人柄にも難のある男だし、できるかぎり

近づけたくないのです」

と言い張って、竹瀝煎《ちくれきせん》、枸杞実湯《くこのみとう》など薬方を自分で考え、あくまで自療ですまそうとするのも、じつは癒る見込みのない重症と知るゆえに、無用な費えを防ぎたがっているのではないかと、馬琴には哀れまれてくる。

わずかでも痛みが遠のくと、片手で胸をおさえながらも売薬の袋、能書きなどを十枚、二十枚、刷り溜めておこうとするし、父の草稿の校正をしようともする……。

「また、よくなったら、こちらから命じてもやってもらう。いまは休んでいなさい」

と、とめる馬琴の目をぬすんで、筆工に渡すばかりになっている『八犬伝』九輯十一の稿本をお路に言いつけて持ってこさせ、病苦をしのびしのび誤脱に朱を入れ、いつもの通り叮嚀《ていねい》に貼箋を付けてもどしたりしていたが、そんな気力や意欲が残っていたのも吐血後五、六日のあいだにすぎなかった。

五月にはいると悪寒《おかん》、喘息《ぜんそく》がはじまり、苦痛に耐えきれずに呻き声を洩らすようになった。それでも父の書斎へ来て朝夕の機嫌をうかがうという日ごろの日課を絶やさず、律儀さは、かえって馬琴を困惑させた。

五月も三日すぎると、しかしもう、どうにも起きていられなくなった。家じゅうの説得に負けてやっと病床をとらせ、横になりはしたものの調剤所との仕切りの板戸をあけさせて散薬を計るお路の手もとをみつめ、

「それでは少し多い。……こんどはすくなすぎる」

自身の責任としてまかされている稼業の指図だけは、やはり何としても怠るまいとした。

盆、暮れ、正月、月の朔日《ついたち》、十五日、先祖の命日、節句、氏神の祭礼など、実体《じってい》にくらしている家庭なら武家も町家も江戸中ほとんどがそうであるように、滝沢家でもしきたり通りのことは毎年きちんとくり返して、手を抜くことを知らない。

たとえば近所、親類にくばる萩の餅、煮染《にし》めものの重箱など同じものをやったり取ったりの煩雑さなのに、習慣と思いこんでいれば苦にはならず、上巳《じょうし》の豆煎《い》り、端午《たんご》の柏餅まで、店屋で買ってすますのは主婦のだらしなさの証明のようにすら批判された。冬至《とうじ》の南瓜《かぼちゃ》、菖蒲湯、桃の葉湯、蚊帳はいつ出し火鉢はいつしまい、衣更《ころもが》えから沢庵《たくあん》、梅干し、塩らっきょうの漬け込みまで、すべて自家でして、しかも来る年ごとに取りかかる日にちまでほとんど決まっているのが、じだらくな、その日ぐらしの裏長屋はともあれ、庶民生活の一般とあってみれば、例外は許されず、また許されようと思ってもみないのが、主婦おおかたの考え方なのである。

宗伯の病状が悪化し、女手がたりない最中《さなか》にかかわらず、やはり毎年する通りお路はキヨに言いつけて白米二升を石臼で挽《ひ》かせ、小豆を煮て、五月五日には柏餅を蒸《ふ》かした。練りがゆるかったのかネチネチと歯にこびりついて、

「こりゃあ、できそこなったよ」

お百を歎かせながら、しまったとも、すまなかったとも、例によって、ひと言も詫びるわけではなく、近所となりにまでその〝ネチネチ〟をお路はくばり、同様、自家製の柏餅と自然薯《じねんじょ》をさげて端午の祝儀にきた清右衛門には倍増しにして持たせて帰す無神経さだったが、それでも好物のせいか宗伯は二個ほど、わが家の柏餅を口にした。

まさか、そのせいではなかろうけれども、六日の夕刻から水のような下痢が起こり、発熱がはじまった。呼吸のたびに咽喉《のど》がぜいぜい鳴る……。そのかわり胸と背の痛みは遠のき、うとうとと宗伯は昼も夜もなく眠りつづけるようになった。

「水がほしい」

と、目がさめれば言う……。

体質か、それとも病気のせいだろうか、宗伯は以前から頻繁に渇を訴える男で、耐えきれずに、外出時などしばしば掛け茶屋へ茶を飲みにはいる。したがって小水が近く、腹もいつもくだり気味なため町の共有厠《がわや》を借用することが多かった。

ほとんど毎日のように見舞に来ている土岐村元立が、

「湯茶を多飲すると溜飲《りゅういん》を起こし、やがてはこれが留流《るりゅう》に変じて腹内に宿水を溜め、浮腫の原因になるわけだ。熱で咽喉が渇くつらさはわかるけれども、なるべく多飲は避けたほうがよくはないかな」

制止してからは、やや水を求める度数が減ったかわりに、こんどは、

「なにか柑類と、桑の実が食べたい」

宗伯は言い出した。日ごろの気性にはめずらしい積極的な要求だった。よほど欲しいにちがいないとお百は気負って、女中のキヨが行くというのを、

「いや、わたしじゃなきゃわかるまい」

杖をつきつき須田町の問屋街へ出かけたが、小半日がかりでようやく、もどってきて、

「桑の実は時節が早くてまだ出回っていないんだと……。柑類もね、問屋という問屋をたずね歩いて、九年母《くねんぼ》のはしりがたった三つ手にはいっただけだったよ」

がっかりした顔で告げた。それだけに貴重な九年母である。お路に言いつけてすぐ、枕もとで一つ切らせ、冷水に浸して馬琴が与えると、宗伯はうまがってあとをねだり、結局、三個を食べつくしてしまった。

「すこしは口の中がさっぱりしたかい？　……よかったよかった」

他愛なくお百は目を細める……。

甘ずっぱく、冷ややかな、嗅《か》ぐ鼻の根が沁みるかと思う九年母の芳香が、熱っぽい病間の空気を一ッ時、きりッとひき緊《し》めた。

息子の吐血に仰天して半狂乱の泣き悶《もだ》えを見せたお百は、以来、気を張り詰めきっているのだろう、持病の頭痛も脚気も忘れて太郎の手を曳き、妻恋稲荷に日参しはじめた。

そんな老母へ、宗伯も急に素直な子になった。痛みの隙々に、なんとなく物言いたげに母を見、羞《はに》かんで口をつぐむが、とうとう、

「ごめんね母さん」

思いきったように言い出した。

「癇癪をおこして、ずいぶん乱暴な悪態《あくたい》を吐《つ》いたけど、許しておくれね」

たちまち顔じゅうを、お百は涙でぐしゃぐしゃにした。

「なんだねえ鎮五郎、病気が言わせる駄々じゃないか。母さん何とも思ってるもんかね。およしよそんな、心細いことを言うのは……。あやまらなきゃならないのは母さんのほうだよ。お前を苛《い》ら苛らさせてばかりいて……」

この融和が、いますこし早くできていたら……と、馬琴は情けなかった。憎しみをバネにしなければ、骨肉すらほんとうには愛し合えないのが、人間の性《さが》というものなのだろうか。気付いたときは、遅いのか?

――九年母が効いたわけではあるまいけれども、この日、午後、宗伯の熱はだいぶさがり、蓮《はす》の実粥《みがゆ》の取り湯と冷し素麺《そうめん》半碗ほどを口にして、やがて軽い寝息をたてはじめた。

馬琴は見さだめて書斎へもどり、とうに約束の期日がすぎている『傾城水滸伝』の執筆に取りかかった。右眼の明を失って以来、身体はまっすぐ机に向かいながら、いつの

まにか知らず知らず半顔を右へかしげる癖がついている。無理に手をうごかしている辛さが、やがて自然にほぐれたのは、筆先に気力が集中し出した証拠であった。

罫紙《けいし》五枚を書きあげ、六枚目に移ったとき襖の外から唐突に、お路の声が集中をさえぎった。

「ほととぎすですッ」

「あ」

馬琴は顔をあげた。かろうじて聞きとったひと声だった。ひる前までカラカラと、端午の幟竿《のぼりざお》の上で矢車が風に鳴っていた上天気も、いつのまにか曇りはじめ、ほのぐらく、水っぽい、いかにもほととぎすの好みそうな雨もやいの夕空に変り出してきていたのである。

「今年の初鳴きだな」

襖越しに馬琴は言った。

「心づけてくれたおかげで聞けた。ありがとう」

「さきほどから鳴いていたのですが、お仕事に気をとられている御様子なので、お知らせして来いと宗伯どのが……」

「そうか、宗伯の指図か」

筆を持ったまま馬琴は立って、病間へ行った。

「お聞きになりましたか？」

と枕の上から、病人は微笑といっしょに問いかけてきた。

「耳のやつ、やっと終りのひと声をつかまえたよ」

「小満《しょうまん》の節《せつ》がすぎて、もう十日にもなります。今年は初音《はつね》が、例年よりだいぶ遅うございました」

「おたがい、臭いところにいないでよかったな」

と、めずらしくおどけて馬琴が言ったのは、ほととぎすの声を厠《かわや》で聞くのを不吉とする俗信が、江戸市中にあるからだし、万一その不運にぶつかったさいは、

「がんばり入道ほととぎす」

と、いそいで唱えれば、凶事をのがれるとも信ぜられていたからである。

五十代の終りごろから頭髪が枯れはじめ、付け髷《まげ》のわずらわしさに耐えかねて、頭だけの剃髪出家を敢行してしまった馬琴が、生計雑事につながれて孤軍奮闘している現実は、〝がんばり入道〟を絵にかいたようだとも言えたし、その意味での悲しい滑稽さもなくはない冗談口だった。

ついでに一服するつもりか、枕もとに坐りこんだ父へ、

「人間なんて、いい気なものですね」

弱いが、明晰《めいせき》な語調で宗伯は語りかけた。

「私のように、ほとんど両足、墓穴へ入れた者でさえ、まだどこかで、自分は死とは関わりない、死ぬのは他人だけなんだと思いこんでいるのですからね」

そして、つづけて、

「渡辺さんに私、肖像画を描《か》いていただけないかってお願いしたことがあるのですよ」

宗伯は打ちあけた。

「崋山どのに？」

「はい」

「承知なさったか？」

「ことわられました」

「そうだろう、そんな頼みを、あの仁《じん》が引き受けるわけはない」

「でも、何か形見を残しておかないと死んだあとで父さん母さん、お淋しくありませんか？　ご存知の通りの菲才《ひさい》ですから絵一枚、文ひとつ、まとまったものを私は書きのこしていません。若いころ、ご教授いただいて試作した唐詩すら書きとめてはおかず、わずかに墨水賞月の七律一篇を父さんが記憶していて、『八犬伝』の七輯に入れてくださったのと、『兎園小説』のためにつづった雑記二つ三つ……、これだけでは不肖な息子ながら、思い出していただくよすがにもならない気がしたものですから……」

「ばかなことを言ってはいけない。お前は死にはしないよ宗伯。まだ若いのだ。体力がある。いままでも何度か危篤を宣告されながらみごとにそのつど、切りぬけたではないか。形見を残そうなどという気の弱りへ病魔はつけ入るのだ。渡辺さんもそこを指摘したかったのだろう。死ぬのは他人だけだと決めて、こんどもまた立ち直ってくれ。な?」

「………」

「さあ、つまらぬことを考えずに、もうひと眠りしなさい。わしも仕事をつづけよう」

掛け夜具の具合をなおしてやり、馬琴は書斎へもどった。

虚勢でも慰めでもなかった。脈をみてやろうとして手にとった宗伯の手首の、あまりな痩せ方に吐胸《とむね》を突かれたし、血を吐くなどという事態にも、

(あるいは、こんどは?)

忌まわしい予感がきざさなくはなかったが、

(いや、大丈夫だ。かならず持ち直すにちがいない。前も凌《しの》いだ。その前も……)

ゆるぎない心だのみも根を張っていた。

寝入ったらしく、病間は静かになった。執筆に馬琴は没頭した。

夕食時に四半時《しはんとき》ほど休み、食後、仕事をつづけようと机の前に坐ったところへ、土岐村元立夫妻が訪れた。

「やっと今しがた、うとうとしはじめたところです」

と先手を打たれたためだろう、日ごろの饒舌をあまりふるわず、思ったほど長座もせ

ずに老尼と元立が帰って行ったあと、入れかわりにつれあいの渥見治右衛門と同道して、こんどは宗伯の妹のお久和が来た。彼らにもしかし、

「寝ているから……」

と告げて、馬琴は早々ひきとらせた。

一昨日は宗伯には次姉にあたるお祐が、幼いむすめのお増お鉄をつれてやって来たし、昨日は叔母のお菊が養子の田口重次郎と一緒に見舞にきたが、そのだれをも馬琴は宗伯の目にふれさせまいとした。親戚の出入りのあわただしさが、病人の神経に及ぼす影響を案じたのである。

お久和夫婦は水飴を持参し、土岐村の老尼はそれを大変うまがったと聞いたためか、手籠にゆっさり山にして葉附きの九年母をかつぎこんできた。夜、目をさまして、宗伯は、

「口が渇いた」

と言い、一個をお路に切らして冷水に浸して食べた。あれほど好きだった甘い物が、なぜか昨夜あたりから咽喉を通らなくなり、砂糖湯を飲むと吐いた。

更《ふ》けてから、かたまった通じがわずかずつ四度あった。

「腹中の宿便《しゅくべん》がこれで尽きた。さっぱりしたよ」

と母にもらしたが、まるでそれが境のようにいきなり衰え、小鼻がひらたくなり顎も

細まって、目のまわりに隈《くま》が浮きはじめた。そのくせ下腹部から腿《もも》、ふくらはぎにかけてのむくみは逆にひどくなり、いったん退きかけた熱がまた、ぐんぐん上昇し出した。すでに明け方近い。

書きつづけていた馬琴は病間のざわめきに、はっと現実に引きもどされて筆をとめた。

「宗伯、これッ、どこへ行くんだよ、どうしようというんだよッ」

お百のうろたえ声だ。

「鎮《しず》さんッ、鎮さんッ」

ここ五日ほど泊まりきりで雑用を弁じていてくれる清右衛門の、低いが、一生懸命な声も聞こえる。病間へ、馬琴は走り込んだ。

宗伯は床から立ちあがっていた。まったく意識はない……。

「待ってくれ。置きざりにしないでくれ」

譫言《うわごと》である。抱きとめにかかる清右衛門の手を、胸を、病人らしからぬ力で突きのけながら、ふらふら戸外へ出ようとする。

「なぜ先へ行ってしまうんだ。待ってくれ……　待ってくれ」

馬琴も手を貸してやっと寝床にもどしたが、同じ譫言はしばらくやまず、やがて浅い昏睡におちいった。

「なぜ、あんな口走りをなさるんでしょう」

克明《こくめい》に畳んだ手拭で額の汗を抑え抑え、清右衛門は怪訝《けげん》そうな表情だった。思いがけない息子との揉み合いで、不自然に弾みやまない動悸を、馬琴も気息の乱れにみせながら、

「山青堂への呼びかけかもしれない」

と、遠い記憶を掻きさぐる目つきになった。

「山青堂……山崎屋平八ですか？」

「宗伯が、まだ十七、八の前髪じぶんだったよ。当時、『八犬伝』の出版を引きうけていた山青堂が、商用を兼ねて伊勢参宮、上方めぐりがしたいから坊ちゃんご一緒しませんかと誘いにきた」

「あの山崎屋という人は、しかし大酒飲みの道楽者と版元仲間でも評判の人物ですね」

「それなのだ。世間知らずの宗伯をそそのかし、女遊びでもおぼえさせてたかろうという魂胆だったのだろう。日ごろ、わしの育て方を非難して『石部金吉《いしべきんきち》ができあがってしまいますぜ』などと片腹痛げに言っていた男だから、箱入り息子に世間を見せてやろうぐらいのお節介も、半ばはあったらしい」

「出しておやりになったのですか？」

「宗伯の気質は山青堂以上に、承知しているわしだよ。それにそのころ、せがれは医術の修学をしていた。業成《ぎょうな》って開業に漕ぎつければ旅行どころではなくなる。広い世間を

見てくるのも一世一代、わるいことではあるまいと肚をきめたのでな」

五月雨《さみだれ》の季節がすぎた直後だった。川々は水嵩《みずかさ》が増している。川止めをくらう煩雑さをおそれて行きは中仙道をとった。榛名《はるな》妙義に登り、信濃では善光寺に詣で、尾張名古屋から伊勢路にはいって神宮を参拝した。

「あのころは、頑健とは言いがたかったが、ひと月ふた月に亘《わた》る旅にも耐えられた宗伯だったのだなあ」

馬琴の語調は、そのまま歎息といってよいものだった。

伊勢から大和へかかり、吉野をめぐり紀州の高野山に詣でて京都についた。滞在数日……。ついで大坂へくだり、便船を待って讃岐《さぬき》の金比羅、安芸《あき》の厳島《いつくしま》まで巡拝しようというのがはじめからの計画だったが、山陽道が洪水にみまわれているとの噂を耳にして大坂で旅を打ちとめた。

その間、機会あるごとに山青堂が、宗伯を遊びに誘ったのはいうまでもない。飲めない酒をむりやりに強《し》いる。女を押しつける……。宗伯が抵抗し、相手にならないのに業を煮やして、亀山では飯盛りに言いふくめ、疲れきって寝ている布団に這いこませまでしたけれども、殺されそうな声で若者が悲鳴をあげ、寝間着のまま廊下へ飛び出して旅籠《はたご》中の騒ぎになったのにはさすがに懲りたのだろう、

「ヘッ、スッポンに喰《くら》いつかれた喜多八じゃあるめえし、女に息子を握られたぐれえで

とび上るなんざ大時代すぎて呆れもしねえや」

舌を鳴らしながらも執拗な強制はやめた。そのかわり掛け茶屋の床几にちょっと腰をおろしてさえ、

「おい、姐《ねえ》ちゃん、この若旦那のしかつめ顔を見てみねえ、とんと念仏講の帰《けえ》りに巾《きん》着《ちゃく》を落とした歯っ欠け婆アだろ」

やたらと宗伯を嘲弄するようになった。

「いい気力ざかりがさ、羽根のばしの旅に出ながら色町ひとつ芝居小屋ひとつ覗くじゃなし、日がな一日ふところ手帳と首っ引きで、おやじさまが見ろと教えた名勝旧跡、神社仏閣ばかりをぐるぐるぐるぐる、飽きもせずにめぐり歩いてらア、いまどき珍らしい朴念仁《ぼくねんじん》のミイラじゃねえか。なあ」

「ほほほほ、けっこうじゃありませんか、お固くて……。ねえ若旦那」

「お固えのお固くねえのって、吹きっさらしの軒に百日寒晒《かんざら》ししたあげく、閻魔《えんま》が焼いて鬼に食わせる草加煎餅《そうかせんべい》よ。それだってこの人にくらべりゃ歯が立つぜ。名をあかそうか。ぐんにゃり堂ダメ成《なり》といって、じつのところは弓削《ゆげ》の道鏡《どうきょう》の子孫なんだ。先祖の因果が子に報《むく》ってかくの始末さ。どんなに色深え女でもこの人のまわりを三遍廻りゃアあしたからピタッと男嫌えになるんだから奇妙きてれつ。姐さんもなんなら試《ため》してみねえ」

何を言われても押し黙ったきり相手にならない小づら憎さが、憤懣になり不平にかわ

り、東海道ときまった帰路では、

「かまうこたあねえ、置いてっちまえ」

と爆発して、山青堂とその手代は足達者をよいことに、ずんずん先をいそぎ、宗伯をふり捨てにかかった。生まれてはじめての長旅で一人にされかけた心細さに、若者はとりのぼせたようになり、遅れまいと必死に急いだ。へとへとになれば駕籠をやとい、駄賃馬に乗っても山青堂主従に追いつこうとあせった無理が祟《たた》ったのだろう、帰宅後、脚気にかかり、生涯それが宿痾《しゅくあ》の一つとして残る結果にもなったのである。

「わしも聞いて、腹が立った。しかしそばにいて見ていたわけではなし、山青堂には山青堂の陳弁があろう。曲亭先生は、せがれの告げ口を一方聞きに信じて当方ばかりを非難すると言われても困るし、宗伯のためには、つれなくされたこともまた好修行と思いなおして、何も言わなかったが、二十年後のいま譫言《うわごと》に口走るほど、あのときの体験が深刻なものだったとは、まさか心づかなかった」

くるしげな馬琴の述懐に、

「あながち、そうとばかりはかぎりません」

清右衛門は取りなして言った。

「記憶の底に沈みこんで、すっかり忘れはてていた事柄が、高熱のさいひょっくりよみがえって譫言になる場合も多いものでございますよ」

「それはそうだ。……そう考えて気持を慰めることにしよう」

「落ちつかれたようです。眠れもなさいますまいが、すこし横になっておられたほうがよくはございませんか」

かいがいしく立って、書斎に夜具をのべるのへ、

「お前もやすみなさい清右衛門、徹夜つづきではまいってしまうぞ」

馬琴は気づかった。

「なに、頑丈なだけが私の取り柄《え》でございます。おふくろさまお路さまも起きておられる模様ですし、今夜はこのままお伽《とぎ》をつづけましょう」

清右衛門は病間へさがり、馬琴は床の中へ身体を横たえた。勝手わきの二畳から聞こえてくるのはキヨの鼾《いびき》である。その、いかにもたくましい、幅と厚みを持った音調の規則正しさは、他人というものの酷薄を言葉で語る以上にはっきりと、家族の耳に伝えていた。

——とろとろと、いつのまにねむったのか、目をさましたとき空はすっかり明けきって、庇《ひさし》をたたく雨の音がしていた。

書斎の雨戸を繰り、いつものように自分で布団をたたんで、馬琴は台所へ出て行った。キヨがへっついの前にしゃがんでい、清右衛門は土間で薪を割っていたが、雨で井戸

端へ出られない舅のために、汲みたての水を半挿《はんぞう》に満たしてその洗顔を助けた。

「どうだね、病人の様子は……」

手拭を使いながら馬琴は訊《き》いた。

「明け方に一度、水瀉《すいしゃ》があったきり、あとはうとうとしておられます」

「熱は？」

「だいぶさがりました」

「まず、よいあんばいだな」

お路が書斎の掃除をはじめたらしい。茶の間の障子ぎわに坐り、キヨが淹《い》れて出した燃し木くさい茶をすすりながら、雨を含んで、重い頭がなお重たげな紫陽花《あじさい》の、たった一本のわりにはひどく目を惹く藍色の花鞠《はなまり》の冴え冴えした盛りあがりへ、馬琴が隻眼《せきがん》をあそばせているとき、病間の方角で宗伯の呻きが起こった。

「う、う、う」

と短く、せきあげてでもいるような間隔の狭さである。

「病人がおかしい。だれか介抱しないか」

馬琴の大声に、

「いま背中をさすってます」

お百が応じ、清右衛門とお路もやりかけの用を捨ててそれぞれの居場所から病間へ走っ

たが、すぐ、お路だけが引き返してきて、

「いらしてくださいッ」

口ばやにうながした。

「おう」

馬琴は突っ立った。空《から》の湯呑みが膝さきへころがった。

胸をかきむしって宗伯は苦しんでいた。

「差しこみだ。清右衛門、手を貸せ」

抱き起こして背を押そうとするのを、

「いや……差しこみではありません」

宗伯はこばんだ。

「ではいつもの胸痛だな、お路、はやく熊胆《くまのい》を……」

「ただ今、瀞《と》いています」

勝手から、清右衛門が汲んでもどったぬるま湯の碗に添えて、熊胆を小盃《こさかずき》に半分ほど、
宗伯はひと息に飲み、父の腕の中に後頭部をもたせかけたまま、

「ご恩に、なりました」

きれぎれに言った。

「お報いすることもできずに、わたしは……」

「弱音を吐いてはいけないッ」

馬琴は声をはげました。

「しっかりしろ宗伯、父の顔が見えるか？」

答えようとして、しかしもう言葉にならず、くいしめた歯の根から押し出されるのは、苦痛のあまりの唸り声だった。身悶えて宗伯は臥そうとし、臥させれば起きようと空《くう》を掻いてもがいた。

（断末魔のくるじみか）

ガッと全身の血が、逆流するのを馬琴は感じた。

（やはり、どうしてもだめなのか⁉）

うめきは叫びにかわり、もとどりを乱して病人はのた打った。尽きるときまった命数ならば是非もない、せめてただ、眼前の苦悶からすこしでも息子を救いたかった。馬琴のその、焦《あせ》りを察してか、清右衛門は跳ね立って神棚から水天宮の守り札を取りおろした。

（病苦を……病苦だけでも、薄らがせ給え）

死ものぐるいに念じながら、肋骨《あばら》にうす皮を張ったにすぎない宗伯の、大きく波うつ胸膈《きょうかく》を馬琴は神符でこすりあげ、こすりおろした。

「み、水を……」

宗伯は喘いだ。目は、すでに見えないらしい。生き身の人間の動きを、つかのまにどこかへ取り落とした虚《うつろ》な表情の中で、濡れて赤いくちびるだけが、そこだけ別の命を宿してでもいるかのようにぶるぶる痙攣しつづけた。

病間を飛び出したお路が、たちまち前のめりにもどって来、さし出す手に、手をそえて大ぶりの茶碗を夫に持たせた。ひとしずくも残さず、さもうまそうに水を飲みほし、深く、大きく二度、吐息をついたのが最期だった。父の腕に、半身をもたせかけた姿勢のまま宗伯の呼吸は絶えた。

──それを〝死〟と、まさしく納得するまで、しかし五拍子ほどの時が要《い》った。

「終った」

はじめにつぶやいたのは馬琴だった。

「終りました」

おうむ返しにお百が言った。二人とも声の調子が普段とまったく変っている……。

「太郎に、別れを……」

と、お百がつづけた。泣いてはいなかった。

「いや、いい。なまじ死顔など、見せることはない」

馬琴も涙を忘れていた。口をききながら、じつは上の空なのだ。お百も同様である。言葉は気ぜわしなくやりとりされ、夫婦はしかも、おたがいに何も聞いてはいなかった。

書斎の次の間に太郎は一人で寝ていたが、子供ごころにも虫が知らせたのか、このとき、目をこすりこすり起きてきて病間の襖をあけた。

「太郎ちゃん、ここへおいで」

肩を抱いて、清右衛門は少年を坐らせた。

「お父さんはののさまになんなすった。おがんであげなさい」

死と眠りの区別さえ判然しない幼なさである。ののさまになったと言われても別に驚きもせず、うながされるまま小さな手を太郎は合せた。

悲鳴に近い泣き声が、はじめてこのとき、お百の咽喉《のど》をほとばしり出た。

「鎮五郎《しずごろう》ッ……鎮五郎、なぜ逝《い》っちまったんだよう」

水門の扉が、限界にきた増水の力に耐えかねて、いきなりこなごなに吹っ飛んだのと同じだった。お百の号泣は家族すべての忘我を醒《さ》まし、一人の死にともなって起きる混乱と怱忙《そうぼう》の渦へ、滝沢家を一ッ気に巻き込みはじめた。

十五

通夜、納棺、葬儀――。

菩提寺での法要までいっさいをすますと、どっと疲れが出た。気落ちもある。

お百は寝込み、馬琴は机に向かいながらも呆然と、硯《すずり》の水の乾くままに委せている時間が多くなった。床の間《ま》の地袋《じぶくろ》から時おり出して見入るのは、宗伯の肖像である。

息を引きとったあくる日、ひるすぎに、国もとからの土産だという海鼠腸《このわた》の小壺をさげて、

「その後いかがですか？　琴嶺君のご容態は……」

ひさしぶりに渡辺登が訪ねて来たが、

「昨朝、亡くなりました」

と告げた刹那の、驚愕と悼《いた》みの深さは、懸命にこらえて、取り乱すまいとしている馬琴をさえ、あやうく嗚咽《おえつ》に誘いかけたほどだった。

「で、ご遺骸は？」

「この陽気なので、親類どもが集まって今朝、棺におさめました。でもまだ、納戸に安置はしてあります」

「じつは琴嶺君に、肖像の揮毫をたのまれながら、思うところあって肯《うべな》わずにいました。枯相《こそう》なりと、拝見のお許しが得られれば、写して生前のお望みに添いたいと存じます」

もとより願うところであった。登はだが、麻裃をつけ、門前に家士四、五人、乗物や草履取りをひかえさせた公用の外出姿である。その憚《はばか》りを口にした馬琴へ、

「主命で某家へ使者にまいった帰路でございます」

率直に登もうなずいて言った。

「しかし、今をとりはずせば機会はふたたびありますまい」

その通りであった。出棺は今日夕刻と決められている。

「では、まことに恐縮だがおたのみします」

まだ玄関のたたきに立ったままの登を、馬琴はいそいで納戸へ招じ入れた。

供物と樒《しきみ》、線香のむせるばかりな燻《くゆ》りのかげに、白木の棺は横たわっていた。四方塗《ぬ》り籠《ご》めの納戸はくらく、清右衛門が棺の蓋を払うと、はやくも立ちはじめた屍臭が香の匂いとまざり合って、限られた空気をにわかに濃く、重くした。

燭台を取ってお路が棺の中を照らした。懐中から登は携帯用の矢立と綴《と》じ帳を出し、まず香を捻じて礼拝、黙禱したあと、静かに棺へにじり寄った。

……写生には、約半刻かかった。こみあげてくる悲しみにいたたまれず、馬琴は書斎にしりぞいて終るのを待っていたが、やがて、

「お帰りです」

清右衛門に声をかけられて玄関へ出た。沓《くつ》ぬぎの草履に、すでに登は白足袋の足をおろしかけていた。

「なにぶんにも、ご生前とはやや面影が変っておられますし、どの程度、真に迫り得るかおぼつかなくはありますが努力してみます」

言い置いて、そそくさもどって行ったが、

「さすがにお武家は違ったものでございますね」

とは、清右衛門の、あとでの感歎だった。

「なきがらにじかに手を触れて、骨相から確かめ、写してゆかれた胆力にはおどろきました」

「打ち見の柔和さからは思いもよらぬ剛毅を、内に秘めた仁《じん》なのだ。ある宴席で髑髏《どくろ》盃《はい》を突きつけられ、顔色も変えず斗酒を乾《ほ》したという風聞さえ耳にしたことがあるよ」

まもなく届けられた絵は、閉じていたはずの死体の瞼を涼しく開かせたばかりでなく、洋画の陰影画法を取り入れて、まこと宗伯その人がよみがえってきたかと思う出来ばえであった。

壁にかけ、好物の菓子など供えた前に、ながいこと坐りこんで、馬琴とお百は茶をすすり、とぎれがちな会話を時おりかわした。

「以前、亡母の遠忌のとき、浮世絵師の北尾重政にあつらえた肖像は、口が酸《す》くなるほど説明し何度も何度も描《か》きなおさせて、けっく少しも似なかったな」

「やはり実物を見ると見ないとでは、こうもちがうものなのでしょうか」

初音をめずらしみ、お路を介してわざわざ書斎まで、宗伯が心づけに来させてくれたほととぎすが、五月もなかばをすぎると、一日中うるさいくらいに鳴いて通るようになった。それをさえ痛恨のひとつにして、肖像の余白に馬琴は書きつけた。

　ほととぎす初音聞くやと問ひし人の
　　亡き魂還《たまかへ》れ今朝はしば鳴く

どこかで、だれかが咳をすれば、まだ病間に病児がいるようにも錯覚されて、思わず聞き耳をたてたし、読みかけの『日本外史』の、十四巻第三十二丁目に栞《しおり》がはさんであるのを見つけ出してさえ、
(ここまでで、書見は最後だったのか)
こみあげてくるものを抑えかねた。

　忘れてはなほ在《あ》りとしも思ふかな
　　咳《しはぶ》く余所《よそ》の声を聞きても
　敷島の日本外史《やまとつぶみ》しをりして
　　冥《よみ》の旅路を急ぎゆきけむ

戒名は菩提所深光寺の組合寺《くみあいでら》、光覚寺の住持泰源がつけた。玉照堂君誉風光琴嶺居士。

享年三十九歳――。

花では梅を、ことに愛した宗伯が、

「別号を撰んでくださいませんか」

と言い出したとき、馬琴が与えたのが『玉照堂』の三文字だった。宋の周密が丹精したと伝えられる梅園の名である。宗伯はよろこんで、出入り先の松前老侯に染筆を乞い、扁額に仕立てて玄関を飾ったが、いま一つ居間の長押《なげし》には『守忍庵』の横額もかかげてある。狂気じみた癇癖の発作に、自分ながら困りはてての自戒の命名で、文字の書き手は父の馬琴であった。

病床を取り払うとにわかにカランとして、形見らしいものは何ひとつない宗伯の居間……。その壁に、いまだにさがっているのは雲版《うんばん》に入れられた一枚の色紙である。

教へ置く言の葉もなしいにしへの
道ある人の跡をたづねよ

文政元年、一戸をかまえて独立するとき贈った、これも馬琴の自筆自詠だ。きまじめにそれを受けて、かりそめにも聖賢の示しに悖《もと》るまいとし、おりおり壁の前に端坐してはこの歌をひくく誦していた宗伯の声が、雲版に向かうたびに馬琴の耳に聞こえてくる。

何ひとつ遊びを知らず酒もこのまず、美食美服に気を散らすことさえなく、ただ楽しみといえば、丹念に居間を掃除し、それもほんの一、二服、煙草をくゆらすにすぎなかった宗伯……。したがって渡辺登のほかに、友と呼べるものを持たず、健康のためを思って馬琴がつれ出した楊弓、釣り堀のたぐいも、かすかながら興味をしめしたのははじめの二、三回きりで結局すぐ、気持の負担になり出し、やめてしまった宗伯……。飛鳥山《あすかやま》のひるの花、吉原の夜の花はもちろん、江戸に住みながら両国の花火を見ず、猪牙舟《ちょきぶね》の三味線を聞かず、葺屋《ふきや》町堺《さかい》町の櫓《やぐら》太鼓すら耳にしないで死んでいった宗伯……。

親たちの側も、だが、どれほどこの息子の命の灯《ひ》には、骨身をけずる守護の腕を拡げつづけてきた歳月だったか。

高輪《たかなわ》の、岩尾婆《ばば》の咒法《じゆほう》の加持《かじ》、新吉原甲斐屋の灸《きゆう》、千住の歯《は》痛神《いたがみ》、番町の薬湯、麻布の卜筮《ぼくぜい》、三田荒坂不動婆《ばば》の鍼《はり》、鉄砲洲《てつぽうず》の湊屋につたわる筑波《つくば》山《さん》天狗の祈禱など、ずいぶんいかがわしい雑治療さえ効くと聞けば遠道《とおみち》をいとわず、息子をつれて出かけたお百だし、馬琴にしてからが、あの墓地改修のさい出土した無縁枯骨の始末に、愚かしいほどのこだわりを見せたのも、宗伯の一身に、禍《わざわい》なかれと思い詰めた結果にほかならない。

そのときは、ほんの鳥影の淡さで意識の表面を翔《かけ》りすぎた事柄のいちいちが、今となれば不吉の前兆として忌《い》ま忌ましく哀《かな》しく、馬琴には思い出されてくるのである。

この正月――。それも元旦に、関という知り合いの老儒者が年賀に立ち寄って、口を

ひらくやいなや、

「今日お目にかからなければ、またいつ、お訪ねできるかわかりませんからなあ」

と言った。遠方に住む足弱な老人の実感とだけ受け取って気にもとめなかったが、よもやま話の末に関老人は、さらにこんなことまで言い出した。

「近ごろ気がかりが二つあるのです。亡息源吉の法号を、寺で至徳院とつけましてな。ご承知のとおり至徳は年号にございます。われらごときのせがれには何とも不釣り合いに思えていまだに墓石を彫りません。それと、知人のひとりが剃髪して号を神庵と改めたのですが、これもまた、いささか過大に思われましてな。人間風情が神の字を号に用いてよろしいものか否か、滝沢先生のご意見をうけたまわりたいもので……」

馬琴は答えた。

「お気がかりはもっともです。たとえ年号になくても、聖人にあらざる一般人が至徳と戒名につけるのは憚りがありましょう。元来、徳は得に通じます。至得院となさったならば寺僧の思惑にも障《さわ》らず、字義も適当と思われますし、また神庵の件は、おっしゃるごとくこれを名とする者を和漢の書に見ません。ただし戦国乱世のころ、安房《あわ》の里見家の臣に菅野神五郎と名のる武士がいたことのみ、『本朝三国志』に記載されています。もっとも当時の武者は、敵味方にその名を印象させる目的で、尤道理之《もつともどうりの》介《すけ》だの名和無理之《なわむりの》助《すけ》といった狂名に近い名をつけたものです。神五郎もそのたぐいとすれば例にするわけにはゆかんでしょう。ご知友の場合、おそらく仏庵に対する神庵と存じますが、それならばいっそ示偏《しめすへん》をのぞいて、中庵《しんあん》となすってはいかがですか？　和名の神はかがみるの義ですが、漢音の神《しん》は、申《しん》に通じ、のぶるの義です。中庵こそ穏当と愚考いたしますな」

関老人の感悦ぶりはひじょうなもので、馬琴自身、大いに鼻をたかくした以上の問答も、考えてみれば正月劈頭《へきとう》の話題にしては不祥というほかなかった。

四月の末に、関老人は病死した。その訃報に接した日、馬琴は宗伯に、

「やはり前じらせだった。関さんの運命は、すでに正月に決まっていたのだよ」

得々と語ったけれども、それから十日後、彼もまた愛児を失う不幸に遇った。凶兆のなかばは、自分も受け持っていたのだと、気づいたときは遅かったわけである。

……また、こんなこともあった。

やはりこの、三月はじめだが、日ごろ疎遠にしている山東京山が、何と思ったか不意に明神下の家へ訪ねてきた。馬琴を見て、

「曲亭先生、おつつがなかったのですか」

意外な顔をするのに、こちらもおどろかされて、わけを訊くと、京山は言いにくそうに、

「じつは亡くなられたと聞きまして、あわてて飛んでまいった次第なのです」

と、香典《こうでん》包みまで出して見せた。

（京山らしい嫌がらせだ）

馬琴は舌打ちしたくなった。まちがいも事に依ると、口もとまで出かかった不快を、それでもかろうじて呑みこんで、

「いや、憎まれッ子なんとやらでな、よぼつきながらも相かわらず、娑婆《しやば》塞《ふさ》げをしております」

ひとこと、皮肉を言うにとどめた。

「気になさらないでください。こういう間違いをされた人は、かえって長生きすると申しますから……」

早々、京山は帰って行ったが、父子は同根に生じた樹木である。自分に向かって発せられた不吉な言葉は、やがて宗伯の身にふりかかるはずの凶事を、前もって知らせる神告だったのかもしれないとのちには思い当ったわけだ。

「わしは迷信が大きらいだな」

馬琴は日ごろ言っていた。

「仏いじり神だのみ、すべて片腹いたい。人の幸、不幸、運、不運は、めぐり合せにすぎないよ」

しかし事、宗伯の一身にかかわってくるとその豪語はたちまち霧消して、彼はひどい縁起かつぎに堕《お》ちてしまう。内にひそむ小心、固陋《ころう》を、一も二もなくさらけ出してはば

からないのである。さすがに、だが、それを自嘲する冷静さも、わずかに残っていなくはない。『もとより俗信なり、用うるにたらず』とか『これみな偶然のみ』などと日記類に但し書きめいた文字をつらねるのを忘れないのはそのためだ。

宗伯に死なれてみると、悔いはますます強くなり迷いも深くなった。避ければ避けられた凶事を、神意に悖《もと》り、神籤《しんせん》の示しをないがしろにしたために、うかうか引き寄せる愚を演じてしまったのではないか？　そう、しきりに疑い、惑うようになった。

そもそも十七年前、ここ神田明神下に居を定めたことからして宗伯の上には大凶だったのだと、今に至って真剣に、馬琴は悔やみはじめている。解明し出すとなると、例のねちっこさ、理屈っぽさから、とことん解明しないではいられなくなるのだ。

山青堂山崎屋平八にすすめられて、この家を買った始まりにまで馬琴の思いはさかのぼった。

……あれは文政元年の秋であった。

医術の修業を終え、二十二歳に達したのをしおに宗伯を独り立ちさせようとし、売家をさがしていた馬琴のもとへ山青堂が持ちこんできたのが、ここ明神下の家の話なのである。

飯田町中坂下の旧居とも遠くはなく、値も手ごろなので買うときまったとき、念のため馬琴は旧知の修験者に、卜筮《ぼくぜい》をたてさせて家の吉凶をうらなってもらった。得た卦《け》は

『乾之大有』十八変の『沢火革』だった。

「上吉ではありますが、七、八年以内に転宅の必要がおこるか、もしくは火災の厄に遇いましょう。金をかけて造作などし直すことは無用とぞんじます」

この修験者の忠告に馬琴は耳をかさなかった。彼自身、周易《しゅうえき》の知識を誇っていたせいもある。

「乾之大有は火天大有に変じ、のちの発展を約束する卦だ。沢火革も『離火を以って沢水を改め、湯となす。生を変じて熟となす』の本文にしたがって考えれば、けっして危いことはない。火事の心配など先案じだよ」

そう言い切って宗伯を住まわせ、造作もしなおした。借地三十坪、建坪十三坪ほどの家であった。ところが、ここに悶着がおこった。東どなりにならず者の研師《とぎし》がいて、無頼《ぶらい》の仲間をひっぱりこみ大酒を飲む博奕《ばくち》を打つ……。宗伯とのつきあいが円滑にゆくはずはない。

当時の地主は北どなりの幕臣橋本喜八郎家だったが、見かねたのか、

「地つづきに借りてくださるなら研師を追い立てます」

と言ってきた。こんどは修験者にまかせず、馬琴は自分で関帝籤《かんていせん》をひらき、借地の吉凶をうらなってみた。得たのは第十七籤『下下、石祟《タタ》リテ難ヲ被《コウム》ル』という神誨《しんかい》であった。

田園、価《アタイ》ヲ貫キテ商量ニ好《ヨ》ケレドモ
事、公処ニ到リテ彼レ此レヲ傷《ヤブ》ラン
継ギテ機関ノ図ヲ使イ勝ヲ得レドモ
定メテ後世、子孫ノ憂《ウレイ》ト為《ナ》ラン

凶兆というほかない。

宗伯にはこのことを告げず、ただ、

「いましばらく、隣家の傍若無人を我慢するようにとだけ訓《さと》して様子を見ているうちに、研師は借金で首がまわらなくなり、よそへ転宅する始末となった。手を打つなら今である。研師は借金で首がまわらなくなり、よそへ転宅する始末となった。手を打つなら今である。他人に隣家を買われ、新しい住人がいやな人間だったらふたたび研師の二ノ舞になる。宗伯には、だが、日ごろの不和を根に持って売るまいし、売るにしても高く吹きかけるにちがいない。

馬琴は山青堂にたのんだ。平八を買い手に仕立て、何くわぬ顔で買い取った家は、しかし研師が住み荒らしてとても使いものにはならなかった。長女のお幸を清右衛門にめあわせたのを機会に、馬琴も飯田町から明神下に移り、研師の旧宅は取りこわして書斎を継ぎたす計画をたてた。

こころみにまた、関帝籤をひらいてみると、出てきたのは前とおなじ第十七籤だった。気にならなくはなかったが、馬琴はあえて強行し、五十坪にふえた土地に五坪の増築をした。新田あわせて十八坪の住居になったわけである。

（後漢《ごかん》の光武帝はつねづね占いを信じ、識者にうとんぜられて威勢をうしなった。家を建て増すのは悪事ではない。凶事など起ころうはずがないではないか）

というのが、心やりの理由であった。この前後二回にわたる増改築、隣家の買い取り、取りこわしなどで八十両ほどついやした事実は、生涯を通じて最大の出費であっただけに、しかし、のちのちまで気がかりとなって馬琴を人知れずおびやかした。贅沢をいましめ、犯せば子孫の憂いとなるだろうと警告している関帝籤の文字が、意識の隅にこびりついて離れないのだ。

飯田町の旧居から明神下へ移った日は、あいにくの小雨だったが、さしていた傘の柄が途中で折れたのも気になった。竹の柄の内側が虫にくわれて、吹きつけてきた風の力を支えきれなくなったのである。

（ふしぎでも何でもない）

と思いながらも、やはりよい心持はせず、笠翁《りゅうおう》の号を、以後、馬琴は篁民《こうみん》にあらためた。宗伯には、

「松前老侯が祐翁と号されることになったのを、はばかったのだ」

と説明したけれども、笠が傘に通じるのを忌《い》んだのが本心だった。そのうちに橋本家が勝手もと不如意となり、地主は南どなりの杉浦清太郎家にかわった。馬琴は胸をなでおろした。

（十八変、沢火革の予告は宗伯の身の上ではなく、地主の栄枯を暗示していたのだな）

やっと長いあいだの気がかりを解消できたうれしさに、宗伯にもはじめて関帝籤の文言を打ちあけて、共によろこび合ったのだが、つまりこれも、ぬかよろこびにすぎなかった。

このころから宗伯の身体は弱りはじめ、病気の問屋といってよいありさまになって、とうとう他界したわけである。

明神下に住みついて十八年……。十八変の神籤と字数が一致したふしぎさも、馬琴の現在の心理状態では見すごせなかった。幼くして父をうしなった太郎に、成人ののち読ませる意味で、『後《のち》の為の記』と題する宗伯小伝を、その死の直後に馬琴は書いたが、末尾にちかく吐露した十数行は、悔いと、惧《おそ》れの凝縮であった。

予、興継を喪《うしな》ひて、夜々いねられぬままに独りつらつら惟《はか》るに、人の命数は初生より定限あることの違はざりしを、ここに至りて知覚したり。文政元年の秋、興継をここに卜居《ぼくきょ》させせんと思ひしをり、かの修験者の卜筮に十八変の沢火革は、これ十八年をへて彼が身に革命あるべき兆なりき。しかるを予は生《なま》悟りして、地主の替りしをその兆なりと思ひしは、なほ惑ひの醒めざるなりき。くだんの卜筮は、はじめ興継が為にこそ問ひたるに、地主の替りたるとて彼が身に関はるべくもあらず。いはんや関帝籤の神誨《しんかい》に悖《もと》り、機変をもつて東家を購《あがな》ひ、太く土木の工を起こし、をさをさ奢侈《しやし》を旨《むね》としたるは、これ恣意《しい》をかさねたるなり。もし始めより質素にして、かの東隣りに悪者ありし折り、早く他所へ転宅させなば、興継が寿齢をのばすよしもありけんを、勢そこに至らざりし、そも天命とは言ひながら、後悔、臍《ほぞ》を噛むのほかなし。

――気落ちの底に、しかしいつまでも、とめどなく打ちひしがれてはいられなかった。幼少の太郎を、ともあれ一人立ちできるまで見とどける責任は、馬琴の肩ひとつにかかってきたわけである。

宗伯の生前といえども一家の稼ぎ手は馬琴であった。その意味ではほとんど一生、老父に扶養され通して終った宗伯だが、心理的には太郎やさちの支えとして、やはり男親の存在が、かぎりなく貴重だったことはいうまでもない。その支えをなくし、成長期を、いわゆる〝片親育ち〟の不完全さの中ですごさなければならない孫たちのために、物質面での配慮のほかに教育、躾《しつけ》など、精神的な補《おぎな》いまで受け持つ仕儀になっためぐり合せ

を、

（やむをえぬ……）

いさぎよく肯《うべな》いながらも、みじん、なおざりにはできぬことだけに、弱りはじめた老いの生理には、いまさら重い荷を、ずっしり背負わされた思いであった。

さかりのころにくらべて、半減してしまった仕事の量……。収入も当然、それに比例して減少している。六十九歳という自身の年齢を馬琴は考えた。いたわらなければいけないとは重々、承知しながら、残った一眼をどうしても酷使することになりがちな仕事の質についても、また、丈夫とは言え、さすがに近ごろは風邪を引きやすく、冷えれば肩腰が痛み、ささいな食物の不注意ですぐ腹くだしなどし出した身体についても、考えないわけにいかなかった。働けるぎりぎりまでは働き通すつもりである。でもその限界が一年後にくるか十年後か、馬琴の年になるともう、予測はまったくつけかねた。

すこしでも稼ぎのあるうちに……せめて残る一眼が見えるうちに、太郎の将来のために打つ手があるならば打っておいてやるのが、宗伯への、なによりの追善にもなるはずである。

「土岐村のおとうさんから、例の仮養子《かり》の件について、とうのむかしに承諾の返事をもらいながら、つい、ごたごたつづきでそのままになっていた」

お路を書斎に呼んで、馬琴は言った。

「まだ、あの……何といったかな？　元立老の甥御《おいご》とかいう若者」

「徳二郎ですか？」

「うん、気が変っていないようなら話をすすめていただきたいと、お前から実家《さと》へ伝えてくれないか？」

「かまわないのですか？」

「異存があるかね？　お路」

「……………」

「こういうことに遠慮は無用だ。考えがあるなら言ってほしい」

「……………」

「感心しない男かね？」

「子供のじぶん、時たま見かけたきりですからよくは知りませんけど……へんに人ざわりのよすぎる……そのくせ実《じつ》のない子でした」

およそ自分の観察、それについての意見など口にしたことのないお路が、うながされた結果とはいえこれだけ言ったのを、めずらしむ一方、

「なるほどな」

馬琴は躊躇《ちゅうちょ》にも取りつかれた。

「一度本人に会って、どんな人物かたしかめる必要がありそうだな」

「来るように申しましょう」

「そうしてくれ。……看病につづいての葬式、忌日忌日の集まりでお前もくたびれたろう。ついでに土岐村で一日骨休みしてくるがいい」

「くたびれてなんかいません」

　ぶすッとうつむく顔つきは、頬先の赤みなどやや失せたけれども、なるほど目立つほどは、窶《やつ》れも衰えもしていない。

　馬琴夫婦の落胆は言わでものことだが、三十歳の若さで寡婦となったお路の歎きを、近所も親戚もさこそと察して、はげましの言葉もらい泣きの涙など、ことにも女たちは、たっぷり用意して駆けつけたのだが、通夜の席でも葬儀でも別にとりたてて悲嘆の表情をしめさない相手に、大いに拍子ぬけの様子だった。

「勝気なのかしら……」

「いいえ、冷たいのよ」

「宗伯さんとも、むつまじいほうではなかったんでしょ」

「ふつうでしたよ。夫婦なんてものは、どこもあんなものじゃないかしら……」

「だったら一度や二度、義理にも泣くぐらいのことはしてもよさそうなもんだわねえ」

　叔母のお菊やその養子夫婦、妹のお祐、お久和に母のお百までが混っての誹《そし》り口に、

「やもめになった女房が泣かないのは、亡くなったひとにも曰《いわ》くがあるからよ」

同調しないのはお幸だけである。

「お路さんはあれで、お路さんなりに途方《とほう》にくれているのだわ。むりやりそら涙なんかこぼすより、いっそ正直でいいじゃないの」

馬琴も同感だった。悲しみにもよろこびにも、すばやい、顕著な反応をしめさないのは、生まれついての性癖なのだし、愛情や悲泣とはちがうものであるにしろ、お幸が指摘する通りお路の内奥に、彼女なりの思いが煮えたぎっているであろうことは推量できた。

土岐村との縁談がととのったときも、馬琴はじつは、こっそり関帝籤を開いて見ている。得たのは第八籤『甲辛上上、大舜、歴山ヲ耕ス』の条であった。

年末、耕稼《コウカ》シテ収ムル無キヲ苦ム
今歳、田疇《デンチユウ》定マリテ秋有リ
況ンヤ遇《タマタマ》太平無事ナルノ日
士農工賈《カ》、百ノ憂《ウレイ》無カラン

かならずしもよしとは言いがたいが、子孫育成の兆《きざし》は現れている籤文だと判断して、祝言に踏み切らせた二人の過去なのだ。

いまにして振り返れば、まことに神告の通りであったと馬琴は畏《おそ》れないわけにゆかない。ほとんど廃人にひとしい宗伯が、それでも妻に、一男二女を生ませた事実は奇蹟といってよいものだった。夫婦仲はしかし最後まで和熟せず、よそよそしいまま終ってしまったのである。ひそかに日記に、

『嗣子に宜《よろ》しけれども婚姻に妙ならず』

としたためた危惧は、ほぼ適中したのだ。

結ばれるべくして結ばれた組合せではあるけれども、同時にはじめから、幸せを期待しても無駄な彼らであってみれば、不運を宗伯一人に帰して、同情したり憐れんだりはできない。お路の立場も同じなのだし、したがって一方の死後に、一方の涙を強要するのも酷な注文ということになる。

泣きこそしないが、あるいは泣く以上に複雑な感情が、無表情な皮膚の下でお路の血を揉みたてているかもしれず、それは気をつけてみれば彼女の態度に現れていた。何でもないときでもけっしてしとやかとは評せない立ち居が、ことさら荒っぽく、ぎすぎすしくなり、無愛想な顔は、腹でも立てているように一層ふくれて、それが一七日、五七日、七七日というように人の集まるあいだじゅうつづいたのも、女たちの心証を害した原因らしい。

馬琴にすれば、これはお路なりの、一生懸命さの表出であり、どのような炎であれ、

ともかく彼女の中に、夫との永別がもたらした興奮、激情が、燃えていることだけは疑いないのであった。形にあらわして泣こうと泣くまいと、だからお路の場合、そんなことはどうでもよいので、むしろこのさい非難めいた陰口が耳にはいり、二人の子供を残して、

「お暇《ひま》をいただきます」

などと言い出される迷惑をこそ馬琴は恐れた。気が立っていれば、どんな思い切ったこともやりかねないいっこく者なのである。土岐村での骨休めをすすめたのも、底の底に、打算をひそませた慰藉だったが、さちを背負い、太郎の手をひいて、四、五日のち、ひるすぎに実家へ出かけて行ったお路は、泊まりもせず夕刻にはもう、婚家へもどってきて、

「あす、うかがうと言ってました」

ぶっきらぼうにそれだけ告げた。

「徳二郎がか？」

「うちの父も同道するそうです」

「それは申しわけないな、ご多用な中を……」

――あくる日、玄関にあらわれたのは、しかし三人だった。奉行所が非番とかで、徳二郎の兄の中藤鉄太郎までが一緒にやってきたのである。

「どうしてどうして、近ごろの若いものは、なかなかしっかりしていますな。勤めに精出すかたわら、こちらで頂戴するものをそっくり貯《た》めて版木彫りの手職をおぼえ、行くすえ独立のあかつきは店を持とうと、手ばしこく肚づもりを立てているのですから抜け目ないと申そうか、世智《せち》賢いと申しましょうかな、はは、ははは」

『臨水楼』でのいつぞやの会話を、さすがに少し取りつくろって元立が語るあいだ、鉄太郎は無遠慮に客間兼用の書斎を眺め回しているし、当の徳二郎はひとごとの気楽さでニヤニヤ笑いを泛《う》かべつづけている。人なつこく、愛想がよく、口つきはなめらかで世辞もいっぱし言うのだが、そのくせ芯に、相手を小馬鹿にした調子があり、いかにも功利的な、真実味の薄い若者に見える。

我慢なりがたかったのは兄弟ともに、宗伯死去の悔《くや》みを述べないことで、おそらくうっかりしているだけで他意ないのであろうけれども、元立がそばにいながら無礼きわまると、馬琴は内心にがりきっていた。

「私のほうはともかくとして、肝心の御家《ごけ》人株《にんかぶ》はどうなったのですか？　出物《でもの》はみつかりましたか？」

徳二郎の問いかけに、

「『八犬伝』の版元が、鉄砲同心の売り物をさがしてきてくれたので、ほぼこれに決めようと考えている」

と、それでも虫をこらえて応じたのは、親類中、どう見渡してみても、他に仮養子の適任者がいないからであった。

「へぇえ、鉄砲同心ねえ。お扶持はどのくらいなんです？」

「十俵二人扶持とか聞いた。古屋敷がついてな」

「屋敷……。近くですか？」

「それが遠いのだ、四谷信濃坂《しなのざか》だそうだ」

「株を買ったからって、家移《や》りすることはないはずですよ。ねえ兄さん」

「いや、気はすすまなくても移らねばならん」

ぶち切るように馬琴は言った。

「滝沢家には資産がない。この家を売却してもなお、御家人株の売り値の半分にも足らんのだ。何とか残余の金を捻出して株を買い得たとしても、四谷への引越しはまぬがれない。あんたももし、仮養子にきまれば、四谷へ来てもらうことになるわけだが、それでよいかな？」

「かまいませんとも」

けろッと徳二郎はうなずいた。

「四谷だろうと牛込だろうと、私はかまやしませんけどね、その、あと金《がね》の捻出というのがことですねえ。蔵書でも売り立てるおつもりですか？」

「ばかを言ってはこまる」

とうとう眉間《みけん》に、あからさまな顰《しか》め皺《じわ》を馬琴は刻んでしまった。

「書籍は唯一のわしの愛蔵物だ。読本づくりの資料でもある。手放すわけにはゆかん」

「でも、ほかに心あたりがないとなれば……」

「才はじけているようでも、やはりまだ世間に疎《うと》いなあ二郎」

元立老人が割り込んで言った。

「手はちゃんとあるよ。……なあ滝沢先生」

「借金ならばごめんこうむる」

「そんな愚策を申しあげるものか。書画会ですよ。どこかぱっとした料亭で書画会をお催しなさい。百両や二百両、すぐ集まりますぜ」

「このわしが書画会？」

馬琴の一眼が、斜《はす》に険《けわ》しく釣りあがった。

「風流に似て、あのくらい大俗事はありません。他人がしてさえにがにがしいものを、なんでわしが……」

はねつけはしたが、じつをいえばこの提案は、すでにとっくに丁字屋平兵衛の口からも、持ち出されていたものであった。

「だって滝沢さん、書物は売りたくない、借金はしたくない、書画会も肌に合わないで、あと金のやりくりをどうつけようというんです？　他に名案でもおあんなさるんですか？」

元立の追求に馬琴は絶句し、鉄太郎・徳二郎兄弟はおもしろそうに老人二人の口許を見くらべていた。

十六

式亭小三馬がはいって行ったとき、京屋の店さきには客が五、六人つめかけてい、番頭手代から小僧までが総出で相手をしている混雑ぶりであった。

目ざとく見つけて、帳場格子のかげから立って来た主人《あるじ》の京山へ、

「すこし、そのへんをぶらついてまいりましょう。お邪魔になっては申しわけないから……」

小三馬は言った。

「かまいませんよ、どうぞ御遠慮なく」

「もっとも、出直してみたところでご繁盛は同じでしょうが……」

「なあに、すぐすきます。立てこむときは奇妙に重《かさ》なりましてね。まあお掛けなさい。北斎先生もおいでですよ」

「どこに？」

「そこに……」

〝巴山人〟の替紋《かえもん》、御江戸京橋南、銀座町一丁目、山東正舗、京屋伝蔵と紺地に白く染めぬいた日よけ幕にかくされて、上り框《がまち》はなかば暗く、外光に馴れた小三馬の目は、その端に腰をおろして何やら書きものをしている老画家の姿を、うっかり見おとしていた。

「やあ式亭の若先生、ようおいでじゃ」

と、北斎は気さくに、

「わしも邪魔しておる。まあいいわな。ここへお掛け」

框をさした。

「いっそお二人とも、横の路地から母屋《おもや》のほうへお廻りになりませんか？　いかになんでもそこでは端《はし》ぢかです」

京山の愛想を、

「いや、けっこうじゃ。ちょッちょッとこの書状をしたためたらおいとまじゃ。通りがかりにいきなり思いついて、硯箱を借りに寄ったまでのこと。お気づかいは無用にしてくだされ」

北斎はいいなし、小三馬も、

「ほんの立話でいいのです」

相手のいそがしさを察して手っとりばやく用談にはいった。

「こちらにも案内がきているはずと思いますが、曲亭馬琴子《し》の……」

「書画会ですな」

「いらっしゃいますか？」

「まいります」

意外そうに小三馬は念を押した。

「そうですか。いらっしゃいますか京山さん」

「私と馬琴子のつきあいからすれば、なにものこのこ、あの人の書画会などに出かけて行く理由はないわけなんですけれども、世話人が泉市《せんいち》、丁平《ちょうへい》、鶴喜《つるき》、蔦吉《つたきち》、それに丸甚、西与《にしよ》、大平《たいへい》といった錚々《そうそう》たる版元連中でしょう。そっちの義理からすると、どうも欠席というわけにもいかないのでね」

「私もじつは、そこのところが気がかりなものですから、ご意向を聞き合せにうかがったわけです」

その、小三馬の言葉を横から奪って、

「おはなし中おそれ入りますが旦那、市村座の太夫元《たゆうもと》がお見えで……」

番頭がそそくさ耳打ちにきた。

「ちょっと失礼、小三馬さん。――北斎先生も、ごゆっくり……」

立って行く京山と入れちがいに、せがれの梅作が寄ってきて、

「どうもごたついていてすみません。じきにすきますでしょう」

信楽《しがらき》の茶碗をふたつ塗盆ごと畳へ置き、詫びを言い言い去ったあと、ほのかな塩味と香りを持つ蘭の湯へくちびるをあてながら、小三馬はそれとなく店内の様子に目をくばった。

京屋の店は、亡くなった京山の兄京伝が開いたものである。楊子入れ、短冊ばさみ、財布、鼻紙袋などのほかに読書丸、小児無病丸といった家伝の売薬を販《ひさ》いでいるが、商品の主体は煙草入れと、京伝張りの煙管《きせる》にあった。

店のなかばをしめて、ぎっしり並んだ引出しは中味のほとんどが印伝《いんでん》、菖蒲革《しょうぶがわ》、金唐革《きんからがわ》、あるいは桟留《さんとめ》、錦、唐更紗《とうざらさ》のような革製布製の高級な煙草入れで、中には京伝の自画讃を織り入れたものまであり、緒じめにもそれぞれ鳳天《ほうてん》、金水晶、珊瑚《さんご》、舶載のトンボウ玉など高価な品がつけられていた。

買いに来るのも、おのずと武士、文人、芝居関係者、大店の旦那衆といった上顧客にかぎられるから、混んでいても店さきは静かで、どことなく気品がただよっている。

在世中、書斎にいないときは、この店の帳場のわきに小机を持ち出して、求める人のために京伝は揮毫《きごう》に応じた。色紙一枚いくら短冊いくらと潤筆料をきめて、いわば自筆を売ったわけで、

「やはり、根からの商人」

と、馬琴あたりには軽蔑されたらしい。

京伝の死後、遊女あがりの若い未亡人ゆりを狂死に逐《お》いやったあげく、京山一家が店を乗っ取った取り沙汰は、当時、世評にやかましかった。

機会あるごとに京山は噂を否定したけれども、子供はもとより、身寄りというものの まったくなかったゆりが、夫の死をさかいに精神に変調をきたし、物置を改造した座敷牢同様の小部屋で、むざんな衰死をとげた事実は隠しようがなく、先に立ってそれをしたのは長男の筆吉、次男の梅作、長女のお増ら京山の息子や娘どもだとも、まことしやかに囁かれたものだ。

……それから二十年。

京山は六十八歳の老齢に達し、店に出ることはあるが、表むき隠居の身分にしりぞいて、戯作の筆だけを執《と》っている。兄がまだ丈夫なうちから、その名声をうらやんで自分も始めた著述業だが、ついに一度の当り作も生まず、しかし飽きもせずに年平均五、六作の黄表紙は板《はん》にしつづけてきた京山である。

(おれならとうに嫌になるな)

と、小三馬など時に奇異の目で、京山の、こればかりは亡兄に似ているという色じろの、ややしゃくれた面《おも》ながな顔をみつめることがよくあった。

父親の三馬は京伝に私淑し、京山ともしたしかった。本町二丁目に、やはり売薬と化粧品の店を出していて、自作の中でさかんに三馬は、商品の宣伝をしたものだ。

……これでも病身でございますがネ、本町二丁目の延寿丹と申す練薬《ねりやく》を持薬《じやく》にたべます所為《せえ》か、ただ今では持病も発《おこ》りませず、至極達者になりました』『それはお仕合せでございます。あの延寿丹は私の曽祖父《ひいぢぢい》の時分から名高い薬でございますのさ。あれは一丁目でございましたツけ。私も暑寒にはたべますのさ』『ただ今は二丁目の式亭で売ります』『エエ何かネ、このごろはやる江戸の水とやら、白粉のよくのる薬を出すうちでございませう』『さやうでございます。私どもの娘なども江戸の水がよいと申して、化粧のたびにつけますのさ……

これは『浮世風呂』だが、『浮世床』では、

……逐鼠丸《ちくそぐわん》とは京伝の本に書いてありやす。直《じき》さま買へやすわな』『ばかア言へ、あれは読書丸だわ』『ほんに、さうだつけ……

と、仲よしの、京屋の提灯持ちも忘れなかった。いまその店を、亡き父の名声ぐるみ

受けついで経営している小三馬には、京屋の繁盛ぶりは興味がある。使用人の客あしらい、店内のしつらえなど、しらずしらず目をとめて見るとき、彼は駆け出しの作者から離れて、生《は》えぬきの〝商家の若主人〟にもどるのであった。

「先生、このあいだうちは何やかや、えらいお世話になりまして……」

と、市村座の太夫元羽左衛門が、京山を相手に打ちとけた挨拶をしているのは、ここ二、三年つづけて黄表紙を出版したことへの骨折りを指すのだろう。名前だけを歌舞伎の役者が貸し、文章は本職の作者が代作して出版する傾向は、近ごろますますつよくなってきていた。

京山は、自分ではやらないが、松亭金水、花笠文京、墨川《ぼくせん》亭雪磨ら日ごろ懇意にしている二流作家を世話して代作させ、彼らの生活をうるおすのはもちろん、版元を儲けさせる、名前の売りこみに躍起な役者たちまでをよろこばせる……つまり三方に感謝されて、応分の謝礼をせしめているのである。

「なあになあに、からきしお役になど立っちゃいません。それより橘屋の親方、今日は何用のお越しで？」

と、小三馬のひそかな批判のまなざしなど気づかぬ顔で、羽左衛門に京山は問いかけている。

「いえね、こんどこの……」

羽左衛門はつれの一人を見返って言った。

「うちの門弟の小橘《こきつ》……。この男が名題《なだい》に昇進しましたんでね、ご贔屓《ひいき》すじに名入りの紙入れを配ろうということになって……」

「それはおめでたい。お幾つぐらい？」

「当人の身上《しんしょう》が身上ですので、せいぜい三十どまりというところですが……」

「けっこうですとも。意匠のお好《この》みはございますかい小橘さん」

「こちらにお委せいたします」

「いま花かいらぎが流行しています。少々値は張りますが、そのかわり作って見ばえすることは受け合いますよ」

当の小橘はいうまでもない。供の男衆から床山、幇間《たいこ》医者……、十人ちかい取巻き残らずが上にあがって、羽左衛門を中に見本箱を見ちらし、値段はもとより形、染め色、出来あがりの期日いっさいを取りきめて引きあげるまで、それからだいぶ時間がかかり、

「どうもお待たせしてしまって……」

京山が上り框の隅へもどってきたとき、他の客もほとんど帰って、店内はやっと、ひと息つける汐どきにはいった。

「で、さっきのつづきだが、私はそんなわけで版元への義理から顔を出すだけは出すけれども、小三馬さん、あんたが曲亭の書画会へ出かけちゃあ、おやじさんの三馬さんが、

あの世で舌打ちしませんかねえ」

「まず、まちがいなく腹を立てるでしょうね。不仲ではあったたし、さんざんだった自身の書画会を、馬琴に冷笑された口惜しい思い出も、おやじにすれば忘れられないでしょうからね」

小三馬の表情は翳《かげ》った。……あの日は雨だった。しかも、どしゃ降りであった。深川の料亭平清《ひらせい》の二百畳敷きの大広間は、吹きぬける風に金屛風ばかりいたずらに青澄んで、世話役の書肆や門弟たちは手持ちぶさたな顔を寒そうにそそけ立たせていたし、たまにぽつりぽつりはいってくる客も、一様に裾を濡らして迷惑顔を隠さなかった。

ものかげで母は泣いた。父の三馬もこれ以上の不機嫌はあるまいと思うしかめ面《つら》で手《て》焙《あぶ》りのふちを摑んでいた。

当時まだ、少年だった小三馬すらこの日の情けなさは忘れられない。滑稽本を得意としながら、日常は気むずかしく、ニコリともしなかった病弱な父……。むしろどちらかといえば人当りのよくない圭角《けいかく》の多かった気質が、雨の書画会に、なお崇《たた》ったのであろうけれども、そんなさなかだけに蓑笠《みのかさ》、草鞋《わらじ》のいでたちで、

「葛飾の百姓おやじがまいりましたよ」

とぼけた挨拶を先だてて北斎が来てくれたうれしさは、小三馬の印象につよく残った。

ひきかえて、ある筆工に、

「式亭もとんだ恥をさらしたものだ。うぬぼれの鼻ばしらが、これですこしは折れたであろう」

真実その通り言ったかどうかは穿鑿《せんさく》のかぎりでないにしても、ともかく馬琴が嘲笑したという噂は、三馬の屈辱感を倍にも深めた。底を流れていた悪感情が、表面化したのはそれ以来であり、四十七歳の壮年で三馬が死ぬまで、ことごとに両者の啀《いが》み合いはつづいたのである。

「さあ書けた。へたな鉄砲も数打ちゃ何とやらでな。これだけバラ撒くうちにはどれか一本ぐらい手ごたえがくるじゃろ」

ひとりごとを言いながらやっとこのとき筆を置いた北斎の手許を、

「潤筆料の前借り手紙ですかな老先生」

京山が覗きこんだ。

「ずいぶん書かれましたな五通ですか？」

「なに七通さ。絵入りの借金申しこみは、世間にもあまり類があるまいて……」

「お預りして小僧にとどけさせましょう」

「毎度すまないな」

押しやる中に、小林新兵衛さまとあるのを目ざとく見つけて、

「嵩山房《すうざんぼう》でしたらこれから寄るつもりでいます。私が持参しますよ」

小三馬は申し出た。

「それでは願おうか。はい」

と、折りたたみもせずに突きつけたのは、絵入り状が自慢で、読めということらしい。なるほど人間の口やら腕やら豆の絵やら摺《す》りこぎやら、字の合間に描いてあるのはちょっとした判じ物だが、地べたに平伏した法体は北斎自身のつもりなのだろう。

『口まめなる摺りこぎおやじ、いまだ腕はヨンジリともつかまつらず、せいぜい出精《しゅっせい》の心づもりに候えば……』

と、注文依頼を暗にうながすのはまだしも、

『右やひだりの嵩山房さま、彫り代の尻《し》ッ尾《ぽ》を切らぬ痩せ坊主を、哀れとおぼしめし、何とぞお救いくださらば、生々世々の御恩報じ……』

などと、乞食まがいのねだり方をしているのは、いくら書きぶりがふざけたものとはいえ小三馬の若さには浅ましかった。その思いを顔に出すまいとの配慮から、

「馬琴さんの書画会へ、先生はいらっしゃいますか？」

なにかあわてて、彼は話題をもとへもどした。

「いや、行かないよ。他意はない。億劫《おっくう》なのでな、お栄をやる」

「応為《おうい》さんを……」

「あんたもな、気がすすまなければ無理に出かけることはないさ。版元への聞こえが心

配なら、前もって断わり状でも回しておけばよろしかろ」

帰るつもりか、框から腰をあげながら、

「曲亭もせがれに先立たれて気が折れたんじゃな。ひとつぶ種の孫に御家人株を買《こ》うてやるための書画会とかいうことだが、内々、身を切られる思いにちがいあるまい」

北斎は微笑した。

「さぞ、辛《つろ》うござんしょうねえ」

京山もうなずいた。

「俗事だはた迷惑だと、他人が催すたびにけなし通してきた書画会を、背に腹はかえられずとうとう自分がする羽目になっちまったんですからねえ、ははは」

北斎の笑顔にはない嘲《あざけ》りの調子が、京山の口調には露骨にみなぎっていた。

十七

八月十四日開催ときまると、その二月《ふたつき》も前から早くもごたつきがはじまった。

「先生は、でんと構えて坐っててくだされぱいいのですよ。用意はいっさい、わたくしどもでしますからね」

丁字屋平兵衛はじめ世話役の版元たちは言うが、いざとなるとけっして馬琴も、高見の見物ではいられなかった。それでなくても日常茶飯事、箸《はし》のあげおろしさえ気になる几帳面な性格である。一生に一度の書画会の準備に超然とかまえていろというのが、じたい無理な注文なのだ。

「会場は柳橋の万八楼を借りることにしました。それから当日の、配り物ですがね先生」

丁平の見つもり帳面によると、馬琴自筆の賛《さん》に画工一峨《いちが》の絵を染めたちりめん袱紗《ふくさ》が二百五十幅《ぷく》、おなじく画賛の扇子千五百対《つい》、磁器の長寿盃千箱……。これを上等中等下等の三種題に分けて、まあいわば、会場で頒布するわけであり、そのほか祝儀、会費まであわせると、大事な暇をつぶされるばかりか、義理でくる書画会に来会者はだいぶの出費を余儀なくされる。肚の中では、したがってだれもが渋面《じゅうめん》つくりながら、

「ご盛会、おめでとうございます」

口さきでの世辞応酬、愛想笑いを振りまくというまこと〝風流に似た大俗事〟で、行くのは大嫌い、催す人間の品性も卑しい浅ましいと、日ごろはばからず口にしていた馬琴が、のっぴきならずその大俗事を主催しなければならなくなった苦衷《くちゅう》は、じつは周囲の想像以上なのであった。

「蔵書を売るのはいや借金するのもごめん……。それでどうやって、御家人株を買う金を捻出しようというんです？」

丁平が言い土岐村元立が言い、そのほか立ち至った発言のできるだれもかれもが、そ

ろって口にしたひと言を、否《いや》も応もなく支えにして、ここ一ッときを忍ばなければならない。すべて孫のため、太郎の将来のためと観念しながらも馬琴の気は重かった。

一対ずつ千五百、本数にして三千本の白扇ができあがり、どっと持ちこまれて来だすとこんどは夜も昼も、それへの染筆で馬琴は忙殺された。とても一人ではこなしきれない。半分はやむをえず専門の書家に代筆させたが、世話人にすれば一本でも多く、馬琴みずからに書かせたい口吻だった。

「代筆のものよりは、先生ご自身の筆に当りたい……そう願うのは求める側の人情でしょうからねえ」

仕方なく書いて書いて、腕が棒になったぐらいは、しかし〝会触れ〟の恥かしさ、みじめさにくらべれば物のかずでもなかった。

「私こと、いつぞこそこで、書画会を催し候あいだ、ご多用中恐縮ながら枉《ま》げてご来会を待ちたてまつり候」

という、つまり言えば開催通知、案内状の発送が〝会触れ〟である。

刷りもので、たいていは埒《らち》があくけれども、高名な文人墨客へはそれではすまない。馬琴自身出向いて来会を懇請して廻るのが、こういう場合のしきたりだと世話人連中は言う。礼儀としては、まことにその通りかもしれないので、三日ほどついやして駕籠で出歩いたものの、一軒訪れるごとに身を切られる思いであった。

名代《みょうだい》でもよい相手には、幼少ではあるが嫡孫ということで太郎をやり、遠方へは婿の清右衛門をつかわした。その、だれもに世話役、取り持ち役、版元や画工までが八、九人も毎回ぞろぞろ従うのさえ、

「会触れというものの、これもしきたりでさア先生、要するにお祭りですからね、派手派手しいほどいいんですよ」

と言われれば反対するわけにもいかない。そのつど昼夜とも料理屋でふるまう酒飯の出費が、ばかにならない嵩《かさ》み方をした。もともと、

「だいじょうぶ。かならず元をとった上、五百両は儲けを浮かしてごらんに入れます」

と丁字屋たちがそろばんをはじき、受け合ってはじめた計画である。配り物の製作費、会場借りあげ費、料理の費用、人件費など厖大な入費も、それに見合うだけの客が来なければたちまち大損となる勘定で、式亭三馬の例を持ち出すまでもなく、つまりいえば一種の博打なのであった。

せっぱつまったとはいえ、石橋を叩き叩きすごしてきたこれまでの世渡りからは思いもよらぬ軽はずみを、書肆版元の口車に乗って、つい、うかうか承知した危うさに、計画が具体化してくればくるほど馬琴は気が気でなくなりはじめた。

（どれだけ来てくれるか）

こころもとない。

依怙地、不遜、好んで敵をつくってきたわけではないにしろ、人にへりくだらず人を許さず、社交嫌いを標榜し、唯我独尊、不人望をむしろ誇って生きた過去が、今となっては切実に悔やまれた。日ごろのしっぺい返しを今度、手ひどくくらうのではないか……。

「ご安心なさいってば先生。わたしらがやることだ。大船に乗った気でいてもらいたいですね」

胸を張る世話人たちは、おのおのが出版界、著述業界に効《き》かしている〝顔〟の威力を信じているわけであり、その彼らの〝顔〟だけでも四百や五百、集まらないはずはないとみずから恃《たの》んでいるのであろうけれども、彼らですらどうにもならないのが当日の天候である。

惨敗といってよかった式亭三馬の書画会も、なかば以上はどしゃ降りに祟られたのであり、万端、用意がととのってからは、

「どうぞ好天にめぐまれますように……」

だれもが、ひたすら願うのはそれだけだった。しかし祈念にもかかわらず、前日、十三日は朝からの雨……。ひるすぎには風まで加わり、野分けじみた荒れ模様となった。

(天、われに与《くみ》し給わぬか！)

九分九厘、馬琴も肚を据えた。

夜にはいってもおとろえない雨脚《あまあし》に、世話人たちも匙を投げて『万八楼』に使いを走らせ、六百人前注文した会席膳を三百に減らすよう交渉し直すさわぎだったが、ひと晩中まんじりともしないで睨みつづけた雨戸を、神田明神社の明けの太鼓と同時に繰《く》ってみて、

「や、あがった。雨はやんだぞ」

ついしらず、馬琴は家中にひびく声を出してしまった。東はうす紅く曙光を刷《は》き、夜どおしの荒れを一部に残しながらも、急速に晴れあがろうとしている空の気配であった。親戚が集まりはじめた。祝辞を述べ、手伝いを申し出るためである。本意ではないにしろ、ともあれ馬琴にとっては一世一代といってよい晴れがましい催しなのだ。

「大げさな……。お前らまで騒ぐことはないに……」

妹や娘夫婦をたしなめながらも、来なければ来ないで馬琴は、よい顔をしなかったにちがいない。

そろって朝食をとり、着替えをすますころ空はすっかり明るんだ。秋なかばの、この季節にしても珍らしいほどの澄みようである。

「人徳《じんとく》というやつですね」

と、はやくも養子気どりで、これも早々に駆けつけてきた中藤徳二郎が言った。片腹痛い追従とは知りながらも馬琴の耳は、いつもほどそれを不快とは聞かなかった。

明神下の自宅を出たのは朝の五ツ半――。馬琴は十徳すがた、駕籠わきにつき添った太郎と徳二郎は継裃《つぎかみしも》に袴で、まず、回向院《えこういん》に立ち寄った。京都嵯峨の清涼寺が釈迦像を江戸へ運んで出開帳《でがいちょう》をしている。

「出直すのも面倒だから、ついでに拝んでいこう」

と孫たちには言ったが、のるか反るかの今日の成り行きを、神でも仏でもいい、祈念せずにいられない思いも馬琴の中にはひそんでいる。

『万八楼』には世話人たちがすでに詰めかけ、おのおのの店々から引きつれてきた番頭、手代らを指図して帳附け、刀番《かたなばん》、案内、燗番《かんばん》、履物番など、てきぱき分担をきめていた。

「やあやあ先生、今日はまあ、もっけもない上天気で、日ごろの御節操を天道も嘉《よみ》したにちがいないとみんなでお噂していたところでございますよ」

口々に、ここでも顔を合わすなり浴びせられたのは晴天に絡《から》めての世辞だった。

「それはいいんですが減らしちまった会席膳をね、今朝になってまたまた倍増しにあつらえ直したもんだから、万八楼では板場が大騒動ですわ。亭主やかみさん、娘まで総出で飯炊きにかかっている始末です」

と泉屋市兵衛が笑う。

すこしおくれて妻のお百、嫁のお路、妹のお菊、お幸お祐お久和ら娘たち、そのつれあいまでやってきた。お秀の顔も見える。

　会場は四座敷ぶちぬいた百十数畳敷きの大広間であった。天候の回復で一時はずんだ馬琴の気持は、この会場の広大さに、また塞《ふさ》いだ。大げさな準備をすればするほど、しくじったさいの辱《はじ》や痛手も大きくなるわけだ。

　危惧を裏書きするかのように、定刻すぎてもだれの顔も見えず、

（さてこそ……）

と、吐胸《とむね》を突かれたが、それもわずかなあいだだった。

　渡辺崋山の笑顔が案内の男にみちびかれてまず、あらわれたのを皮切りに、あとはもう引きも切らず来会者の列がつづき、馬琴はたちまち怱忙の渦に呑みこまれた。

（ありがたい。どうやらみっともないざまにだけは、ならずにすみそうだぞ）

　胸をなでおろす反面、口にしつけない謝辞のくり返し、挨拶の果てしなさ、人いきれのすさまじさに馬琴はのぼせあがり、三百人を越し五百人を越すころには疲れのため、背すじがこわばって痛みはじめてさえ来出した。

（今日いちにちだ。たった一日の辛抱だ）

と思う。ふしぎにあなたまかせの、素直な心になっていた。彼はつとめた。あたうかぎり愛想よく振るまおうとさえした。といっても馬琴の場合、しかめっつらをしないというだけのことなのだが……。

学者では東条琴台が来た。大窪天民、菊池五山、屋代弘賢もやってきた。画家では谷文晁《ぶんちょう》が孫の文一に手を曳かれて姿を見せた。有坂蹄斎《ていさい》、鈴木有年、長谷川雪旦の顔もみえた。書家では関根江山、関金三……、浮世絵師の歌川国貞は英泉国直《くになお》、国芳らとつれだって来たし、歌川広重、柳川重信もむろん数からはずれなかった。ただ、世話役の版元たちが予期したほどには、作者の書画会でいながら作者の集まりがかんばしくなかった。

日ごろ仲のよくない為永春水がそれでも不承不承、席につらなったのは、まったく版元への義理立てだし、来ると言っていた山東京山は、当日になって急病を理由に断わってきた。あとは役者の代作をもっぱら引き受けている墨川亭雪磨《ぼくせん》、おなじく梅磨、笑亭鯉丈《りじよう》、烏《う》亭焉馬《ていえんば》など三流どころの作者、売れっ子ではわずかに『偐紫田舎源氏《にせむらさきいなかげんじ》』の柳亭種彦が、旗本気質《かたぎ》の社交儀礼で顔を出したにすぎない。版元の威勢をもってしても、同業仲間の、馬琴への反感は払拭しがたかったといえる。

そんなことを、しかしだれもが気にする余裕はなかった。

「たいへんだ、会席膳、六百人前でも足りなくなったぞ」

世話役の狼狽を、万八楼側が、

「千人越しても作りますよ」

いまは態勢をととのえ直して、逆に安心させたのは、さすが江戸で指折りの大料亭の貫禄だが、中には膳札《ぜんふだ》を買いながら飲み食いせずに帰る客もあり、そうかと思うと混雑にまぎれて三枚四枚もの札をかすめ取り、肴を折りに詰めさせて土産にするずるい連中もあって、さしもの広間が昼すぎには客同士、肩や膳をまたいで通るありさまとなった。

さすがに馴れたもので、酌取りにやとわれた柳橋の芸者五人が手ぎわよく席をさばき、客を取りもつのにくらべると、滝沢家の女たちは気のきかないことおびただしい。盛況に気押《けお》されて隅にかたまり、手伝いがろくろく手伝いにならず、むしろ仲居や芸者たちには足手まといのじれったさであった。そのくせ、

「芸者など傭うのはやめにしてくれ」

と例のわかい固まりから当初、反対をとなえて、丁平や泉市、鶴喜らを手こずらせた馬琴なのである。内々彼女らの働きに目をみはりながらも、だから馬琴には、芸妓たちにねぎらいの言葉ひとつかける気ばたらきは起こらず、この迂闊《うかつ》さ、粋《いき》すじにかけての暗さ疎《うと》さは、滝沢家の親戚すべてに共通して見られる現象だった。

そんな中だけに、中藤徳二郎の愛嬌と如才のなさは、そこだけ空気が華やいで見えるほど目立った。世話役たちからも芸者からも、

「二郎さん二郎さん」

たちまち馴染《なじ》まれ、重宝がられて、それをまた彼自身うれしげに、得意顔で動き廻るのを、夕方ちかくやってきた土岐村元立がつかまえ、

「大活躍じゃないか」

冷やかした。

「滝沢先生が得をすれば、私にだって損になる気づかいはありませんからね。こういうとき実《じつ》を尽くさなくちゃ……」

と徳二郎は笑った。すこし酔っているらしく唇が濡れ、目のふちもうす桃いろに上気して、驕《おご》った若々しい顔だちをいっそう華奢《きゃしゃ》な、誇らかなものに見せている。

附ききって彼が世話を焼いたのは歌舞伎役者の一団だった。会主の人柄にそぐわない顔ぶれは、この年四月、木挽《こびき》町の森田座で馬琴の『八犬伝』が上演されたからで、外題《げだい》は『八犬伝評判楼閣《うわさのたかどの》』……。市川団十郎、坂東三津五郎、大谷友右衛門ら出演俳優、それに頭取《とうど》り、太夫元《たゆうもと》、脚本の作者までを義理にからめて呼んだのは、書画会に色どりを添えようとの世話役一同の配慮からだが、馬琴にすれば、

(歴々の集まる席に、河原者ふぜいが同座するとは……)

と、かえって迷惑顔で、ろくろく彼らには挨拶も返さなかった。

徳二郎の興味は、ちかぢかと見る女形の尾上菊次郎に集中したらしく、

「そうそう、ここまできたついでに、第六天さまの前の叶屋《かのうや》で香袋を買っていこう」

なにげなくひとりごちたのを耳ざとく聞きつけて、

「私が買ってきてあげますよ音羽屋さん」

申し出た。

「おや、ご親切にどうも……」

職業的な笑顔と一緒に、菊次郎が差しだした代金をいそいそ受け取り、大広間を出ようとするのを、遠くから太郎が見つけた。

「どこへ行くの？　つれてって……」

行儀よく坐っているのに飽きたのである。

手を曳いて『万八楼』をぬけ出し、塀の曲り角まで来て、だが徳二郎は背後から呼びとめられた。

「あのう……」

まだ若い、みすぼらしい尼である。口ごもりながら、

「山田お秀という者がまいっておりましたら、恐れ入りますが呼び出していただけますまいか」

おずおず言う。

「書画会にですか？」

「はい」

「山田お秀どの……。はてな、何しろえらい人数ですのでね」

ぶしつけな目で相手を眺めながら、徳二郎は首をかしげた。

「お秀おばちゃんなら、さっき来て、すぐ帰ったよ」

と太郎が口をはさんだ。

「なんだ、お前知ってるのか、親類の人か？」

「うん」

「お聞きの通りです。帰られたそうですがね」

「では、堀内節子とおっしゃるかたは？」

「さあねえ。私は受付けではないのでね。待ってらっしゃいよ。帳面の係りに聞いてきてあげますから。……坊、ここにいるんだぞ」

太郎を置いて、徳二郎は『万八楼』の玄関先へ引き返した。

「堀内節子？　……ああ、来ましたよ」

十人ほど、てんでに前へ芳名帳をひかえて、さすがにやや間遠《まどお》になった客足の合間を、雑談でつぶしていた書肆の手代のうち、一人がすぐ応じた。

「私の帳面に名を記入していきましたからね。すごい別嬪《べっぴん》なのに、片方の耳から頬にかけて刀傷のある女でね、よくおぼえてますすよ」

「じゃ広間だね、今……」

「来たのは正午前《ひる》でさあ。とっくに帰りましたぜ」

「なんだ、これも帰り組か」

走ってもとの曲り角まで来たが、板塀に寄りかかって待っていたのは太郎だけだった。

「尼さんは？」

「どこかへ行っちゃった。もういいんだって……」

「堀内という人に逢わなくてもか？」

「うん」

「なんだい、ばかにしてらあ、ひとがせっかく骨折ってやったのに……」

「坊やは滝沢さんちの子かって訊《き》いて、それから、これをくれたよ」

手につかんでいた水晶の数珠《じゅず》を、太郎は誇らしげに振り回した。

「これを太郎ちゃんに？　へええ、気前のいい尼だな。——まあいいや、お使いがおそくなる。行こうよ」
五、六歩あるき出して、しかし徳二郎は、ふッと竦《すく》み立ちに立ち止まった。
（まてよ、訝《おか》しいぞ）

貧しげな身なりに不相応な水晶の数珠……、おそらく尼にとってかけがえのない大切な品であろう数珠を、惜しげもなく子供にくれて去った行為に、にわかな疑問が湧き起こったのである。

すっかり終ったのは、夕刻六ツ半——。

「膳札が先生、千二百八十四人前も出ましたよ。手伝いをぬかしても千人は軽うござんすぜ。たいした盛会だ」

丁字屋はわがことのような手柄顔だった。

酒も一斗樽を三つで足らず、さらに半樽追加したという。

「ひきつづいての飢饉さわぎで、市中では百文に米五合の高値《こうじき》……、そんなさなかの書画会にこれだけ人が集まったのは、まず前代未聞でしょうなあ」

鶴屋が言い、泉屋も言う。

「先生の外聞《がいぶん》は、これで立派に立ったとして、あと気がかりは諸費用さし引いていくら残るかという点ですが……。二、三日中にこまかく算用してご報告にあがりましょう」

「いろいろ世話になった」

「なあに、いままで儲けさせていただいてきた御恩報じでさア。ねえ泉市さん鶴喜さん」

「それはいいが……」

馬琴は苦笑した。

「席上で絹地、唐紙《とうし》、扇面など、新たにまた百本余りの揮毫を頼まれてしまった。家へ持ち帰って片づけねばなるまい」

「ほとぼりがさめきるまでは何だかだ、ひと月はあとを曳いて忙しゅうござんすよ」

「まあしかし、あれだけの混雑にしては喧嘩口論も起こらず紛失物も出ず、大慶だった」

ところへ『万八楼』の使用人が顔を出して、

「降ってきました。雨ですよ」

と告げた。

「こりゃおどろいた。終ったとたんに雨とは、まさしく先生、天佑神助ですぜ。徳がおあんなさるんだ」

「なに、運がよかったというだけだろう」

否定はしたが、内心、周囲のおだてを、まんざらおだてとばかりは思えぬ心情も馬琴には疼《うず》いた。

（かえりみて、疚《やま》しいことは何ひとつせずに過ごしたこれまでなのだ。神仏の冥助《みようじよ》があったとしてもふしぎではないかもしれない）

他人が同じことを口にしたら、たちまち増上慢《ぞうじようまん》扱いするはずのうぬぼれも、自身のこととなると何の抵抗もなく肯定できるのである。

迎えの駕籠が来、やがて帰って行くうしろ姿を見送って、

「なんでえ、ご苦労だったのひとことときりで、さよならか」

手伝いの若い者はいっせいにぶつぶつ言い出した。

「わからずやの唐変木《とうへんぼく》じゃねえか。こんな催しのあとには祝儀を出すのが当り前だぜ」

「世間知らずも曲亭先生ぐらいになると、いっそみごとだねえ」

泉屋市兵衛が苦笑いして言った。

「手伝い連中の文句も無理はないよ。何とか少しでも色をつけてやりましょうや丁平さん」

「心得ていますよ。金はまだ、こっちでがっちり抑えているんだ。雑費とでもして、一杯飲む分ぐらい私らも蹴出さなくちゃね。ははは」

脇に引きつけている金の包みを、丁字屋はかるく叩いた。大の男でも一人では持ち運びに骨が折れそうなほど、それは嵩《かさ》ばって重たげに見えた。

十八

あす、四谷信濃坂《しなのざか》へ引越すという日、馬琴はいたたまれぬ思いに打ちひしがれて、ぜひ今日のうちには仕上げてしまおうと予定した『八犬伝』九輯下の校閲も手につかず、一日じゅう家と庭のあいだを、何とはなしにあがったりおりたりしていた。

関帝籤の神告を無視して買い取り、増築までした押しづよさ、その奢侈がわざわいして、かけがえのない一人息子の命をちぢめたとすれば、ここ、神田明神下の住居は馬琴にとって仇《あだ》がたきにひとしく、悔やんでも悔やみたりない痛恨の対象である。——が、また、それだけに五十八歳から今年七十歳まで、十二年間にわたる妄執の起伏が、壁の雨じみの濃い薄いに似て、庭木の一本一本にすら纏《まと》わりついている家でもあった。憎しみは深いが愛着も深い。

　宗伯が病臥していた部屋、薬研《やげん》を磨《す》っていた調剤所……。書架をどけたあとの畳のくぼみ、短冊掛けの形を白くのこす柱の灼《や》けにまで、あるべきところにそれらがあるための安らぎと馴れ……。不満、故障は絶えなかったにしろ、ともあれ外からもどって机の前に坐れば、獣や鳥が、おのが巣に帰ったと同じ安堵を得るまでに使い込み、したしんだ書斎……。馬琴はここで『近世説美少年録』を書き『開巻驚奇俠客伝』を書き、『傾城水滸伝』を書き『八犬伝』の前半を書いたのだ。

　宗伯がお路をめとったのも、孫たちが生まれたのもこの家だった。いつもいつも隣家との紛争の種になっていた門わきの柳……。暴風雨のたびにぐらついて、まだ元気だったころ宗伯が、梯子《はしご》をかけては修理したブドウ棚……。それを唯一の気分転換法にして、著述のひまひまに馬琴が草をぬいた小さな築山……。まわりに植えた木犀《もくせい》、ねずもち、百日紅《さるすべり》、珊瑚樹《さんごじゅ》、木斛《もっこく》……、どれひとつとして思い出のないものはない。縁日、植木市から馬琴自身が、あるいは宗伯が、お百と太郎が、買い求めてきてはふやした木々なのである。

　小大名や旗本の邸の家士勤めを代々くりかえしてきた家系だから、役宅お長屋のほか住居の味を馬琴は知らなかった。

会田家に婿入りし、いまお幸・清右衛門夫婦を住まわしている飯田町中坂下の、十坪たらずの小家の主人《あるじ》になったときはうれしかったし、姑の死後、下駄屋をやめ、店づくりをしもたやに改造して、はじめて書斎らしいひと部屋を設けた当初も、自作の末尾に、

庚申《かうしん》の夏、居を卜《ぼく》して旧燕《きうえん》の栖《すみか》を得たり、房を曲亭と呼び、堂を著作と号《なづ》く。後園せまくして蕉窓《せうさう》の夜雨を聞くにたらずといへども、主客相対してわづかに膝を容《い》るるの容《い》れやすきに似たり。

などと、つつましい喜悦を並べたほどであった。――といってもここは、結局はお百の持ちものだし、次に移った明神下の現在の家こそが、筆一本の自身の稼ぎで、馬琴が求め、好むままに手を入れた、いわば〝終《つい》の栖《すみか》〟なのだ。年七十の頽齢《たいれい》に及んで、まさか引き払うことになろうなどとは夢想もしていなかっただけに、いかに愛孫のためとはいえ、いよいよ家《や》移りをあすにひかえたいま、馬琴は平静ではいられなかった。この家とともに経《へ》た歳月……。思い出のあれやこれやが彼の感懐をしきりにゆすぶった。

そっくり家に附けて譲ったため、今日かぎり別れなければならない庭木のひとつひとつを、馬琴が飽きもせず見回しているところへ、寒さのためだろう、鼻さきを赤くしながら嫁のお路が帰宅してきた。四谷の住居を掃除しに行っていたのである。

荷物はすでにあらかた運ばれ、清右衛門と徳二郎が泊りこみで番をしていた。

「ね、どうだったいお路、こんどの家、すこしは住めるようになったかい？」

と台所から、濡れ手をふきふきお百が出てきて、まっさきにそれを訊いた。

「清右衛門さんが一日かかって、空地の雑草を抜きましたし、徳二郎さんも障子を張り替えてくれましたから……」

「水はどうだい？　井戸は深いのかい？」

「すこし金気《かなけ》臭いようです。……勝手の板敷きに炉が切ってあって……」

「へええ、炉が？」

「灰の中に蛆《うじ》がわいてたので退治しました」

「うじってあの、虫の蛆かい？」

「親指ほどもある、うすぐろい大きな蛆で、尖《とが》った尻っぽが生えてました。本当かどうか知りませんけど、尾長《おなが》蛆と言うのだと、二郎さんが……」

「おお、いやだ。気味のわるい。まるで化けもの屋敷じゃないか」

身ぶるいし、両手を揉みしぼってお百は嘆いた。

「なさけないねえ。下町に生まれ下町にそだち、下町ぐらしをつづけ通したあげく、この年になって山ノ手なんぞに移らなきゃならないなんて、なんの因果だろうねえ」

思いは馬琴も同じだった。

四谷信濃坂――。永井信濃守の下屋敷の裏手にあたるために、信濃坂、信濃町と呼ばれている青山六道《ろくどう》ノ辻に近い草ぶかい辺土である。

生活上の不便、不経済、あけくれの心細さは想像のほかであろう。距離的には比較にならないにしても、心理的にはほんものの信州か、もしくは奥州三界にでも引っこむに似たやりきれなさに、馬琴もさいなまれている下町ッ子なのだ。

「まあ仕方がない」

縁さきに腰をおろして、しかし口では老妻の愚痴の、彼はなだめ役に廻らなければならなかった。

「先祖から伝わった同心株を、金に換えるような御家人《ごけにん》の家だ。住み荒し放題なのもやむをえんだろう」

書画会の純益は、諸経費を差し引いてみると意外にすくなかった。二百両が切れていた。やはりどうしても明神下の住居を手放さねば足りなかったが、これとて地面は借り地である。かつかつ十八坪にすぎぬ小家とあっては、たいした金にならない。

おまけに信濃坂の家の傷《いた》み方がひどかった。改築するとまではとてもいかないにしろ、根太、床板の腐りだけでも何とかつくろわねば住むに住めない状態だという。

御家人との交渉、同心株の受け渡しにともなう公儀への手つづきいっさいは、丁字屋平兵衛がやってくれたが、手間ひま使わせれば使わすで、それだけのことはしなければならず、徳二郎を仮養子にすればするで内輪《うちわ》な披露《ひろう》ではあっても、やはり費用はかかるわけである。あれほど拒《こば》んでいた蔵書の売り立てを、結局しなければならない苦境に馬琴は追いこまれた。身の皮を剝がされる辛さであった。文字の読めぬお百、仮名《かな》のにじり書きがやっとのお路が、書籍への愛着を一向に示さず、むしろ場所塞げが減るのをよろこび、あるじの寂寥《せきりょう》を思いやろうとさえしないのも腹だたしい。

（それもこれも、しかし太郎のためにする我慢だ。耐えなければならぬ）

何回となくみずからに向かって言いきかせてきた言葉を、ここでも胸のうちにくり返して、

「山ノ手は山ノ手で取り得《え》はあろう」

馬琴は言った。

「ごみごみした町の中より、孫たちの健康のためには田畠にかこまれたくらしのほうがよいのだ」

「竹やぶがありますよ。通りから玄関までの片側に……。春は、筍《たけのこ》がとれるんじゃないでしょうか」

と、めずらしく、問われもしないのにお路が言った。引越すのをいやがっているのかいないのか、彼女ばかりは徹頭徹尾いつもの無表情だったのが、ふっと筍のことなど口にしたのは、これも下町育ちのために、よほど収穫に、興味と期待を持ったからにちが

いない。

「いや、筍はだめだよお路、地主のものだ」

舅に言われて、

「うちでとってはいけないんですか?」

反問した顔つきは、いかにも心外そうだった。

「譲ってもらうことぐらいはできるさ。掘りたてが食えるわけだ」

馬琴は笑ったが、笑顔の裏には附け元気のほかに、来るところまできてしまった事態への、濃いあきらめが匂っていた。


——翌日は朝から曇って風があった。時おり白いものさえチラチラした。

丁字屋に世話してもらった手伝いの男二人が、積み残しのがらくたを車にのせて出て行ったあと、お路がさちを背負い、お百が太郎の手をひき、馬琴自身は重詰めの小風呂敷をさげて明神下の家を出た。もう、これも聞きおさめの神田明神社の太鼓が、いつもの単調な撥《ばち》さばきで正午《ひる》を告げていた。

……予想したよりもさらにはるかに、信濃坂の住居《すまい》の荒れはひどかった。屋根は茅葺《かやぶ》きである。天井板は張ってない。むき出しのままの煤《すす》けた梁《はり》、垂木《たるき》を仰いで、

「ここに住むのかい?」

七十三歳の気の弱りが、どっと襲いかかったようなお百の声《こわ》つきだった。

「でも、これでも初手《しょて》にくらべれば見ちがえるようになったんですぜ。ねえ清右衛門さん、あっちこっち大工の仕残しに、二人で手を入れたんだものね」

と、徳二郎は不服そうだ。

部屋かずだけは今までの倍もある。玄関式台、廊下、勝手もとなど板敷きはどれもだだっぴろい。カビ臭く冷たい風が吹きぬけている。運んできた家具は、すでに適当なところに配置されているのだが、家の大きさにくらべていかにも少い。箪笥、茶だんす、長火鉢……、ぱらぱらっと撒《ま》き散らしたようなみすぼらしさを、雨汚《じ》みだらけの壁がなおのこと、きわ立たせていた。

ミシミシいうほど積みかさなって、狭い家をさらに狭くしていた書物の山が、その置き場とひきかえに半減してしまった回り合せも皮肉だった。

「せめて本でもあったらねえ。すこしは賑《にぎや》かしになるだろうに……」

かつてともすると荷厄介にしたものを、お百さえ惜しむ始末である。

東南に面した角《かど》座敷に、机は据えられていた。

「これからは、書斎はここというわけか」

だれへともなくつぶやいて、馬琴は机の前に坐った。渋を塗ったほどにも灼けて、よごれて、しかもぶくっと足の下でへこむ畳だ。畳替えまでは手が回らなかったのだ。

襖《ふすま》の破れはお路が貼ったらしい。不器用をまる出しに、これもぶくぶく金魚の腹に似てふくらんでいる。

土岐村元立にたのまれた、と言って、このとき徳二郎の兄の中藤鉄太郎が訪ねてきた。

「いやあ、さがしました。なんともじつに判りにくいところですなあ」

大声で言いながら、投げ出したのは鮮鯛の籠である。土岐村からの祝い物だという。酒は二升入りの角樽《つのだる》が丁平から届いていた。持参の赤飯、重詰めの煮しめを開いて、手伝いの男も一緒にささやかな引越し祝いを、それでもしきたり通り馬琴はやった。

「ちょいと店屋《てんや》もの一つ取ろうにも、ここじゃあ気のきいた食い物屋もありませんね」

棚おろしを肴に鉄太郎は酔い、

「どうぞ今後とも、弟のやつをよろしくたのみます」

身内のこととなると神妙な口もきいて、やがていとま乞いした。

「送って行くよそのへんまで……。提灯なしじゃとても歩けないからね」

徳二郎が立って出ようとするのへ、

「それならついでに、地主のところへ顔出ししてきてくれ」

馬琴は言いつけた。

「かしこまりました。……ええっと、たしか御煙硝蔵《えんしょうぐら》のそばでしたね清右衛門さん」

「お蔵の板塀に添って南へ曲るとすぐですよ。堀内さんとおっしゃいます」

「じゃあ、行ってきます」

兄とならんで夜道へ出ながら、

「まてよ、堀内……、どこかで最近、耳にした姓だな」

徳二郎は首をかしげた。

「南の与力の堀内六左衛門じゃねえか？」

と鉄太郎が言った。

「たしか控え屋敷が四谷の煙硝蔵の近くにあると聞いたぜ」

「なんだ兄さん、知り合いなの？」

「うちの親玉が、堀内の娘とむかし、でき合っていたんだそうだ。おれんとこの役所じゃ知らねえ者はねえよ」

「兄さんとこの親玉といえば、勘定奉行の矢部駿河守さまじゃないか」

「そうさ、きけ者と評判のね」

「そうだッ、思い出したッ、堀内節子だ」

「よせよ二郎、いきなり大声はりあげて……。びっくりするじゃねえか」

「その娘、節子と言やしないか？　首すじに刀傷の跡がある女だとも聞いたな」

「名前は知らねえが、傷はあるそうだ。そいつだろうよ」

「曲亭馬琴の書画会に来てたぜ。おまけにその女をたずねて尼がやってきてね」

水晶の数珠の一件を徳二郎は語った。鉄太郎はしかし、弟の話に関心を示さず、

「うう寒い。やけに冷えこむ晩だな。酔いも何も醒《さ》めちまったあ。使いをすましたら二郎、大木戸の通りまで出て夜泣きそばでもたぐらねえか」

思いはすでにしきりに、屋台の湯気に飛んでいる顔つきだった。

十九

和助の塚と並べて、お加乃の死体を埋め終ったお秀と節子は、わざわざ江戸から持参した小さな山茶花《さざんか》の苗木を、卒塔婆《そとば》のかたわらに植えた。

比翼塚というべきかもしれないが、この前来たときよりはさらに荒らびて、ほとんど朽ち崩れかけた庵の裏手に、新旧ふたつの土色を見せた土《ど》まんじゅうは、つよい潮風と、さえぎる木さえない白昼の日ざしに晒《さら》され、物語めいた雰囲気とはおよそうらはらな、むしろ罪人捨て場のそれに似た陰惨さを見る者に印象させた。

「根づくとよいが……」

庵主の老尼は言い、あの、和助の通夜《つや》の晩、暴風《あらし》防ぎのしんばりで庵を守ったけなげな小尼《こあま》が、今日もかいがいしく閼伽《あか》桶《おけ》に水を運んで山茶花の根方にそそいだ。

「いつか又、かならず和助どののあとを追うのではないかと、お加乃さんを預かりはし

たものの、わしは内々危ぶんでいた。得度したのは形《かたち》だけで、魂ははや、和助どのと共にこの世から去っていたような明けくれじゃった。どう教えても訓《さと》しても、目も耳も虚《うつろ》での。いわば抜けがら同様と申そうか」

老尼の述懐に、

「やはり、海にはいって果てましたか」

お秀はおずおず問いかけた。

「さよう。はじめのときとすっかり同じじゃ。どのあたりから入水《じゆすい》したか判然せぬが、打ちあげられたのはやはり南の前浜《まえはま》でな。——潮の流れの、きまりではあろうけれども……」

「じつは半年ほど前、お加乃は私どもに逢いに、出府してまいったらしいのでございます」

「托鉢に行くと言うて出たきり、十日あまり行くえ知れずになったことがあった。おおかたでは、そのとき江戸へ行ったのじゃろ」

「あいにく私とも、この堀内のお嬢さまともかけちがってお目にかかれず、すごすごどったとか、あとから人づてに聞きました」

「帰庵して来たので見ると、手首の数珠がない。すこしなりと気を引き立たせようと思うて、わしが与えた秘蔵の一聯《いちれん》じゃ。おおかたどこぞで落としたか、盗まれたか、ま、半病人のことゆえ致し方あるまいと咎めもせずにいたが……。そのとき母御なり堀内どのなりに首尾よう逢うていたら、ひょっとして生きぬく気になったかもしれぬし、あるいは今生《こんじょう》での、暇乞《いとまご》いのつもりであったかもしれぬ」

「もうでも、あの子らも、これで楽になれました。惜《お》しみはいたしませぬ」

と、お秀はうなだれた。油けを失ったぼさぼさ髪、旅埃《たびぼこり》にまみれた衣類……。うらぶれきった姿ではあるが、老いて、ひとり取り残された自身の境遇を悲しむより、死という手段でしか得られなかった安息ではあっても、ともかく子らが安らぎを得たことへの母の安堵が、その全身には滲《にじ》んでいた。

「楽にはならぬ、が、苦も覚えぬ。お子たちは無に還られた。死とは、そういうものじゃよ」

と、うなずく老尼へ、節子が言った。

「庵主さまは、では来世、地獄極楽など、無いとおっしゃるわけでございますか?」

「方便では、さまざまに説かれておるが、この世ぽっきり、どうもこうもならぬ、いまこの命の内がすべてじゃとの考え方の上に、そもそも仏の教えというものは成り立っているのではあるまいかの」

焚木《たきぎ》を燃やせば灰になると、老尼は微笑しながらつづけた。

焚木の中には、燃やせば灰になる可能性が含まれているからだが、いったん燃えて灰になってしまったものを、いくら捏《こ》ね回したところで、もう二度と焚木にはならない。灰の中には、焚木に戻りうる要素は何ひとつないからだ。生き物の命もそれと同じで、生はつねに、死を内蔵し、死を抱きかかえているものであるけれども、死の中にはもはや、生をうむ可能性はまったく含まれていない。死は無だ……と語ったあと、

「受け売りじゃ」

微笑をいっそう深くして、老尼は言った。

「これは道元禅師の、『正法眼蔵』の中の一節じゃが、つくづくわしなどもそう思う。そう思うて眺めれば、こう並べて築いた塚もはかない。はるばる上総の片貝までご老母はもはや訪ねてくる余命もあるまいし、わしが死に、庵が朽ちて小尼が去れば、またもとの荒地にかえるひとむらじゃ。土を盛るのも木を植うるのも、つかのまをここに生きる、われら四人の心やりにすぎぬ。……が、それもまた、よいではないか。人と人、人と物のつながりとは、本来が、そのようなものであろうからの」

――その夜は庵の破《や》れ畳に寝て、あくる日はやく、老尼が言う通りおそらくもう次は、訪れる機会はないであろう海辺を、堀内節子につき添われながらお秀は離れた。

夫の山田吉兵衛は病んでいた。宿痾《しゅくあ》の胃が悪化して、このところ勤めにも出ず、せまい役宅の一室に横臥したきりであった。

そんなさなかですら、彼はこころよくお秀の旅立ちを許し、

「せめて供養のしるしに、植えてあげるがいい」

顔も知らない先夫の子のために、山茶花の苗木をことづけたのである。

節子はこんどもお秀の老軀を気づかって、行き帰りとも通しの駕籠を雇った。

——船橋宿《じゅく》、西海神村から街道を北へとり、藪知らずの怪談でなだかい八幡《やわた》をぬけて、市川の宿駅にはいった帰り道、江戸川の渡しを待つあいだ女二人が、茶店で休息しているところへ、おなじ道をやはり西へ向かって十人ほど供をつれた騎馬の武士が通りかかった。

野袴に、びろうどの縁《ふち》取りをしたぶっ裂き羽織……。定紋つきの梨地の陣笠の緒を固く顎にむすんだ姿は、公用をおびた上級役人の外出か、あるいは大身《たいしん》の侍の放鷹《ほうよう》とも往来の目には写った。

節子をみとめると、いきなり手綱をしぼり、武士は敏捷に馬をおりた。茶屋の葭簀《よしず》囲いを廻り込んで大股にはいって来るなり、

「矢部だ。……思いがけないところで遇ったな」

ひくく言った。

無言のまま節子は床几から立ちあがった。塞ぐかたちでその前に立った相手の背丈は、女にしては長身な節子を、さらに上まわって高かった。

「二人きりで話したいと、父上を通じて何度申し入れても返事がなかった。——今日は

逃がさぬ。そのへんまで同道してもらおうか」

短いが、薄刃の鋭利さで、一方的な男の要求を節子は截《き》った。

「旅の途中です。私にはつれがあります」

「舟待ちしていたところをみると江戸へもどるのだろう。つれとは、その老女か？」

彫りが深く、ととのいすぎているだけに、眼つき、口ぶりに酷薄さのきわ立つ容貌である。おびえてお秀は腰を浮かした。

「お嬢さま、ここまでくればもう、御府内も同様でございます。通し駕籠まで頂戴しているることですし、わたくしはお先にまいらせていただきます」

「そうしてもらおう」

と、当の節子には有無を言わさず、肩を押してお秀をつれ出すと、別に駕籠を呼んで節子を乗せ、

「外記《げき》」

近習らしい若い侍に矢部は口ばやに命じた。

「先ほど休息した禰宜《ねぎ》の屋敷へもどって、いま一度、座敷を借りたいむね申し入れてまいれ。馳走その他、心づかいはかたく無用。用談のためとも、申し添えよ」

「はッ」

お秀がどのようにして去ったか、まもなく動き出した駕籠が、どの道をどう通ってど

こへ行くのかも、垂れの中の節子にはわからなかったが、やがておろされたのは矢部の言う〝禰宜の屋敷〟であろう、庭木越しに社殿の屋根の千木《ちぎ》がのぞく風雅な離れの縁先であった。

……人払いした座敷に向かい合って坐りながら、男の眼は貪婪《どんらん》に、まず節子の全姿をむさぼった。女は庭を見ていた。しばらくどちらも口をきかなかった。

矢部駿河守定謙《さだのり》、四十八歳。禄三千石――。

御先手頭《おさきてがしら》をふり出しに火附盗賊改め、転じて堺町奉行、大坂町奉行、そして昨、天保七年には勘定奉行に栄進し、中央へ返り咲いた幕臣である。

辣腕とも、早くから定評されている男で、火附盗賊改め時代にしてのけた〝三之助捕縛〟の顚末は、いまだに江戸の司直のあいだで語り草になっている。

三之助というのは武家屋敷に中間《ちゅうげん》・小者を世話する口入れ業、いわゆる人宿《ひとやど》を表向きの商売にしていた博徒――寄子《よりこ》数百を擁する大親分でもあった。

狡智にたけているのか、三之助は自身も部屋頭《がしら》の名目で、かならず火附盗賊改めの邸内に住みこむ。むろん、しんじつ寝泊りするわけではなく、ふだんは自宅にいて時おり中間部屋へ出向き、そこで賭場《とば》をひらいて莫大なテラ銭をせしめるのである。

町奉行所の手ははいらず、火附盗賊改めからの探索も、これではされる気づかいはない。敵中に活路を見いだすやり方で、当然そのためには抜け目なく要所要所へ三之助は金品をばらまいていたし、奉行所の手先、目明しまでつとめて、いわば二足の草鞋《わらじ》を履いてもいた。

当時、左近将監《さこんしょうげん》を名のっていた矢部が、火附盗賊改め役を命ぜられたのは加役《かやく》としてである。本役は別にいた。この加役料が四十五人扶持、ほかに御先手頭の役料が千五百石……、ほんらいの持ち高三百俵を加算しても家計はくるしい。それほど火附盗賊改めの加役とは出銭の多いものだった。よほど内福でなければ持ちこたえきれない。そんな辛抱役を、矢部が黙って三年も勤めたのは、働き次第によってはこれが、将来の出世の大きな飛躍台になることを知っていたからであった。

矢部のこの、野心を見ぬいて、

「どうであろう就任を機会に、長年、旗本屋敷に巣くうておる癌腫《かんしゅ》を、おぬし、根こそぎ剔《えぐ》り出しては？」

と、謎をかけたのは、老中の一人大久保加賀守だった。三之助を捕えろとの内意であることはいうまでもない。

矢部は慎重に手段を練った。組下の与力、同心はもとより町方の者もほとんどが三之助に利をくらわされ、その犬同然になっている現在、へたに計画を打ちあければ筒抜けはもちろん、妨害さえされかねない。江戸の外に逃がされでもしたら手のほどこしようはないと見てよい。

部下のだれ一人として信用できないとすれば、手はじめに彼らから騙してかかり、いざ三之助を捕えるさいは矢部自身が直接、手をくださなければならない。

病気をよそおって彼は寝込んだ。そして枕もとに古参の与力二人を呼んで、

「再起はおぼつかない。お役御免を願おうと思う」

弱音を吐いてみせた。この与力たちが三之助と密接に気脈を通じ合っているのを、かねて承知しての策略である。

「訝《おか》しゅうございますなあ、再起不能とおっしゃるほどの重症でいながら医者にも診せず、お顔色もしごくよろしく見えますが……」

「いや、恥をあかせば、病名は貧病なのだ。やりくり算段で加役を勤めてきたが、どうにも金の当てがつかなくなった。――ついてはかの、噂に高い三之助だが、彼を男と見込んでたのみたい。金子《きんす》を少々用立ててはくれまいかな」

渡りに舟と、与力たちは見たらしい。矢部の人柄がわからないため用心して手を出さずにいた三之助も、与力たちの知らせに二つ返事で金の算段を引き受けた。これまでの火附盗賊改め役が代々そうであったように、矢部も自分と手をにぎって私腹をこやす肚なのだと都合のよいように解釈し、下谷二長町《にちょうまち》の屋敷へ出かけて行った。召し次ぎの侍に、

「庭へ廻せ」

と矢部は命じた。そして自身も広縁に腰をおろし、柴折り戸から入ってきた三之助に、

「このたびは当方のたのみを、さっそく聞きとどけてくれてありがたかった。ついては密々に、その方の耳に入れておきたいことがある。辞儀には及ばぬ。寄れ」

と、うながし、なんの気もなく近づいたところを躍りかかって、やにわに早縄を掛けたのである。

三之助は遠島……。町方はじめ与力、同心からも芋づる式に三十人あまりの処罰者を出して事件のケリはつき、矢部の前途は洋々とひらけた。

その彼が、人を介して執拗に、自分との、むかしの縒《よ》りをもどそうとし、父の堀内六左衛門にまで迫っているのを節子は知って、男の強引を避け通していた近ごろであった。

「なぜ嫌う？　一度は燃えた仲ではないか」

案の定、矢部の口ぶりはのっけから性急だった。

「堀内どのは承知だ。重症の労咳を病んで、廃人同様ながら私には妻がいる。あなたとの関わりをもとにもどしても本邸へは入れられない。別に家を構えて通うことになる。まあ、立場からすれば妾だが、私の気持としては妻として遇するつもりだ。不服か節子どの」

「私とあなたのあいだは、とうに終ったはずです。なにを、いまさら……」

「終りはしない。その、片頬から首すじにかかるむごたらしい傷痕が消えないかぎり、

二人の仲はつづいているのだ。すくなくとも、私の心の内では……」

十三年前——。

節子は若く、矢部もまだ御先手頭にすぎなかったある夜、深川の船宿で逢っているところを節子の姉に踏みこまれた。

彼女は矢部の許婚者《いいなずけ》であった。敦子《あつこ》といった。懐剣をぬいて敦子は妹に斬りつけ、矢部に取り抑えられた。

叫び狂うのを、ほとんど猿ぐつわを嚙まさんばかりな手荒さで駕籠に押しこみ、堀内家へ送りとどけると同時に、船宿へも駕籠屋へもふんだんに黄白《おうはく》を撒いて矢部は噂を揉み消し、それっきり姉妹から遠ざかった。火附盗賊改め役を命ぜられたのは事件後、まもなくである。

敦子は発狂した。その姉の世話をしつづけて節子は独り身のまま今に至っている。

「逃げた、と責められても仕方がない。前途を思うと、あのときは真実こわかった。しかし堺・大坂と任地が変り、それにともなう歳月が流れても流れても、悔いの消えるときは一日としてなかった。江戸へもどれたら……あなたに罪ほろぼしがしたい、そう念じ通して過ごしたこれまでだったのだ」

「罪ほろぼしなら、姉になさってください。狂気したのは……ごぞんじでしょうね」

「知っている」

くるしげに矢部は目をそらした。

「きのどくだとも思うが、詫びるにしろ償うにしろ、常態を失っているのでは手のほどこしようがないではないか。それに……私の未練はいまなお、あなたにある」

いきなり躙《にじ》り寄って、肩を捉《とら》えようとする男の手を、身をひいてすばやく節子は避けた。

「おたがいに言葉を飾るのはやめにしよう」

辛抱づよく矢部はつづけた。

「婚約する相手を誤った自身の愚かさに、私は正直、ほぞを噛む思いだったし、あなたはあなたで姉上を裏切る恐ろしさに怯《おび》えながらも、死にものぐるいな愛で私の求めに応《こた》えてくれた。忘れはしまい。あのころの、歓喜と苦痛を……」

「稚《おさな》かったのです。引き替えに、どのような劫罰《ごうばつ》が用意されているかもわからなかった若さゆえの、一途《いちず》な燃えでした」

「いまはそれが、冷《さ》めたというのか？」

「十七歳だった小娘は、顔にも心にも傷あとを持つ三十歳の女になりました」

「しかも当時より、さらに匂やかに美しい。傷は二人の、愛の形見だ」

いまはもう逃がさぬ強さで、矢部の腕は節子の全身を抱きすくめた。傷のひきつれを愛撫する唇の感触に、動きを封じられてやむをえず首すじをゆだねながら、冷ややかに節子は言った。

「いまさらこの、さだたけた女に近づこうとするあなたの目当てを、知らない私とお思いですか?」

「なに?」

男の身体が離れた。

「なにを言うのだ、それはどういう意味だ節子どの」

「つまるところ何を意図しておられるのか、そこまでは存じませんが、矢部さま、あなたは去年——天保七年の公儀買上げ米について、内々なにごとか、熱心に調べておいでですね。お金御用達からお救い米《まい》勘定書き控《ひかえ》を差し出させて、ひそかに吟味あそばしたのを、わたくし存じております。去年の買上げ米を一手に扱って処理あそばしたのは、南の与力仁杉《にすぎ》どの……。そしてわたくしの父堀内六左衛門は、会計事務を受け持つ年番《ねんばん》方《がた》下役……。仁杉どのの直属の部下でございます」

矢部の表情を瞬間、閃光に似て、青白い殺気が走った。たちまちしかし、険悪なものは皮膚の裏側に呑まれて、かえってむしろ彼の口もとには、あやすような微笑が浮かんだ。

「あいかわらず、するどいな」

矢部は言った。

「あなたには時おり、びっくりさせられる。女にして置くのは惜しい切れ味だ。……推量通り去年の公儀買上げ米に関して、勘定奉行の立場から私は内密にある調査を進めている。ご尊父がこの調査に、力を貸してくださるならばこれに越すよろこびはないが、それが目的で、あなたとの縒《よ》りをもどそうというのではない。そんなつもりではけっしてないのだ」

「矢部さま」

「まあ待て。聞いてくれ節子どの。堺・大坂と廻っているあいだは、それでもまだ、耐えられた。何としても自身が制せられなくなったのは江戸へもどってからだ。同じ空の下にあなたがいる……。狂気の姉上をみとりながら、わびしい独り住みをつづけていると思うと、たまらなかった。旧怨は水に流し、あらためてご息女をいただきたいむね堀内どのまで申し入れた気持に、みじん嘘いつわりはない。かつては肌と肌を触れ合った男の言葉だ。信じてほしい」

答えるかわりに節子は立ちあがった。

「おそらく、おっしゃる通りでございましょう。……けれど、あの姉をひとり置いて、ふたたびこの身体を、あなたのお手にゆだねる気は私には起こりません。十三年間、背に鳴りつづけた呵責《かしゃく》の鞭は、人を恋する気力を、私の中でこなごなに打ち砕いてしまいました。どうぞもう、お捨てくださいまし。忌《い》まわしい過去を曳きずっている女への未練など……」

言いすてて出て行こうとするうしろ背《ぜ》へ、抑えた声で矢部は呼びかけた。

「節子どの、ご尊父から何か聞いてはおられぬか?」

「聞くとは……なにを?」

「二カ月ほど前だ。些少だが五百金、無利子無期限、無証文でご用立てした。さしせまった借金の返済に、お苦しみかとうかがったのでな」

「あなたさまから、父が、金子を⁉」

息を呑んで立ち竦《すく》んだ相手へ、いまはじゅうぶん取りもどした余裕の中で、矢部はゆっくりうなずいた。

「町奉行所の与力は内福が通り相場……。堀内家もむかしはそうだった。あなたがた姉妹が芝居へ、稽古事へかよう姿は、町人どもに二人小町とはやされたほど華やかだったが……　姉上の狂気につづいて、あなたには兄にあたるご嫡男のながい病臥……『百蝶図譜』とやらを出版後、他界されるという重なる不幸の、責めの一端は私にもあると思うゆえにした助力であった」

「父は……受け取りましたか」

「男泣きに泣いてよろこばれた。末子《ばっし》の貞五郎どのが元服し、お役につくまでの二、三年は、ご尊父の肩にかかる堀内家の生計であろう。——ただ、だからといって、金であなたを縛ろうというのではない。くれぐれもそこのところは誤解しないでもらいたい」

敷居ぎわに、節子はくずおれた。

すばやく矢部は立って、その背後から女の肩に手を掛け、顔を仰向かせざま唇に、やにわに唇を合せた。抱きすくめられた腕の中で上体をのけぞらせ、接触から逃がれようともがく女の、弓なりに反った姿態にかさなって矢部も身体を倒してゆき、ついにまったく、組み敷くかたちで相手の上に覆いかぶさったが、抗《あらが》われ、縺《もつ》れ合いながらのはげしい動きの中ですら、貪欲《どんよく》に唇をむさぼりつづけたのは、そうすることで口を封印し、女に声を立てさせまいとの配慮も働いていたからにちがいなかった。

（下巻へ続く）

本書中には、今日では不適切と考えられる表現がありますが、
作品の時代背景、文学性を考慮して、そのままとしました。

滝沢馬琴《たきざわばきん》　上

朝日文庫

2024年9月30日　第1刷発行

著　者　杉《すぎ》本《もと》苑《その》子《こ》

発行者　宇都宮健太朗

発行所　朝日新聞出版

〒104-8011　東京都中央区築地5-3-2

電話　03-5541-8832（編集）

03-5540-7793（販売）

印刷製本　大日本印刷株式会社

Published in Japan by Asahi Shimbun Publications Inc.

定価はカバーに表示してあります

ISBN978-4-02-265168-6

落丁・乱丁の場合は弊社業務部（電話 03-5540-7800）へご連絡ください。

送料弊社負担にてお取り替えいたします。

浅田 次郎
椿山課長の七日間
突然死した椿山和昭は家族に別れを告げるため、美女の肉体を借りて七日間だけ〝現世〟に舞い戻った！ 涙と笑いの感動巨編。《解説・北上次郎》

伊坂 幸太郎
ガソリン生活
望月兄弟の前に現れた女優と強面の芸能記者!? 次々に謎が降りかかる、仲良し一家の冒険譚！愛すべき長編ミステリー。《解説・津村記久子》

伊東 潤
江戸を造った男
海運航路整備、治水、灌漑、鉱山採掘……江戸の都市計画・日本大改造の総指揮者、河村瑞賢の波瀾万丈の生涯を描く長編時代小説。《解説・飯田泰之》

今村 夏子
星の子
《野間文芸新人賞受賞作》
病弱だったちひろを救いたい一心で、両親は「あやしい宗教」にのめり込み、少しずつ家族のかたちを歪めていく……。《巻末対談・小川洋子》

宇江佐 真理
うめ婆《ばあ》行状記
北町奉行同心の夫を亡くしたうめ。念願の独り暮らしを始めるが、隠し子騒動に巻き込まれてひと肌脱ぐことにするが。《解説・諸田玲子、末國善己》

江國 香織
いつか記憶からこぼれおちるとしても
私たちは、いつまでも「あのころ」のままだ――。少女と大人のあわいで揺れる一七歳の孤独と幸福を鮮やかに描く。《解説・石井睦美》

恩田 陸
錆びた太陽
立入制限区域を巡回する人型ロボットたちの前に国税庁から派遣されたという謎の女が現れた！ その目的とは？ 《解説・宮内悠介》

小川 洋子
ことり
《芸術選奨文部科学大臣賞受賞作》
人間の言葉は話せないが小鳥のさえずりを理解する兄と、兄の言葉を唯一わかる弟。慎み深い兄弟の一生を描く、著者の会心作。《解説・小野正嗣》

角田 光代
坂の途中の家
娘を殺した母親は、私かもしれない。社会を震撼させた乳幼児の虐待死事件と〈家族〉であることの光と闇に迫る心理サスペンス。《解説・河合香織》

久坂部 羊
老乱
老い衰える不安を抱える老人と、介護の負担に悩む家族。在宅医療を知る医師がリアルに描いた新たな認知症小説。《解説・最相葉月》

今野 敏
TOKAGE《トカゲ》
特殊遊撃捜査隊
大手銀行の行員が誘拐され、身代金一〇億円が要求された。警視庁捜査一課の覆面バイク部隊「トカゲ」が事件に挑む。《解説・香山二三郎》

重松 清
ニワトリは一度だけ飛べる
左遷部署に異動となった酒井のもとに「ニワトリは一度だけ飛べる」という題名の謎のメールが届くようになり……。名手が贈る珠玉の長編小説。

鈴峯　紅也
警視庁監察官Q
人並みの感情を失った代わりに、超記憶能力を得た監察官・小田垣観月。アイスクイーンと呼ばれる彼女が警察内部に巣食う悪を裁く新シリーズ！

小説トリッパー編集部編
20の短編小説
人気作家二〇人が「二〇」をテーマに短編を競作。現代小説の最前線にいる作家たちのエッセンスが一冊で味わえる、最強のアンソロジー。

堂場　瞬一
ピーク
一七年前、新米記者の永尾は野球賭博のスクープ記事を書くが、その後はパッとしない日々を送る。そんな時、永久追放された選手と再会し……。

貫井　徳郎
乱反射
《日本推理作家協会賞受賞作》
幼い命の死。報われぬ悲しみ。決して法では裁けない「殺人」に、残された家族は沈黙するしかないのか？　社会派エンターテインメントの傑作。

西　加奈子
ふくわらい
《河合隼雄物語賞受賞作》
不器用にしか生きられない編集者の鳴木戸定は、自分を包み込む愛すべき世界に気づいていく。第一回河合隼雄物語賞受賞作。《解説・上橋菜穂子》

梨木　香歩
f植物園の巣穴
歯痛に悩む植物園の園丁は、ある日巣穴に落ちて……。動植物や地理を豊かに描き、埋もれた記憶を掘り起こす著者会心の異界譚。《解説・松永美穂》

中山 七里
闘う君の唄を
新任幼稚園教諭の喜多嶋凜は自らの理想を貫き、周囲から認められていくのだが……。どんでん返しの帝王が贈る驚愕のミステリ。《解説・大矢博子》

葉室 麟
柚子《ゆず》の花咲く
少年時代の恩師が殺された事実を知った筒井恭平は、真相を突き止めるため命懸けで敵藩に潜入する――。感動の長編時代小説。《解説・江上 剛》

畠中 恵
明治・妖《あやかし》モダン
巡査の滝と原田は一瞬で成長する少女や妖出現の噂など不思議な事件に奔走する。ドキドキ時々ヒヤリの痛快妖怪ファンタジー。《解説・杉江松恋》

細谷正充・編／宇江佐真理／北原亞以子／杉本苑子／半村良／平岩弓枝／山本一力／山本周五郎・著
情に泣く
朝日文庫時代小説アンソロジー 人情・市井編
失踪した若君を探すため物乞いに堕ちた老藩士、家族に虐げられ娼家で金を毟られる旗本の四男坊など、名手による珠玉の物語。《解説・細谷正充》

村田 沙耶香
しろいろの街の、その骨の体温の
《三島由紀夫賞受賞作》
クラスでは目立たない存在の、小学四年と中学二年の結佳を通して、女の子が少女へと変化する時間を丹念に描く、静かな衝撃作。《解説・西加奈子》

湊 かなえ
物語のおわり
悩みを抱えた者たちが北海道へひとり旅をする。道中に手渡されたのは結末の書かれていない小説だった。本当の結末とは――。《解説・藤村忠寿》

山本　一力
たすけ鍼《ばり》

深川に住む染谷《せんこく》は〝ツボ師〟の異名をとる名鍼灸師。病を癒やし、心を救い、人助けや世直しに奔走する日々を描く長編時代小説。《解説・重金敦之》

森見　登美彦
聖なる怠け者の冒険
《京都本大賞受賞作》

宵山で賑やかな京都を舞台に、全く動かない主人公・小和田君の果てしなく長い冒険が始まる。著者による文庫版あとがき付き。

横山　秀夫
震度0《ゼロ》

阪神大震災の朝、県警幹部の一人が姿を消した。失踪を巡り人々の思惑が複雑に交錯する。組織の本質を鋭くえぐる長編警察小説。

柚木　麻子
嘆きの美女

見た目も性格も「ブス」、ネットに悪口ばかり書き連ねる耶居子は、あるきっかけで美人たちと同居するハメに……。《解説・黒沢かずこ（森三中）》

綿矢　りさ
私をくいとめて

黒田みつ子、もうすぐ三三歳。「おひとりさま」生活を満喫していたが、あの人が現れ、なぜか気持ちが揺らいでしまう。《解説・金原ひとみ》

宇佐美　まこと
夜の声を聴く

引きこもりの隆太が誘われたのは、一一年前の一家殺人事件に端を発する悲哀渦巻く世界だった！平穏な日常が揺らぐ衝撃の書き下ろしミステリー。

池谷　裕二
脳はなにげに不公平
パテカトルの万脳薬

人気の脳研究者が〝もっとも気合を入れて書き続けている〟週刊朝日の連載が待望の文庫化。読めば誰かに話したくなる！　《対談・寄藤文平》

内田　洋子
イタリア発イタリア着

留学先ナポリ、通信社の仕事を始めたミラノ、船上の暮らしまで、町と街、今と昔を行き来して綴る。静謐で端正な紀行随筆集。《解説・宮田珠己》

上野　千鶴子
おひとりさまの最期

在宅ひとり死は可能か。取材を始めて二〇年、著者が医療・看護・介護の現場を当事者目線で歩き続けた成果を大公開。《解説・山中　修》

加谷　珪一
お金は「歴史」で儲けなさい

日米英の金融・経済一二〇年のデータをひも解き、波高くなる世界経済で生き残るためのヒントをわかりやすく解説した画期的な一冊。

川上　未映子
おめかしの引力

「おめかし」をめぐる失敗や憧れにまつわる魅力満載のエッセイ集。単行本時より一〇〇ページ増量！　《特別インタビュー・江南亜美子》

ディーン・R・クーンツ著／大出　健訳
ベストセラー小説の書き方

どんな本が売れるのか？　世界に知られる超ベストセラー作家が、さまざまな例をひきながら、成功の秘密を明かす好読み物。

朝日文庫

ドナルド・キーン著／金関　寿夫訳

このひとすじにつながりて

私の日本研究の道

京での生活に雅を感じ、三島由紀夫ら文豪と交流した若き日の記憶。米軍通訳士官から日本研究者に至るまでの自叙伝決定版。《解説・キーン誠己》

佐野　洋子

役にたたない日々

料理、麻雀、韓流ドラマ。老い、病、余命告知――。淡々かつ豪快な日々を綴った超痛快エッセイ。人生を巡る名言づくし！《解説・酒井順子》

深代　惇郎

深代惇郎の天声人語

七〇年代に朝日新聞一面のコラム「天声人語」を担当、読む者を魅了しながら急逝した名記者の天声人語ベスト版が新装で復活。《解説・辰濃和男》

本多　勝一

〈新版〉日本語の作文技術

世代を超えて売れ続けている作文技術の金字塔が、三三年ぶりに文字を大きくした〈新版〉に。わかりやすい日本語を書くために必携の書。

群　ようこ

ゆるい生活

ある日突然めまいに襲われ、訪れた漢方薬局。お菓子禁止、体を冷やさない、趣味は一日ひとつなど、約六年にわたる漢方生活を綴った実録エッセイ。

山里　亮太

天才はあきらめた

「自分は天才じゃない」。そう悟った日から地獄のような努力がはじまった。どんな負の感情もガソリンにする、芸人の魂の記録。《解説・若林正恭》